金牌小说

献给我的父母，
感谢他们对好故事的爱，
对欢笑的爱，
感谢他们给予我如此美好的生活……

Awarded Novels
长青藤国际大奖小说书系

阿比琳的夏天
Moon Over Manifest

〔美〕克莱尔·范德普尔 著　陈静抒 译

晨光出版社

前言 Preface

所有的夏天

  2011年纽伯瑞儿童文学奖的获奖童书一共有四本,其中三本(包括荣获金奖的这本《阿比琳的夏天》)讲述的都是发生在夏天的故事。也许是因为,暑假是所有童年生活里最值得浓墨重彩的一个篇章了吧,就好像1936年的这个夏天,阿比琳不情不愿地被父亲扔到堪萨斯州的一个小镇来,却一下子就卷入了一场激动人心的捉间谍游戏之中。

  在捉间谍游戏进行的同时,阿比琳展开了自己的寻根之旅,故事就此追溯到了1918年。1918年,美国还是一个厉行禁酒的国家;1918年,美国卷入了第一次世界大战,大量的青壮年经过芬斯顿营地的训练之后,被送往欧洲战场。1936年的阿比琳,通过无意中发现的一盒书信而走进了这些恍若隔世的故事,寻找着神秘又遥远的间谍响尾蛇。却不知道五年之后,也就是1941年,又会有新的一批年轻人(也许其中就有那个送报纸的小男孩比利)从芬斯顿营地走上了欧洲战场。这一次,是第二次世界大战。

  天地不仁,世事不外如此轮回。也因此,在所有不一样的童年夏天里,总有些一样的回音:亲情、友情、历险、思考,以及成长。《阿比琳的夏天》对于中国的读者来说,既是一个精彩纷呈的猎奇故事,也是一个认识美国社会的窗口。20世纪30年代末40年代初,除了战争,美国还在经历着经济大萧条的劫后余波。也因此,书中会出现一些在今天的我们看来有点不可思议的情节,比如阿比琳经常饿得肚子咕咕叫,还有那一块让来让去的姜饼。在大萧条时代,曾有许多儿童沿着铁路一路乞讨一路逃荒。受这个记忆的影响，阿比琳这个铁路上来的孩子，一出场就被富小姐贴上了寒酸的标签。那时的美国，一毛钱可以买到将近一升的牛奶，一块钱买一只篮球，而只要58美元就可以买一辆二手的福特牌汽车了。知道这样的价目表之后，回头再去读开头那一段捡瓶子换可乐的故事，或许就可以更好地理解，这样一个过家家式的动作里所蕴含的巨大善意，以及阿比琳为什么会瞬间感动了吧？那是一个食品配给的年代，白糖对于普通家庭来说比黄金还要重要，一块姜饼上面也因此被叠加了珍贵、骄傲和自尊的意义。

曼尼菲斯特是作者虚构的一个场景，十八年又十八年，那里似乎已经面目全非又似乎从未改变，只有生命的轮回一次次洗牌，掺杂进新的痛苦和甜蜜。而生命的密码，在所有的儿童文学里都只有一个代名词，那就是——爱。爱在这个故事里，以各种面目出现——在修女嬷嬷的头巾下，在算命女巫的水晶球里，在牧师的酒柜里，在父亲的指南针里，在流亡、战争、凶杀和大萧条种种能说不能说的伤口之下，在有限的生命维度之内，诠释出了重重叠叠的答案来。

过去都离我们太遥远，而故事却从未失却过新鲜。或许这正是因为，没有历史就意味着没有未来，没有谁能抗拒一个引人入胜的故事，没有谁的童年会缺少一个真正的夏天。

陈静抒

阿比琳的夏天
Moon Over Manifest

目录 Contents

- 1 圣菲铁路线
- 7 终结之路
- 11 谢迪的家
- 24 第一个早晨
- 27 小学恐怖的一天
- 35 树屋堡
- 45 曼尼菲斯特主街
- 56 萨蒂小姐的屋子
- 63 三趾溪
- 74 交易达成
- 79 可疑人物
- 89 萨蒂小姐的屋子
- 95 分散注意力的艺术
- 109 捉青蛙
- 116 萨蒂小姐的屋子
- 122 胜利之被
- 142 星空下
- 156 萨蒂小姐的屋子
- 162 灵丹妙药
- 174 死后或是生前
- 183 萨蒂小姐的屋子
- 188 无主之地
- 205 一短,一长
- 216 萨蒂小姐的屋子
- 219 墙越来越高
- 234 响尾蛇之歌
- 246 抽签
- 254 萨蒂小姐的屋子
- 257 推销
- 270 最后一口气
- 276 萨蒂小姐的屋子
- 280 结算日
- 301 丛林
- 304 忆往昔
- 309 萨蒂小姐的屋子
- 312 返校节
- 322 萨蒂小姐的屋子
- 324 圣·狄斯尔
- 331 死亡的阴影
- 337 棚屋
- 339 勾牙利女人
- 344 开头、中间和结尾
- 351 响尾蛇
- 355 故事背后的真实故事

在他的话语间，
浮现出色彩明亮的店面，
熙熙攘攘的人群。
听吉登说这些，
就像含着一块奶油硬糖，
甜蜜而柔滑。

圣菲铁路线

堪萨斯城东南

1936 年 5 月 27 日

  火车摇摇晃晃地催我入眠。窗外是尘土飞扬的乡间,我闭上眼睛,想象着那个我只在故事里见过的路标。它就矗立在城外,上面用蓝色的字母写着:曼尼菲斯特——一个历史悠久、前途无量的城镇。

  我想到我老爸,吉登·塔克。他故事讲得可好了,可是最近几个星期,他讲得越来越少了。因此每当他有机会问我:"阿比琳,我给你讲过……那时候的事么?"我就赶紧安静下来,洗耳恭听。大多数时候,他讲的故事都离不开曼尼菲斯特,那个他曾经生活过的小镇。

  他描绘出色彩明亮的店面和熙熙攘攘的人群。听吉登说这些,就像含着一块奶油硬糖,甜蜜而滑润。当他再度陷入沉默的时候，我会努力回味这滋味。或许回味他的话语能让那时的我感到安心，即便他远在天边。然而大多时候，我都能听出他话里的苦涩滋味，尤其是他说这个夏天要远去爱荷华州修铁路，不能带上我了。他有些不对劲。我知道这一切都是从我划破膝盖的那天开始的。我伤得很重，还感染了。医生说我能康复实在是运气。然而这件事似乎也给吉登留下了一道伤口，他却未能康复。算了，送我走已经够叫他痛苦的了。

我打开背包，去摸那个我用来装特别东西的面粉口袋。里面是一条蓝色的裙子，两枚亮晶晶的十美分银币——我卖汽水瓶赚来的，一封吉登写的信，用来告诉人们霍华德牧师会在曼尼菲斯特火车站接我。袋子里还有一样最特别的东西，用一张1917年的《曼尼菲斯特先驱报》包好了，放在一只盒子里——那是老爸的罗盘。

这只罗盘有金色的外壳，外形像一块怀表，打开来里面的指针却无固定指向，这就是它唯一的问题。一只好罗盘应该永远指向北，而这只罗盘的指针却四处乱晃。它还算不上一件古董，里面刻有工匠的名字和制作日期：圣·狄斯尔，1918年10月8日。以前吉登总说要去修好它，可在我离开的时候，他却说反正有铁轨指示方向，这罗盘是用不着了。可我总爱想象着，这破旧的罗盘有足够长的链子仍然揣在他的口袋里，一端连着我，一端连着他。

第一千次摩挲着这张泛黄的《曼尼菲斯特先驱报》，我的视线仍然忍不住滑过字里行间，想找到一些关于老爸的旧闻轶事。然而仍旧还是那页印着有关"猪牛"的报道，另一面则是"哈蒂·梅每周轶闻：特别版"，以及一则自由公债和比利·邦普生发水的广告。除了读过她写的这篇报道外，我对这位哈蒂·梅·哈珀一无所知。然而我觉得她的专栏守护了吉登的罗盘一段时间，这让我不由得对她心生一股感激之情。我小心地将报纸放回盒子里，再把盒子塞进背包，罗盘却拿在手上。我想我总得握住点什么。

列车员走进车厢来，喊道："下一站，曼尼菲斯特。"

这么说，火车会在傍晚 7 点 45 分准点到达曼尼菲斯特。列车员一般只提前几分钟报站，我得抓紧时间了。我把罗盘塞进背包侧面的口袋里，朝最后一节车厢的后门走去。这一次，我是一个买了全票的付费旅客，用不着非得跳下车去，况且，还有那个牧师在站台上等着我。然而但凡有点头脑的人都知道，在一个地方落脚之前，要先看看周围是什么情况。这回我穿上了背带裤以方便行事，另外，还有一个小时天才黑，我还有时间四处转转。

站在最后一节车厢，我静候火车进站，并用自幼学来的方法仔细听着动静——等着，等着，直到火车车轮发出的哐当哐当声放慢到跟心跳一样的节奏。可难就难在，望着脚下疾驰而过的大地，我的心跳总是会越来越快。最后，我看见

Moon Over Manifest   **3**

了草地，纵身跳了下去。坚硬的大地迅速迎了上来，我着陆了，在地上打了几个滚。火车拖着沉重的步子缓慢地前行，没有一句谢谢或者再见。

　　我站起身来，拍拍灰尘。此刻那个路标就立在我前方不到两米远的地方。它破旧得如此厉害，已很难找到一点蓝色的漆皮了，整块牌子被枪打得满身洞眼，上面的字掉了不少，只剩下：曼尼菲斯特，一座历史城镇。

哈蒂·梅每周轶闻

特别版
1917 年 5 月 27 日

能在《曼尼菲斯特先驱报》上开这样一个前所未有的专栏,我感到无比兴奋。过去一年在曼尼菲斯特高中校报《雄起,雄起,大灰熊!》担任助理编辑的经历,让我得以养成对新闻敏锐的视角和嗅觉。

亨利叔叔带人接管了先驱报之后,就决定让我负责好歹撰写一个专栏。目前,我们的国家正在经历一场伟大的战争①,许多年轻人放弃了国内自由舒适的生活,远赴前线。我们必须时刻守卫自己的家园!威尔逊总统号召我们,发扬爱国主义热情,支援前线,大家纷纷积极响应。哈德利·吉伦说,在他的五金店,自由公债②卖得比半英寸的钉子还要畅销。尤朵拉·拉金太太以及美国革命女儿会的其他成员,正在缝制胜利之被。

上个星期,就连威尔玛·T.哈克拉德小姐都慷慨地贡献出了一节高等化学课的时间,让同学们给我们的士兵同胞准备救济包裹。除了在我们灌装她那万灵药时发生了一段爆炸的小插曲外,一切都很顺利。包裹用漂亮的红白蓝格子布包着,相信会赢得战士们的喜爱。

是时候让我卸下 1917 年

---

① 指第一次世界大战。——编者注
② 自由公债:美国政府在第一次世界大战时为了支援战争所发行的战时公债。——编者注

曼尼菲斯特"哈克贝里皇后"的桂冠，换上记者的戎装了。在此，忠实的读者们，我向你们保证，每个星期我都会奉上详尽真实的报道，绝对值得信赖！

因此，欲知所有人物、事件、时间、地点及缘由——敬请阅读每周日先驱报"猪牛"栏目的背面。

本镇记者　　哈蒂·梅·哈珀

比利·邦普生发水

　　各位，请注意，你有没有头皮干涩、发痒的症状？你想不想拥有一头浓密的头发，是不是正在为早生华发而苦恼？比利·邦普生发水正是您的需要。只需在睡前抹上一点，醒来之后便焕然一新。秀发重生，青春的小鸟又飞回枝头。男人的正确选择，锁住女人的目光，迎来第二春。比利·邦普生发水，本地各大理发店均有销售。凭此广告可得赠品梳子一把。

　　本产品对胡须和鬓角同样有效。不过要避免接触耳朵和鼻子。

购买自由公债，拯救美国自由！

终结之路

1936 年 5 月 27 日

跳下火车之后,要做的第一件事就是:检查随身物品。这对我来说通常都很简单,因为我没什么家当。吉登说,旅行就是带一个包裹,肩膀上扛一只好脑袋,这就够了。眼下我这两样东西都在,那就是说,一切顺利。

我朝一排看上去半死不活的树走去,发现了一条小溪。其实它只能算一股水流,然而清澈明净,冰凉着我的手和脸。这下我可以干干净净地去见那位要一起待上一个暑假的牧师了。我不明白老爸为什么会跟一个牧师有瓜葛,我说不好,因为他不怎么去教堂做礼拜。但显然牧师有时也会接纳一些漂泊的灵魂,而吉登也曾是其中之一。不管怎么说,霍华德牧师是在等着我了,我再怎么磨蹭也改变不了这个事实。

我找到一根合适的棍子来敲打路边的栅栏,沿着走过的第一道栅栏喀啦喀啦地拨弄过去。我和吉登曾用这种声音来填补周围空空的寂静。在我小时候,我们会一走好几个小时,一边唱着自己编的歌儿,一边踢着路边的空罐子。然而这次,棍子敲打栅栏的声音飞上了树梢,却并未填补周围的空寂。我第一次意识到,我是独自一人了。也许我该哼点什么。以前总是吉登起个头,我接着唱下去。此刻噼啪的敲打声回荡在我的脑海里,倒是一段不错的旋律。我唱起来:

我想有它个一分钱,还想有它个五美分,
我要都拿去买咖啡,还要一段咸菜啃。
我想有它个廿五分,还想有它个一毛钱,
买上一条泡泡糖,在你来不及眨眼前。
我想有个大苹果,还想有个美味橙——

唱到这里,我卡住了。正在我绞尽脑汁地想能和"橙"押韵的字时,我发现棍子敲在了一道门上。那是一道宽阔的大铁门,上面奇异地焊接着各种铁质小物件,有叉子、水壶、马蹄铁,甚至还有一个炉格,是从老旧的大肚子炉灶上拆下来的。我凑上前去,用手指摩挲过大门上嵌着的黑色铁字母。这些字母有点扭曲不平,不过连起来似乎是:地狱。我以前跟着吉登参加过很多敬拜活动,为的是在活动结束后混上一顿热饭吃，因此我对这个单词还挺熟悉的。牧师们喜欢说这个词。他们总是教导大家要改邪归正，说否则就会走上万劫不复的终结之路。

我真想不通，怎么会有人把这样的单词焊在自家大门上。可它就在那儿。野草绕着铁门向前蜿蜒，像是在引诱人走进去。大门后面的确有条路，在一片杂草和蒲公英的中间，有一条干净绵长的小路一直通往尽头那座破败的老屋。老屋的墙上油漆斑驳，门廊上的秋千也歪七扭八地耷拉着，像是被彻底清算出了秋千队伍。

这里肯定是没有人住了，即便是火车车厢或者铁轨边的棚屋，也比这里住着舒服。可是，那座老屋有一扇窗户的窗帘掀起了一角。是有人正站在那里往外看吗？我的心怦怦地跳了起来。眼下，我还是远离这"万劫不复之路"比较好。镇子就在前方不远处，我又敲起了木棍，继续朝前走去。

这次我编了个安静点儿的调子：

我有一只小猫，它生了只猫咪。
我把它抱在腿上，自己坐在椅子里。

栅栏中间断开了一段，接着在一块墓地边又重新围了起来。草丛里立着的墓碑似乎都在盯着我走过。身后突然传来一阵嘎吱嘎吱的声音，我脊背上的汗毛一下子竖了起来。我停下脚步回头望去，除了沙沙作响的树叶之外，却什么也没看到。我又朝前走去，周围的树丛茂密起来。

  我有一只小狗，名字叫做小嘎儿，
  我想让它坐哪儿，它就会坐在哪儿。

  树枝打在我的身上，接着我又被一块树根绊了一下，狠狠地摔疼了膝盖，就是几个月前划伤的那个膝盖。那道伤口早就结痂了，可是周围狰狞的皮肤好似还在努力愈合着什么。我揉了一下，又掸了掸灰尘。
  那声音——或者说是什么动静——又来了。我屏住呼吸，静静地听了一会儿，然后继续朝着树丛中的光亮处走去。

  我有一匹小马，名字就叫弗宝。
  它整天跑来又跑去——

  背后又传来一阵很大的哗啦哗啦的动静，接着是一个男人的声音：

  "结果摔了个四脚朝天。"

谢迪的家

1936 年 5 月 27 日

我转过身去。朦胧的光亮中,一个男人拿着一支跟他差不多高的草耙站在那里。他比那草耙也胖不了多少,浑身上下单薄得很,衣服、头发,就连脸上拉碴的胡子都是如此。

"这是你的?"他问道。

我的第一反应是,他指的是那支草耙。但我马上看见了他手指上勾着的罗盘。我惊恐地扭头去翻背包,发现刚才摔跤的时候背包侧面的口袋蹭开了。

"我是谢迪·霍华德。你一定就是吉登的孩子了。"我松了一口气,这才发现自己刚才屏住了呼吸。他把我的宝贝罗盘递给我,我赶紧把它挂在脖子上,塞进衬衫里。"没看到你从火车上下来,我就想你大概是自己朝镇子里走去了。"

他说得就像自己也跳过一两回火车那样轻松。不过,从他那打满补丁、到处都是针脚的方格子衬衫和棕色裤子来看,的确有这个可能。

"你跟霍华德牧师是亲戚吗?就是第一浸信会教堂的那个牧师。"

"这里的人叫我霍华德牧师,你叫我谢迪就好。"

我保持着距离,没明白他的意思:"他们这么叫你是因为你就是第一浸信会教堂的那个牧师吧?"

"嗯,这事说起来是有点意思。"他迈开步子,把草耙当作手杖,"瞧,我就是那种所谓的临时牧师——老牧师离任了,我在这里代职,直到来一个新牧师为止。"

"那你在这里代了多久了?"我问道,心想他也许刚刚接手这活儿,还没来得及去订牧师服,或者把胡子给剃剃。

"十四年。"

"噢。"我努力压制住不礼貌的语气,"那么,我老爸在这里住的时候,你还不在教堂里工作?"

"是的,不在。"

"嗯。我是阿比琳,今年十二岁,能干活。"我说着,就像从前很多次在别的镇上时一样,"我想你已经接到了我老爸写来的信,告诉大家伙儿我要来这儿了吧。"

声明一下,我自己平常不说"大家伙儿"这个词,但是,入乡随俗,学点当地地道的用词总不失为一个上策。这是我第一次来堪萨斯州,也不知道实际上是不是这样,我只是猜他们喜欢说"大家伙儿"、"头里不远",还有"就要变天了"之类的话。

"你饿不饿?"谢迪说,"我家就在头里不远。"

果然,他这么说了。我还发现一个好玩的现象:那些方向感明确的人,有那么多种表示方向的说法;而那些路痴倒什么也说不出来,只知道往前走,才不管什么方向。

"先生,我不饿。"其实我在火车上只吃了一个煮鸡蛋,可我来他这里做客,总不能这么急就要吃的吧。

"我们这就回镇上,我得去取一封信。"

天色还早,足够在镇里转转。我们一路走着,吉登在故事里描述的那些场景一一在我眼前闪过,就像车窗外树木之间的风景。在那些色彩斑斓的商店门口,人们在窗外明亮的遮阳篷下忙碌地进进出出,各家店的门上漆着发音古怪的名字:马特诺普洛斯肉店,圣东尼面包房,阿克森种子饲料店。

紧紧地跟在谢迪的身后,我试图唤起那些故事里的柔和甜蜜的回忆,然而环顾四周,目光所及之处,却是一片陈旧破败的景象。主街上的商店全都灰扑扑的,又脏又破,其中有三分之一的店面都用木板封了起来,遗留的遮阳篷都已破破烂烂。整条街找不到一丁点儿繁忙的迹象,只有三三两两疲惫的人影倚在店门口。

是啊,眼下日子一天比一天难过了。人们说这是大萧条①,但我要说这简直就是大窟窿,整个国家都掉进去了。

有一栋外形像姜饼而没有刷漆的大房子,门廊前的摇椅上静静地坐着一位长相端正的老妇人。看上去,她没几天日子可摇了。理发师靠在店门前,盯着我走过。食品店门口的一个女人扇着扇子,一只小狗透过纱门乱叫一通。走过宽敞的人行道,一路接收到的注目礼不禁让我觉得,这些人情愿独自默默地苦挨着艰难时日,也不想被一个外人看见他们的悲苦。

走过邮局的时候,谢迪并没有停下。

"我们不是要去拿信么?"

"不是信件,是字母②。我们去报社的哈蒂·梅那里。"

"哈蒂·梅·哈珀吗?1917年的'哈克贝里皇后'?"

"嗯,就是她,不过现在她叫哈蒂·梅·麦基了。"

这镇上至少还有一样是我熟悉的,我寻思着,不知道哈蒂·梅是不是还在写她的"每周轶闻"。

《曼尼菲斯特先驱报》的报社大楼差不多就在主街的正中央,我们走了进去。办公室里一团糟,报纸堆起了一米多高。一张乱糟糟的桌子上放着一台打字机,打字机的按键翘了起来,还有的已散落在桌子上,就好像打字员在拼写"爆炸"这个单词的时候,打字机发生了爆炸。

---

① 大萧条:指1929年至1933年之间的全球性经济大衰退。——译者注
② 信件和字母在英语里是同一个单词letter。——译者注

"谢迪，你来啦？"从里屋传出来一个女人的声音，"我正要下班，多谢你过来拿——"

一个身材宽大的女人走了出来，头发乱糟糟地团成了一个圆髻。一看见我，她就用双手捂住脸，叫道："啊，这可不就是那个小家伙么？你叫阿比琳，对吧？"

"是的，女士。"

"好家伙，你长得可真像你老爸。"她一把将我搂进她温暖的怀抱中，我能感觉到她屏住了呼吸。当我再次抬头望向她时，见她眼眶湿润了。"要不要喝点汽水？对，肯定要喝的。来，你转过身，朝那边一直走，去拿瓶冰汽水喝。有可乐和活力橙，随你挑。里面还有两个三明治，一个是奶酪的，一个是肉馅的，你自己拿。可别告诉我你不饿啊。"

"好的。"我起身从报纸堆中挤过去。三明治听上去很不错。

"抱歉，这里一团糟。亨利叔叔非要留着所有的过期报纸，我老公弗雷德总算要在后面弄一个储物间了，我正在收拾呢。"

"我一直存着你的第一期'每周轶闻'。"我脱口而出。

"哎呀老天，你怎么还有那个老古董？"她笑得花枝乱颤。

"你还在坚持写这个专栏吗？"

"你是说那些'何人何事何时何地为何发生'的轶闻吗？是的，还在写。拜大萧条所赐，我现在还升职为文字编辑、打字员以及特派冲咖啡员。"她说着大笑起来，"对了，你要是愿意的话，有时间可以过来给我帮帮忙。这里有一大堆过期报纸要收拾。你要是喜欢读旧闻，那这些东西倒还真有点意思。"

我点点头，想着自己应该会喜欢这差事。

"宝贝，去拿汽水和三明治吧。然后随便找点什么报纸看看，亨利叔叔不会介意把报纸送给愿意阅读的人。这样也能减轻我的工作量。"

我很容易就找到了汽水柜，拿了一瓶活力橙和一个肉馅三明治，并在柜子右侧找到了一把内嵌的瓶起子。谢迪正和哈蒂·梅寒暄着近况，还说起最近这么热一点下雨的苗头都没有之类的话。我一口咬下半个三明治，翻看着一摞一摞的报纸，仿佛无序地徜徉在时间的云海里。1929年，股市崩盘；1927年，巴比·鲁斯[①]单季第60次全垒打；1927年，查尔斯·林白[②]花了33个半小时独自飞越大西洋。

其中一年抓住了我的视线：1917年，伯恩·爵尔法案宣布堪萨斯州禁酒。这和第一期哈蒂·梅的"每周轶闻"是同一年，而那一年吉登还在曼尼菲斯特。我的心跳加快了。我并不指望能从报纸的头条或者边边角角里读到吉登的名字，不是这个意思。可我也许能从这些文章和故事里了解更多关

[①] 巴比·鲁斯（1895~1948年）：美国著名职业棒球运动员，1927年的单季60次全垒打是历史性的记录。——译者注

[②] 查尔斯·林白（1902~1947年）：美国飞行员，首个进行单人不着陆跨大西洋飞行的飞行员。——译者注

于这个小镇的事,这个当吉登还是小男孩的时候生活过、如今又选择送我来的小镇。

"宝贝,找到汽水了吧?"哈蒂·梅叫道,"要不要我从报纸堆里把你捞出来?"

"来了。"我答着,"你确定我拿走一些报纸没关系吗?带回去读?"

"尽管拿吧。"

我翻过一摞报纸,只挑了1917年唯一的两期:7月16日和10月11日的。我把两份报纸塞进背包里,朝他们所在的房间走去。

哈蒂·梅正压低嗓音同谢迪说着什么。她紧绷着脸,忧虑地低语着:"谢迪,她得知道——"抬眼看到我时,她的脸色又开朗起来。

"净听我在这儿抱怨了。宝贝,你都累了一天了,得好好休息休息,准备明天去学校上最后一天的课。"

这一定就是她说的那件得让我知道的事情。

"上学?"我嘴里含着最后一口汽水,"可现在是暑假,"我求助地望向谢迪,"这里的人不忙农活吗?"谢迪抱歉地看着我,似乎在说他也是这么想来着。

"我们是觉得,你大概愿意认识认识这里的孩子,一放假可就找不着他们的人影了。"哈蒂·梅说。

我猜想着这句话里的"我们"是指谁,其中又有几个我

Moon Over Manifest 17

需要对付。"可我老爸开学前就会来接我回去的。"我说。

之后我看到哈蒂·梅和谢迪不安地交换了一下眼神。他俩这一下看得我有点站立不稳,就好像火车突然来了一个急转弯。但可能我真是坐车坐得太累了。

哈蒂·梅搂住我。"别担心,一切都会好的。"她正紧紧地抱住我,这时电话响了。"应该是弗雷德打来的。他的坐骨神经痛又犯了,待在家里看孩子。男人就是这样,一不舒服就什么都不想干。这就是那个要修的字母。"她从打字机上拿起一块字母键,递给谢迪,"R完全打不出来了,L总是卡住。你要是愿意,整个儿拿走都行。我明天的专栏已经写好了,不急着用。"

电话还在响。"谢迪,我去接电话了。阿比琳,见到你真高兴。需要什么就跟我说,知道不?"

"好的,女士。"

她接起电话来:"喂?好的,我就回来了。噢,老天,就放在那儿别动,等我回家来收拾。"

谢迪拎着那台破烂的打字机,我们趁此机会就走了。天色渐渐黑下来,我跟着他从主街上拐进了一条巷子,沿着巷子里的小路前行。最后我们来到了一个离镇子有相当一段距离的饱经沧桑的建筑物面前。

我曾住过许多地方,谷仓啦,废弃的火车车厢啦,甚至还有胡佛村——那种穷人住的棚屋,以现任总统的前面一任的名字命名,这位前总统似乎对国家的艰难状况一无所知——这次来曼尼菲斯特,我已经有了足够的心理准备,然而谢迪的屋子还是超出了我的意料。

进门的时候,门上的一只牛颈铃响了一下。霍华德牧师点燃了煤油灯,放在一张长吧台上。吧台后面是一面镜子,前面架着一个锯木架,一把老虎钳上夹着几块木头,地上有大量的锯木屑。最夸张的是,几把看上去像是教堂长椅的东西,被挤到了墙角里,而那两扇窗户也实在是脏得不成样子了。

"呃,就是这里了。"谢迪宣布道,好像这就解释了一切。

我四处看看,不想答话。这就好像一幅得由我自己去完成的拼图:谢迪家看起来像是由酒吧、木匠作坊和——有这个可能么——教堂拼凑而成!

谢迪一定是瞧见了我在盯着窗户,他说道:"第一浸信会教堂几年前被烧毁了,只抢救出来这些窗户和几条长椅,暂时放在这里,直到第二浸信会教堂建好。"

"那就是前任牧师离开的原因?"

"是的,"谢迪答道,"我猜他从那时起就精神崩溃了。"他试图把一些木头碎屑和纸片收拢起来,似乎他不适当的生活中有些不便让我看见的痕迹。我朝地上望去,到处都是脚印,很可能不知道被多少人踩踏多少年了。我发现自己正努力在这屋里找出一块不那么乱的地方,一块小小的地方,也许那儿还有着一两只我老爸的脚印。想到这里，我胸口闷闷的，嗓子眼儿就像堵住了一般。

谢迪把那堆木屑倒进一个空垃圾桶里，发出一阵丁零哐啷的响声。他微微窘迫地看着我，似乎知道我在寻找什么，而他却爱莫能助。"厕所就在……呃，外面。冰箱里有些冷切肉。要不要我烧点热水，让你好好洗个澡？"

"不，谢了。我有点累了。"

"你的房间就在楼上，希望你会喜欢。"他平静而彬彬有礼地说道。

我对谢迪这谜团一样的生活感到好奇，但并不打算去刺探。反正不是现在。我老爸吉登总是对人保持着适当的警惕，然而他信任谢迪，我也信任谢迪。"晚安。"我说着，拿起自己的背包上楼去。

床头柜上有一盏煤油灯，但没有火柴。不过这并不碍事，窗外有明亮的月光照进来。房间里还有一个橱柜，上面放着一只装满了水的大罐子和一只碗。通常得去附近的小溪或水槽那里才能洗漱，这会儿给自己打水梳洗一番感觉太奢侈了。我踢掉鞋子，感到脚下冰凉的地板在颤悠着吱嘎作响，仿佛这个房间在长久的空寂后，有点适应不了突如其来的入住。我至少打了三个呵欠，换上睡衣爬上了床。床垫很柔软舒适，我裹上被单，像是依偎在云的怀里。

迷迷糊糊地正要睡着的时候，我想起了我的收藏袋。今天一整天，我已经丢三落四好几回了，决定还是按老爸一贯的作法那样去做：任何重要的、特别的物件，都要放在一个别人找不到的地方。

强忍着睡意，我从背包里翻出我的收藏袋——也就是那只面粉口袋——掏了半天，检查里面的东西。光线不够亮，看不清里面那个信封上的回信地址，不过我早已背下来了：爱荷华州得梅因市主街和四街交叉口，圣菲铁路局。这是最接近吉登的住址的东西了。我摸索着那两枚十美分的硬币，确定它们没有弄丢。最后，我拿出那个装罗盘的盒子。里面空空的，只有一份"哈蒂·梅每周轶闻"，因为罗盘还挂在我的脖子上。我把东西又一样样装回去，决定还是把罗盘留在身上。

把这个收藏袋藏在哪儿好呢？最好能找到一个够高或者够低的地方。我的手臂够不到太高的东西，还是找一个低一点儿的吧。我的双脚落在地板上时，再次感到地板似乎陷了下去，发出吱呀的声音，大概有一块松得都能撬起来了。我踩在地上小心地试探着，最后真的发现有一块木板比其他的都要松动。我蹲下来，很容易就把它推拉开一条边来，便把手指伸进去拉起来。看来这的确是个藏东西的好地方，只不过里面已经藏着些什么了。

我轻轻地、慢慢地把里面的东西掏了出来，对着月光查看。那是一个幸运比尔版雪茄盒，盒子里放着一些纸张和零碎的

东西。光线太暗，什么也看不清，但能大概认出来，那些纸张是一些信件，薄薄的，叠得很整齐。另有一张大一点的纸，看上去像是地图。其他的小玩意在盒里叮当作响。

"你安顿好了吗？"楼下传来谢迪的声音。

"是的，先生。"我把那些纸都塞进雪茄盒，放回地板下面，我的面粉收藏袋也正好能塞进去。盖上地板，我又爬回了床上。

"那么，晚安了。"

我没有立刻答话，我知道他还站在下面没有走。"谢迪牧师，你知道得梅因离这里有多远吗？"

好一会儿，楼下没有任何声音。我在想自己是不是猜错了，他其实已经走了。

"我说不好。你看见窗外的月光了吗？"

"看见了，亮得很。"

"呃，得梅因比月亮要近多了。事实上，我敢说一个人在得梅因，也能看到你此刻看见的这个月亮。这不就够了吗？"他的声音迟疑而温柔。"你需要什么就叫我，好不好？"他说。

"好的，先生，没事了。"

凉凉的枕头贴着我的脸颊，陪伴我舒服地入睡。我的脑海里还浮现着刚才看到的那些东西：雪茄盒、信件。既然吉登曾和谢迪在一起待过，也许这就是他曾住过的房间。也许，我终能找到吉登留下的一些痕迹。

微风渐渐止息，但是在这个宁静的夜晚，我的身体仍然能感到火车的摇晃。

第一个早晨

1936 年 5 月 28 日

哪个傻瓜会在放假前的最后一天还开始去上学啊？一大早被楼下丁零哐啷的盘子碰撞的声音以及培根和咖啡的味道弄醒后，我就一直在问自己这个问题。我的胃呻吟了一声，提醒我在哈蒂·梅那里吃三明治已经是上个世纪的事了。

接着我就想起那个幸运比尔牌雪茄盒来。带着些许期待，我跳下床去，找到那块松动的木板。这时，楼下却传来谢迪的叫喊：

"阿比琳小姐，太阳都升得老高了，下来吃早饭吧。"

虽然对于昨晚只在月光下看了一眼的东西心痒难耐，但我毕竟知道不能让一个厨师久等。我让盒子稳妥地待在地板下，又确认了一下罗盘还好好地挂在我脖子上。我换了一套干净的衣服，是一条有黄色的雏菊点缀的蓝裙子。雏菊有点褪色了，不过还不是太厉害，看不大出来。我又从罐子里撩了点水到脸上，用手抓了几下头发，觉得头发像干稻草似的，颜色则像那种生锈的钉子。我的头发很短，从来不用怎么打理，可我的确期待着谢迪昨晚说的那句"好好洗个澡"。

从楼梯下来后是一个很小的后间，或者说就是一个小过道。真的，里面摆着一只黑黑的炉灶、一个浴盆，还有一张折叠床。看上去，谢迪在这同一个地方就可以完成吃饭、洗澡、睡觉等等所有的事情。早餐里有一盘饼干，烤得稍微有点过头；炉子上还有培根，热得味道刚刚好。有人供应现成的早餐，这让我感觉自己像是住进了一家高级宾馆。

"碗橱里有一些威尔玛·T.牌黑莓酱。"谢迪的声音从那个有吧台和长椅的大房间里传出来。我一样拿了一点，放在一个买糖、面粉或者肥皂时附赠的粉色玻璃盘里。

这里没有桌子，于是我端着盘子走进了大房间。阳光穿过那扇斑驳的玻璃窗，照在明亮的吧台上。我不知道是该趴在上面吃，还是盘腿坐着吃。我吃着早餐，谢迪在他的工作台上修补着什么。他的脸凑在一个小东西上，用一把龇牙咧嘴的刷子掸着灰。"你在弄什么？"

"那个 L 键。"他眯起眼睛看着手上的东西，"哈蒂·梅的专栏写了快二十年了，这打字机能不罢工么。"他吹吹这块小金属按键，拿得远远地盯着看，又用布擦了擦，然后放在打字机的一旁。"这下她又能写她的那些'何人何事何时何地为何发生'的轶闻，而我也能把这个 L 打发了。"

吉登可没告诉我，这个霍华德牧师还挺幽默的呢。看样子也没人这样跟牧师说过，他自己似乎一点也没觉得这有什么搞笑的。

我吃完了最后一块饼干，嘴巴里干干的，几乎咽不下去。要是我主动在这里干点活，也许就不用去学校了。我以前也常常去这个学校那个学校，可那都是在老爸的庇护之下，而在这里，我只有孤零零的一个人，站在这喧闹酷热的夏日里。

远处响起一阵铃铛声，把我的思绪拉了回来。

"准备准备去上学吧，迟到可不好。"谢迪还在研究着面前四散的打字机，"不过既然你在这儿，我给你个东西看看。"他把字母 M 和 F 递给我。

我接过来端详着。他又说："要是我把这两个字母都拿走，哈蒂·梅可就有麻烦了——而且她还没法打出'麻'和'烦'这两个以 M 和 F 开头的单词。"

谢迪微微笑了一笑。我把那两个字母放回桌子上，看到今天的报纸摆在一边，正折到"哈蒂·梅每周轶闻"那一面。我拿起来读着最下面的一行：所有你不了解的人物、事件、时间、地点、缘由，你不可不知。

我朝屋外走去，顺手把挂在门口的牛颈铃拨得叮当响。

小学恐怖的一天

1936 年 5 月 28 日

也许你们觉得我早已习惯了这样的生活——动不动就面对一群陌生的同学。对，这样的事情我已经经历过无数次了，可每次都还是一样地艰难。当然，每个学校都有些大同小异的地方，我谓之"千篇一律"。走进教室，我闻到了那股熟悉的粉笔灰味儿，听见桌子底下坐立不安的腿脚的动静，感觉到别人的目光。我在最后一排挑了张椅子坐下。

唯一的慰藉就是，我了解这些孩子，即使他们还不认识我。说起来，小孩子们也都千篇一律。每个学校都会有那种自以为高人一等的人，也有一些比别人要穷的人，介乎两者之间总有那种为人很好的孩子，正是这些孩子让离别变得艰难，而离别是早晚都要面对的事。

我想我永远也没法认清周围这些人了，这已是暑假前的最后一天。书本都收拾到架子上,准备放假了。黑板正如其名:漆黑一片,没有数学题,没有单词拼写。一个有着玫瑰般红扑扑的圆脸蛋的女孩子开口说话了。

"我敢说你是个孤儿。"

"索丽塔·泰勒!"一个瘦瘦的红头发女孩马上呵斥道,"哪有你这样说话的?"

"她是一个人坐火车来的,没有爹妈陪伴,不是吗?两元店里的人都这么说。"

"切,你就不该听那些'都这么说'。再说了,就算这样也不能说明她就是孤儿啊。"那女孩拨弄着自己的一条红辫子,看着我说道,"是吧?"

我脸上有点发烧,也许已经红了,但我还是挺直了身子,说道:"我妈妈去了很远的地方。"我说得很大声,人人都能听见,我知道他们都竖着耳朵在听。有些人向我投来同情的目光。我认为这不算是撒谎,谁分得清"很远的地方"是什么意思?大部分人都会认为这是指她死了。但在我的字典里,不是这样给它定义的。对我妈妈来说,当一个妻子和妈妈绝对不是生活中最重要的事,所以在我两岁那年,她加入了新奥尔良州的一个舞蹈团。我对她毫无印象,也说不上有什么想念。

"不过,"我不等他们发问,自己先回答了下一个问题,"我还有个老爸。"以前我总是被人问起关于妈妈的事,这还是第一次需要作出关于吉登的解释。这真不公平,他就这样把我扔在这个窘境里。"他在爱荷华州的铁路线上工作,他说像我这样大的小女孩跟着他在铁路上不太好,所以让我来这里过暑假。"我没说出来的是,我从出生到现在几乎一直都是在铁路上过活的,我也不知道为什么这个夏天就不行了。"不过夏天过完他就会来接我了。"不知为什么,我的话听上去有点空洞。是因为昨天哈蒂·梅和谢迪交换的那个眼神吗?还是因为今天某些孩子那同情的目光?也许他们听说过有一些孩子被永远抛弃的故事,可是吉登一定会来接我的,到时候我可有话要对他说了。

"听见没,莱蒂?跟你说了,她不是孤儿。"红发女孩说道。我猜莱蒂是索丽塔的小名。

"她们俩是表姐妹。"一个身穿背带裤、满脸雀斑的男孩说道,好像这就足以解释整件事情,"你老爸有没有见过火车出事故?"

"这算什么好问题?"这回是莱蒂在说话,"得了吧,露丝安,我问了个傻问题你就跳上来说我,你看看比利问了什么!"

"这不是傻问题。"比利说,"我爷爷以前在火车站工作,他就见过这种事。那人在堪萨斯市被火车给撞了,都撞死了,还被火车头一路拖到曼尼菲斯特站来。没人敢把他从火车上扒拉下来。"

"我也听过这种事。"莱蒂说,"只不过说的是一个男孩子骑了一匹三条腿的马,一路去斯普林菲尔德,然后——"

"你们两个就不能闭嘴么?让这个可怜的小姑娘讲讲自己的事情行不行?"露丝安骂道。

大家的目光又回到我身上。我赶紧说:"我没什么要说的。不过我叫阿比琳。"

"阿比琳?这不是人的名字,这是个地名。"比利说,"你是从堪萨斯州还是得克萨斯州的阿比林来的?"

"都不是。"

"她从哪儿来的不重要,"一个女孩说道,她的头发有着很漂亮的波浪卷,像是在高级理发厅做出来的那种效果,此刻她正抬起眼睛,拿鼻子尖儿对着我,"重要的是她现在住在一个酒吧里,而且离萨蒂小姐的占卜屋就一抬腿的距离。我妈妈说,那地方就是个鬼窝。"

我在谢迪家能看到的"一抬腿"的距离之内,只有那片墓地和一座破破烂烂的屋子,那屋子外面有一扇写着"小心"的大铁门。我根本不知道里面有什么东西,不过我跟你说,我一定会弄清楚的。

"夏洛特,别说了,让人家说话行么?"露丝安又开口了,"嗯,那你是从哪里来的呢?你家在哪里?"

这个问题总是很快就来,千篇一律,我早有准备。"四海为家。我老爸说了,是地图上没有的地方,'好地方从来不上地图'[①]。"我回答。

教室后面突然响起一个声音,听起来年长一些:"看起来,你父亲对赫尔曼·麦尔维尔的作品很熟悉。"

她的话音刚落,教室里就快速地响起了椅子挪动的声音,所有人都站了起来。"早上好,雷登普塔嬷嬷。"

"准确地说,是《白鲸》这本书。同学们早上好。看来你们跟新同学寒暄够了,都用那些奇怪的故事欢迎过她了。"她扬起一边眉毛,看着大家。

她浑身都裹在黑色的衣服里,只有脸从一小块看起来像白方框一样的地方看向外面。我想既然大家都叫她嬷嬷,那她应该是个女的吧。不过这可真不好说。

吉登说过,玫瑰永远是玫瑰。可在现实生活里,玫瑰也分更好看的和更多刺的两种。我不知道她属于哪一种,不过有一点我可以肯定:她不属于千篇一律的那类人。

她身材高大,身姿坚挺笔直,此刻正步态庄严地朝教室前面走去。我感觉她身上唯一动着的地方,就是在腰边摇摆着的一串木头珠子,一直垂到她的膝盖那里。她走过我身边的时候,我闻到了一股肥皂的碱水味儿,味道很重。她一定是那种相信只有保持清洁才能虔诚敬神的人,并且从不马虎。

这时我突然意识到了一个奇怪的事实:我被一个浸信会牧师送到了一所他们的学校!有些教徒在这些方面区分得很

---

① 如后文嬷嬷所言,这句话出自美国作家赫尔曼·麦尔维尔的名著《白鲸》第十二章开头。——译者注

严格的。不过看看谢迪的家，又是教堂又是酒吧又是工作室的，我想他大概是没什么忌讳的那种人。

雷登普塔嬷嬷把一摞纸放在讲台上："你们都在着急地等待着成绩单吧？"底下响起一大片呻吟和骚动。"放心吧，你们每个人都得到了公平公正地显示你们一年来付出了多少努力的成绩单。"她拿起最上面一张，"比利·克莱顿。"

"到。"比利走上前去。他点点头，接过那张纸。往回走的时候，他脸上的雀斑已经淹没在一片通红中了。

"夏洛特·汉密尔顿。"

这位"白富美"小姐昂着头朝讲台走去。"谢谢嬷嬷。"她冲大家微笑着，朝座位走去。接着她却忽然发出了一声尖叫，我还以为她踩到钉子了。她举起了手："雷登普塔嬷嬷，这里您是不是搞错了？有一栏您给了我一个 B。"

"我知道，夏洛特。你的总成绩是我评的。所谓'穿黑色服装参加葬礼'或'把去年的羽毛贝雷帽送给妹妹'，并不能算是仁慈的一种具体表现，当然不止这两件事。梅·休斯，"她继续点名，"露丝安·麦金泰尔……诺阿·卢梭……索丽塔·泰勒……"

看着这些人扭扭捏捏坐立不安的样子，我觉得我来这一趟学校也值了。看完了自己的成绩单，莱蒂·泰勒无精打采地倒在椅子上，咬着露丝安的耳朵："叫夏洛特准备好黑裙子参加葬礼吧，回家我妈就要打死我。"

我优哉游哉地坐在那儿听着点名,知道反正不会有我什么事。

"阿比琳·塔克。"

我之前一定是张着嘴巴在笑,因为这会儿忽然改变嘴型都有些疼。

"你就是阿比琳·塔克。"雷登普塔嬷嬷说得好像这个事实我还得想一会儿似的,"我知道你才来,这样,很不走运的是,我没法根据你的平时表现来给你一个学期成绩。"

"是的,夫人。"我说着。很遗憾吗?我心想。

"所以,我给你布置一份特殊的暑假作业。"

"作业?暑假?"看,玫瑰永远都是玫瑰,只不过她开始长出刺儿了。随便吧。

"我很高兴你的听力没问题,接下来就让我们看看你的脑子怎么样吧。看起来,大家都对故事挺感兴趣的,尽管刚才大家谈论的都是一些火车上的人身意外什么的。这样吧,你的作业就是写一篇关于你自己的故事,题目自拟,我会从语法、拼写、标点和故事内容的独创性几个方面给你打分。9月1日那天交。"

她没给我机会说什么"如果""可是""但是"之类的话。也好,因为我没什么话好说。可我从没打算过要在曼尼菲斯特待到9月。

"你要是找不到头绪、需要什么帮助的话,"她从白色方框

Moon Over Manifest　　33

里扫视了一下整个教室,"我相信这里有不少同学愿意帮忙。"

教室里一片可怕的寂静,甚至没人望我一眼。莱蒂·泰勒碰巧去轰一只苍蝇,讲台上那女人比任何一个拍卖师都要敏捷地敲了下木槌,捉住了她。

"索丽塔,谢谢你。也许你妈妈会给你几个月的缓刑。"

露丝安掩嘴偷笑。

"还有你,露丝安,你也做出了善意的姿态。还有你们,"她狠狠地盯着大家,"你们最好记住,下个学期,操行评定也会计入学期成绩总评。"

夏洛特又举起了手。"嬷嬷,我很乐意帮助那个可怜的女孩。"她怜悯地看了我一眼,"我还要帮她找一些合适的衣服,一些穿起来不那么旧的衣服。"

"没这个必要,夏洛特。我相信有够多的人想帮阿比琳了。现在起立,活动开始了。"

全班同学都站了起来,夏洛特撩了撩头发。"无所谓,"她转过头低语,"我整个夏天都会跟家人一起待在查尔斯顿,你知道不?在南卡罗莱纳州。"她忽然换了一副南部口音讲话:"不过可惜呀可惜,我还以为给穷人穿点好的,也是仁慈的一种具体表现呢。"

目中无人的富二代女。这种人在哪里都是千篇一律的德性。

树屋堡

1936 年 5 月 28 日

还好，这个学期的最后一天很短，发了成绩单，清理好桌椅就放学了。吃过午饭，谢迪说，屋子后面那间老树屋可以给我用来招待朋友。他大概有两点没搞清楚：第一，我没有朋友；第二，那个用几块木板拼出来的东西真称不上是间树屋。噢，好吧，它到底还是在一棵树上。它离地大约有九米高，除了一些光秃秃的树枝和一段像在那里挂了一辈子的绳梯，没有地方可以爬上去了。

不过我已经花了半个下午的时间帮谢迪收拾屋子了，现在正想有点私人空间，好仔细看看我在地板下面找到的那个幸运比尔牌雪茄盒。眼下那树屋是我能找到的最私密的地方了。我把雪茄盒揣在包里，爬了上去，那绳梯每踩一步就嘎啦响一声。

到了那上面，光线从树屋地板的缝隙里透进来，我衷心希望自己能有点肥肉，不至于从缝里掉下去。我从一个边缘参差不齐、冒充窗户的洞往外望去。从这么高的地方看下去，周围的一切都看得一清二楚。曼尼菲斯特先驱报社就在五金店的一边，考士基饭店和好日子丧葬社则在另一边。街对面是银行、邮局、达金斯廉价杂货店、库珀理发店以及卷卷Q美人百货商场。还有那另一头连着吉登的铁轨。

接下来我看见莱蒂和露丝安跑进了达金斯杂货店。从学校回来的路上，我站在那家店外面朝里看过。里面有一个冷饮柜台，柜台上放着几个装着柠檬糖、甘草条和小硬糖块的罐子。当时我的脸一定是贴到那玻璃上去了，因为很快就有一个女人板着面孔走出来，把我给赶走了。估计是达金斯太太亲自出马吧。我猜想着这两个女孩子进去买了什么。也许吉登来接我的时候会带我进去。我有点站立不稳，就像昨天在报社时那样。可在这样一个高高的、摇摇晃晃的树屋里，谁不会有几分头昏眼花呢？

脖子伸得累了，我转身打量这间屋子，想着下次要带点什么上来。首先是食物。午饭我没吃多少东西，下午也已经过去一大半了。

这树屋里没有多少前人留下的东西，只有一把破锤子，几只生锈的易拉罐里装着一些锈得更厉害的钉子，还有几只木头箱子，盖子上画着打伞的盐巴妹，一颗钉子斜吊着一块破木牌——树屋堡，大概得名于独立战争时期那个著名的堡垒①。如果说这里还曾经有过别的什么东西，那也一定是饱受风雨侵蚀后破成碎片，从木板缝里掉下去了。

无所谓。我要尽快把这里打扫干净，收拾整齐。首先，我在罐子里找到一根最直的钉子，把那块木牌挂正了，树屋堡就算正式开张了。

我跪在一只木箱面前，感觉好像它是个祭坛。我打开雪茄盒，倒出里面的东西。那张地图，不是那种折成几折的线路图，而是手绘在一张褪了色、边角也磨破了的纸上。上面画的是本镇的一些地方，还标记着一些地名。最上方有一个稚拙的笔迹写着：大后方。

雪茄盒里还有一些小东西，似乎是为着纪念什么事情或者什么人而保留到现在的。有一个软木塞，一根鱼钩，一块一美元的银币和一枚精致的钥匙。此外，还有一个小小的木头娃娃，只有缝衣服用的顶针那么大，涂着鲜艳的颜色，脸啊手啊什么的都画全了。我看着这些东西，就像在看某个博物馆里的珍藏品，它们似乎可供人们研究另一个时代以及生活在那个时代的人们。

再有就是那些信了。我拿出一封来，把鼻子凑在薄薄的纸上闻了闻，想着能否从这上面闻出少年吉登的气息。它闻

---

① 此处树屋堡英文为 Fort Treeconderoga，与美国独立战争时期发挥重要作用的提康德罗加堡（Fort Ticonderoga）音形都酷似，因此阿比琳才有此推测。——编者注

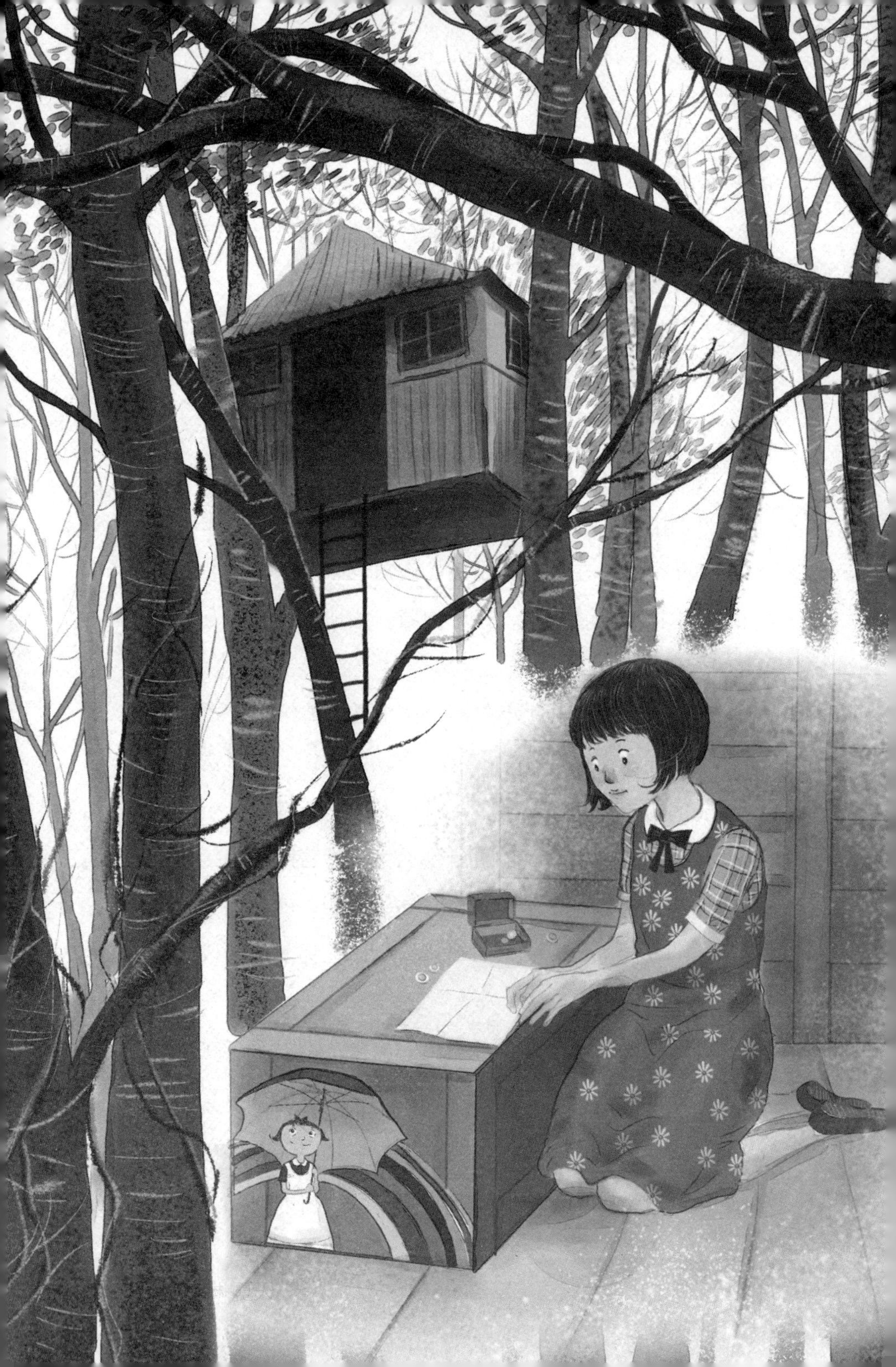

着有点像小狗身上，或者木头，或者池塘水的味道。我打开这封信，从头读起，想象自己正徜徉在老爸的夏天里，玩着躲猫猫的游戏，或者去钓鱼。"亲爱的金克斯"，这信上的笔迹不是我所熟悉的那个人的。

我的心一下子跌到了失望的谷底。这个雪茄盒和这些信都不是吉登的。但我依旧读了下去：

亲爱的金克斯：

我正在火车上给你写这封信，所以字写得歪歪扭扭的。我知道你对我要走的事有点儿生气，但等你长大了你就会明白的。再说，我很快就会回去的。帮我照看一下老爹，他在五金店也许需要帮手。

同时，大后方也需要有人盯着。现如今正在打仗，怎样谨慎地防范间谍都不过分。你已经听说了吧？有人听到树林那边白天晚上都有动静。就在上个月，斯塔克·齐布尔斯基和丹尼·麦金太尔说，他们晚上出去钓鱼的时候，听到树林里响起过一阵动静。当时他们的狗都特别躁动不安。斯塔克说他的狗邦普的鼻子比浣熊还灵敏，可是两条狗在树林里巡视了一圈却什么也没找到，只带回来一根骨头邀功。而那个鬼鬼祟祟的间谍，搞不好正在搜集各种情报送给德国人，就像人们利用夜晚的好时机来抓蚯蚓，或者像男孩子们偷偷溜出去裸泳一样。

我画了一张地图给你，这样你就能看得更清楚，哪些是重要的，哪些是需要保护的。我还留下了一些你一直眼红的东西，给你做个念想儿：我的自由女神头像大银币、鱼钩，还有那把万能钥匙。不过你可别多想，等我回来，顶多就在这个夏末，它们就要物归原主，回到我手里了。

记住，保持警惕，注意周围的一切动静。响尾蛇正在盯着呢。

内德·吉伦
于圣菲铁路线
邻近列车员专用车厢的一节车厢内
1918年1月15日

这张泛黄的信纸片捏在手里感觉薄薄脆脆的。大后方？间谍？裸泳？我不认识什么内德或金克斯，可这信里的句子让我激动不已——他们的生活简直充满了各种历险和神秘。

一个女孩子的声音把我拉回了现实中。

"阿比琳！哟嗬，阿比琳！你在上面吗？"那人叫道，"谢迪叫我们来树屋找你。哟，瞧这树屋的样子，你好像随时有可能掉下来啊。"

我往下面瞧了瞧，又立刻缩回了脑袋。来人正是莱蒂和露丝安。我是盼着她们来的，我应该高兴她们来了。可我还沉浸在这信不是写给吉登的失望中，并且刚刚又被内德和金克斯，还有那个被称为响尾蛇的间谍吊起了胃口。

"我现在还没空写作业。"我看也不看地朝下面喊道。

"作业？有没有搞错啊，今天才刚放假！"莱蒂叫道，"急着写什么作业。再说了，人人都在放假。"

"是呀，我们刚才还看到雷登普塔嬷嬷穿着雨衣，下河去了呢。"露丝安喊道。

我伸出脑袋来。"这你都看到了？"

"没有。但我敢肯定这话能把你从树上骗下来。"莱蒂笑道。

我又缩回了脑袋，觉得自己有点傻帽。就算雷登普塔嬷嬷有雨衣，现在河里大概也没水呀。"我正忙着呢。"

"那好吧，还是我们上去吧。索丽塔，你先上？"

"露丝安，还是你先上吧。"

要不是听见绳梯的动静，我还以为她俩只是逗我玩的呢。她俩爬得可真快，眼看着就要上来了。我赶紧把地图折起来。

"你在这儿忙什么呢？"露丝安先伸进脑袋，接着整个身子都爬了进来。

我把地图和其他东西都塞回雪茄盒里。"没什么。你们大家伙儿来干吗？我不需要别人帮我写作业，没这个必要。在雷登普塔嬷嬷用她腰间那根套索套住我之前，我就已经离开这里了。再说了，你们大家伙儿闲得无聊也有别的事情可做呀，比如溜去杂货店或者别的什么地方。"我不知道自己为什么这么不近人情。也许是因为吉登教过我，不要成为别人的怜悯对象。

"哦，说起来，我们刚从杂货店里出来。"莱蒂说着抓住露丝安的胳膊爬了上来。她短短的头发带着卷儿，倒有几分像那木箱子上画着的盐巴妹。她背上还背着一个大红手帕裹成的包袱。

"我们带了点东西过来。"她打开包袱，拿出三个包在蜡纸里的诱人的三明治，三只苹果，还有，我的老天，三瓶冰镇的可口可乐！就在这时，露丝安看到了我手里握着的信。

"你藏着什么呢？"她把信从我手里扯了过去。

"还给我。"我说。

"是谁写来的？"

我的自尊心膨胀起来，像一个涨满了马上就要爆炸的气泡。我一把夺回了那些信。"我知道你们来这里干吗。你们大家伙儿不就是想帮助新同学，好让老师家长夸夸你们么？切，我这里不需要什么慈悲行为，"我以一副新来女生的口吻说道，"你们大家伙儿还是去找别人来挣暑假学分吧。"

但是看着她们的脸色，我几乎要为自己的刻薄哭出来。

她们互相看看，似乎在商量由谁来跟我说话。

"好吧。"是露丝安开的口，"但我要说的是，那叫慈善行为，不叫慈悲行为。比如给没有衣服的人衣穿，给饥饿的人饭吃，我俩也没打算做这些。但我想，就算雷登普塔嬷嬷也会同意，跟一个榆木脑袋坐在树屋里这种事情可不算慈善行为。莱蒂，是不是？"

"是的。"莱蒂默默地把食物和饮料放回包袱里。

"跑遍整个镇子去收集空汽水瓶，就为了换点可乐来带给一个不知好歹的人也不算。我们只是来这儿看看你，互相认识认识。可看来你自己跟自己处得好得很，或者你一直说的'大家伙儿'什么的在陪着你。莱蒂，我们走。"

她俩站了起来。

我不知道该说什么，但是一定得赶紧说点什么好听的话。

"你是说，你们大家伙儿都不说'大家伙儿'这个词？"

她俩停住了，然后露丝安略带嫌恶地说："不，我们大家都不说'大家伙儿'，就两个字'大家'。这点你最好也搞清楚。"

我用脚蹭着地板上的灰尘："还有什么是我应该知道的？我在这里要待些日子……还有什么？"

莱蒂和露丝安又互相看了看，大约是在想她们还要不要再忍耐我一分钟。想了一下大概是觉得还能忍，她俩又坐了下来，重新打开包裹，拿出三明治。

"嗯，"露丝安用锤子尖撬开汽水瓶盖时，莱蒂开口说道，

"有一条河,在阿肯色州境内的时候,就叫阿肯色河;可一旦流到堪萨斯州这边来,我们就叫它阿堪萨斯河。这个也很重要。"

"那边有个女人,总是坐在她家的门廊上盯着过路的人看。不要跟她的目光对视,否则你就会变成石头。"莱蒂继续说着,好像这跟怎么发"阿堪萨斯"的音是同等重要的事情。

"还有,你最好多练习练习语法。"露丝安含着一嘴的鸡蛋色拉三明治说道,"现在还不用愁这个,反正是暑假,想怎么说话就怎么说。可到了开学,雷登普斯嬷嬷对那些'不需要不要''可能也许吧'之类的说法会很感冒。还有,她腰间那根所谓的套索,实际不是套索,是玫瑰念珠,祈祷的时候用的。"

我知道要了解一个地方的风俗,不是一天两天的事情。不过没关系,这两个女孩子人挺好的,可口可乐的味道也相当不错。再说,到了秋天我早就走了,我对自己说着,不去管心底隐隐的不安。

我打开雪茄盒。"见过间谍地图吗?"我问。

曼尼菲斯特主街

1936 年 5 月 28 日

"一个货真价实的间谍！"我们三个躲在五金店门口的印第安人木雕像后面时，莱蒂叫道，"就在我们曼尼菲斯特！哎哟，再没有比这更刺激的事了。"

我把雪茄盒里的其他小东西都藏了起来，但给她们俩看了第一封信和那张间谍地图。这样做或许是有点自私，可我想一个人先读完剩下的信，也许里面有什么地方会提到吉登。

"响尾蛇，听起来就透着一股间谍的神秘味儿。"莱蒂用从周日晚间广播节目里学来的、低沉夸张的语调说着，"谁知道人心里隐藏着多少阴暗？间谍知道。"

露丝安翻了个白眼。

"对了，"莱蒂接着说，"这跟几个月前的那件小事有点像：有个女人，收到了死去的老公的神秘来信，呃，也算不上是信，就是些便条吧，不是寄来的，而是她在枕头下面发现的。就在她发疯之前——"

"莱蒂，先别说她了。"露丝安说，"不管这个响尾蛇是谁，他有可能还在这里，现在就在盯着我们。"

"都过了这么久了哎！那信是……"莱蒂心算了一下，"十八年前写的了。而且也看不出来这张地图有什么用。"她扫了一眼那纸头，"这就是一张普通的曼尼菲斯特地图，或者说是1918年的曼尼菲斯特地图。瞧这里，那个马特诺普洛斯肉店早就关门了。"

这对表姐妹的争论在继续。露丝安说："喏，这张地图也许画的是可能的可疑人物和间谍可能出没的地方。"

"说不定他早就死了。马特诺普洛斯肉店地方还在，马特诺普洛斯先生却早已经死了。"

"你别这么死板呀。走，我们四处找找。"

我看这回是露丝安赢了。大家直起身子来，莱蒂蹦蹦跳跳地走在我们旁边，好似一点也不在乎。

我们在主街上来回走着，扫视着每家商店的店主和过往的行人。

那边一个屠夫正在把一大块肉挂在店门外风干，他拉下挂着鲜肉的钩子，用本来就血迹斑斑的围裙擦了擦；送冰人用大钳子敲下一大块冰，然后又把钳子挂在卡车的车厢外；理发师抖着围裙，把剃头刀擦拭干净……带着满脑子间谍啊发疯啊之类的想法，我看谁都觉得有点瘆人。

眼前这些人就像是吓人儿歌里的那些无名氏——屠夫、送冰人、理发师……还好莱蒂告诉了我他们的名字：西蒙先生、比科顿先生还有库珀先生。

我们在几家店里进进出出，打听有没有人听说过响尾蛇。看上去谁都不愿意谈论这件事。

"响尾蛇有可能是他们当中的任何一个人。"莱蒂吸了一口气说，"可我还是认为他已经死了，埋进土里了。"

"也可能还没有。"露丝安很权威地说，"瞧。"

是那个办丧事的人。他穿着一身黑衣，正把一块花岗石板往好日子丧葬社里搬。

"也许就是昂德希尔先生。"露丝安低声说道，"他总是恨不得给谁都刻一块墓碑。说不定他自己就害过人。"

"这信里没提到过谋害性命。我们要找的是间谍，对吧，阿比琳？"莱蒂问我。

"是的，可是……"

"可是什么？"露丝安问道。

"好吧，就当这里真有一个间谍，可你们说，他有什么情报好搜集的？"

莱蒂和我看着露丝安。露丝安转了转眼珠，叹了口气，好像这么简单的问题还需要她来解释，真是烦人。但我猜，她只不过是在拖延时间好想出答案。

"你们要知道,那时候是在打仗。"露丝安说。

我俩仍旧盯着她。

"战争时期永远都有不能让敌人知道的秘密。"

我俩继续盯着她。

"你们凭什么就觉得,曼尼菲斯特没有一点值得间谍去打探的秘密呢?"露丝安问。

我跟莱蒂都想不出更好的解释,于是耸了耸肩膀,转头去看昂德希尔先生。他正往门外走,边走边抬手擦了擦额上的汗珠,仰头看着没有一丝云彩的天空。

"瞧他,"露丝安说,"他正在闻死亡的味道呢。"

一阵微风拂过,昂德希尔先生穿过街道朝我们这边走来了。我简直快确信他是要从我们三个之中拉一个回去,好准备下一块墓碑了。我们朝一条小巷子退去,看着他走过。他弓着身子前行,胳膊直直地贴在身子两侧一动不动。

"走。"露丝安低声说,我们一起跟在昂德希尔先生后面。他朝镇子边缘走去,绕过谢迪家门口的那排树。这时莱蒂踩断了一根树枝,噼啪响了两声。昂德希尔先生回过头来,我们躲在一棵树后一动不动,直到他又继续朝前走。

"他要去哪里啊?"我问。

"一个办丧事的人还能去哪里?"露丝安指着前面那道围住百八十座坟墓的铁篱笆,"走,那边有一个开口。"

这是我目前为止一直试图避开的千篇一律的事情之一:

在别的地方，我见过那些像瞎老鼠一样跟在领头的孩子后面乱窜的小孩，最后都落在农妇手里被逮个正着。通常作为一个外来者，我很少会中这种领头羊的魔咒。可我这是第一回参加抓间谍的活动，所以就这样没头没脑地跟着露丝安，兴奋和害怕像电流一样贯穿脊背，我却乐在其中。

露丝安第一个从缺了一段铁栅栏的篱笆口里钻了过去。然后是莱蒂，最后是我。

"就在这里。"露丝安说着蹲在一块高大的墓碑后面，我和莱蒂紧随其后，偷偷地观察着。

昂德希尔先生拖着步子走到两座坟墓之间的一块草地上，伸开两只胳膊去触摸两边的墓碑，指尖勉强能够触到。让我吓了一跳的是，接下来他竟然平躺在地上，好像要去赴死一样。从我们藏身的地方，只能看见他用一双长腿抵住面前的一块墓碑，膝盖弓得老高。

他躺在那里，看样子舒服得很。然后他站起身，在一沓纸头上记着什么，接着又垂下胳膊，走出了墓地。

我们一直等到墓地铁门的吱呀声完全停下来，才从藏身的地方走出来。

"他是在给别人量坟墓。"莱蒂说。

露丝安打量着昂德希尔先生刚才待过的这块草皮。"他的腿刚才蜷了起来，看上去这块地好像不够葬一个成年人的。"她伸开胳膊像昂德希尔先生刚才做的那样丈量着距离，一只手停在空中的某个高度,然后慢慢地慢慢地转过身来,"实际上,我得说,这里刚好够放下这么高的……一个人……就是索丽塔·泰勒!"她把手搁在莱蒂的头上。

"露丝安·麦金太尔,你给我住手!不然我就去告诉你妈妈,你用她的漏勺去抓蝌蚪。"

露丝安大笑起来。"嗨,别急眼啊。"

"露丝安,我们回家吧。"莱蒂说,"我渴死了。我妈要是知道我跑到镇子外头的树林里来了,还不得气死。现在都半夜了吧?"

"老天,莱蒂,天还没黑透呢。"

"可是……"莱蒂带着哭腔。

"好吧,你说得也对,我家也差不多要开饭了。"露丝安说。

我还不想让她们走。"也许能找条小河,拿瓶子装点水什么的?"我提议道。

"这里方圆一百里只有一条小溪流,人人都知道。"露丝安说着,一边走,一边踢着脚下的尘土。

"可我爸说,这里还不像别的地方干旱得那么严重呀。"

"还不严重啊?"她说道。我们朝谢迪的屋子走去,她往嘴里塞了一把草,像嚼烟丝一样地嚼着。

"不过,"莱蒂说,"卢浮叔叔说我们这里算好的了,至少还有地下井能打水。他说就在往西不远的地方,人都干得像秋天的枯叶子,一阵风就给吹到加利福尼亚去了。"

我们走向树屋堡,露丝安得去取回她的包袱。

"我真是累。"莱蒂抱怨道。

"累,见到你很高兴,我是饿。"露丝安接口道,从包袱里拿出吃了一半的苹果。

实际上,这找间谍的事儿把我们三个都搞得有点累了,要不是接下来发生的那件事,我们肯定就撒手不干了。

当走回谢迪那儿的时候,我们看到树屋堡的树干上钉着一张纸条,就钉在一块树疤上,一抬眼就能看到。很明显,写这纸条的人想确保我们能看见。

"上面说什么?"莱蒂问。

我把纸条取下来抚平,在昏暗的光线里辨认着。上面只有四个单词,首字母全都大写了。我大声地念着:

见好就收。

这事儿与其说是恐怖,不如说是太刺激了。当然了,一想到有个人不仅知道我们在找响尾蛇,还有空来写这张纸条给三个小女孩,那还是挺恐怖的。我们惊动了什么?他写这张纸条是在担心什么?

"就是说,响尾蛇还在这里。"露丝安分析着,"还活着,还在行动。"她咬了一口苹果。

"这种时候你怎么还能吃得下东西?"莱蒂打了个寒战,

"他知道我们在找他！"

露丝安继续嚼着苹果，思索着目前的状况："也许我们不应该跑出去，到处打听响尾蛇的事。"

现在才说这个，有点马后炮了，我想着。"现在该怎么办呢？"

"我们现在怎么办？"莱蒂重复着我的话，"我们是不是该见好就收？"

露丝安看着莱蒂，那眼神就像在说莱蒂居然连一加一等于二这样的问题也会答错。"我们当然不能见好就收，明天早晨第一件事，就是继续去寻找间谍。"

我把纸条放在口袋里收好。我们约好了第二天早上见面的时间，然后说了再见。

看着眼前这半酒吧半教堂的房子，脏兮兮的窗户里透出来明亮的灯光，让人感觉温暖宜人。可我希望是吉登在里面等我，和我道声晚安。我下意识地伸手去摸罗盘，不见了！我的心怦怦直跳，我一动也没动却分不清东西南北。那罗盘是我最珍贵的财产，可不过两天的工夫，我就弄丢了两次！肯定是刚才钻墓地铁栅栏的时候，不小心蹭掉了。

墓地！没人会愿意大晚上的去墓地——反正没有一个正常人愿意——可我得去找回吉登的罗盘啊。

"露丝安，莱蒂。"我喊道，希望能把她们俩喊回来陪我一起去，可她们早就走远了，听不见了。

我不能去找谢迪。首先我说不准他会怎么看待我们跟踪昂德希尔先生去墓地这件事。我也不打算把那张纸条给他看,那样一来,以后肯定就没法再查间谍的事了。我只有一条路,抬起脚来,转过身子,朝墓地迈开步,一只脚往前,另一只脚再跟上。

月亮正升起来,给我照亮了路,也投下了墓碑影影绰绰的影子。我在栅栏附近找了找,没有。于是我又钻进去找。走在那些墓碑间,我忍不住去看那上面的日期,想着有没有什么人生前是认识吉登的。

有些墓碑上的句子很甜蜜,有些就说了"这个人身高不足一米八"之类的话。有些则是死者的生平介绍。

这里长眠着约翰·福斯特——人道主义者的典范,
杰出的商人,市民的头领,
慷慨的慈善家,
以及十个孩子的慈父

约翰·福斯特墓的旁边则是:

这里长眠着玛丽·福斯特——约翰之妻

起风了,吹来一阵干燥的热浪。我正打算放弃了等明天再来时，远处传来了一阵轻微的声响，像是教堂的铃声在召唤。我又钻过栅栏，顺着风里的铃声，朝远处走了一段。

我知道自己正在走近那扇写着"地狱"的大门，毫无疑问，这就是夏洛特所说的那个萨蒂小姐的占卜屋所在地——鬼窝。牧师说起那些奇怪诡异的东西时，就会用上"鬼"这个词。占卜屋听起来是挺鬼的。

那座屋子门廊下面，挂着各式各样的风铃，在风中发出孤零零的音乐声。这其中就有我的罗盘，在月光下闪着光。我不知道它是怎么跑到这里来的，反正肯定不是风把它吹来的，是有人把它挂在了这儿。

屋子里一片漆黑，一把摇椅在门廊上吱呀地晃着，给这些轻柔的风铃声增添了不和谐的音符。我推开那扇焊着各种叉子啊盘子啊的大铁门，蹑手蹑脚地朝门廊那边走去。罗盘挂在离台阶有点距离的地方，门廊很高，从地面上够不着。不过那歪歪斜斜的台阶旁边放着一只大陶罐。直接走上人家的台阶好像有点寻衅的意思，于是我去挪动那只罐子。罐子非常沉，我几乎搬不动。希望我能靠它够到我的罗盘。

我自信平衡感还不错，就站到了罐口上，抓住门廊的栏杆，稳住身形去够那罗盘。就差两厘米了，要是风把罗盘朝我这边吹过来就好了……风停了，但那摇椅还在晃。我呆住了，这才意识到不是风在吹动摇椅，而是那上面坐了一个大大的黑影在摇晃。我控制不住轻叫了一声，屏住呼吸，从罐子上摔了下来，那罐子也碎成了两半。

　　那黑影从椅子上站了起来。我承认，我根本没敢看后来发生了什么，就慌忙地跑回了家，匆匆地跟谢迪编了个借口说我不饿，然后在读者你还来不及羞我胆小的时候，我已经跳上了床。我的心还在怦怦地跳个不停，但就连这也没法赶走我脑海里那些叮叮当当的风铃声。

萨蒂小姐的屋子

1936 年 5 月 29 日

昨晚我几乎翻来覆去了一整晚,今早起来就难免看着有点憔悴。谢迪站在吧台的那头,扫了我一眼,给我倒了一碗热乎乎的麦乳牌麦片粥。我撇起一勺吹着,等它凉下来。

我从他身后望去,看到架子上插着一瓶琥珀色的液体。在一群生活不如意的男人中长大,我对酒这种东西一点也不陌生。这里只有这一瓶,还是满满的。我想,在一个酒吧里有一点儿酒也不算什么稀奇事儿,虽然这里也是半个教堂。

"昨天有两个人来找你,后来在树屋那儿找到你了吗?"

"噢,你是说莱蒂和露丝安?"我装作漫不经心地说,"嗯,她们来找我玩了一会儿。"我不认为他会对我们的晚间行动有什么好感,并且,从露丝安和莱蒂的话中听得出来,其他的镇民恐怕会更反感。

"对了,她俩是表姐妹,是诺拉和贝特姐妹俩的孩子。这两个妈妈是沃伦斯家的女儿,小时候什么调皮捣蛋的事都干过。现在报应来了。"谢迪说着咧嘴一笑。

我在想,他是不是知道了昨天晚上我们干的好事。

"麦克格里格家后面有个小棚屋塌了,我去收拾点碎木片回来。你要是愿意,可以一起来。"

"谢谢。不过我还是留下来收拾早餐盘子吧,吉登说我到这里是来帮忙的,不是给人添麻烦的。"

"别老惦记这个了,没事的。不过你留下也行。我差不多中午回来。今晚这里有活动,之后是百味餐①。记得叫上你的朋友,就说我们很欢迎她们来。"这话固然说得很客气,可谢迪高估了我的社交圈。"今天好像挺热的。"他戴上一顶旧得没了形的帽子,在门口望了望万里无云的天空,推起一辆独轮车走了。

这让一个念头跑进了我的脑海里。我一边洗碗擦桌子,一边琢磨着。要是他会起这么早出去干活,说不定那个萨蒂小姐也是这样,并且不到中午也不会回去。这样我就有机会去拿回我的罗盘,而不用担心缺胳膊少腿,或者被人勾魂摄魄了。

抹布在吧台的木桌面上蹭到了一道缝,起初我还以为是木板开裂了,凑近了一看,才发现这吧台的桌面其实是一块

---

① 百味餐:参加者每人自带一份食物的聚餐。——译者注

可以移动的板子。我试着一拉，几乎没用什么力气，整块板就被拉开来，然后又翻了下去，露出另一块桌板，之前的那块就这么凭空消失了。就连抹布也跟着一起无影无踪了。

说实话，我的脑子里立刻跳出了"地下酒吧"这几个字。全国到处都是这种地方，供人们躲在里面买私酿的酒喝，指望能不被抓到。我听说在这种地下酒吧，客人还要对暗号才能从秘密入口进去，进去以后，酒吧里还有各种暗格和密室用来藏酒，以防警察会来突击检查。

不过，还是有点奇怪，谢迪这里总共就一瓶酒，还光明正大地摆在外面……这事值得研究，可现在，我不能浪费这个凉爽的早晨。

我把擦碗布挂在挂钩上，朝地狱之路走去。白天里，萨蒂小姐的家看起来就没那么可怕了，从一个诡异恐怖的窝变成了一座破破烂烂的房子。野草蔓延到了歪歪斜斜的门廊上，盘绕在房子的四周，就像是整座房子蓄了一个星期没理过的胡子。

一丝风都没有，风铃们静静地挂在那里。我盘算着从爬上台阶到拿到罗盘，一共只需要五秒钟——这是指罗盘还挂在那儿的情况下。眼下，它不见了。

可能是被她拿走了。我蹑手蹑脚地走上枯朽的台阶，它们吱吱呀呀地响着，好像在咒骂我踩在它们苦痛的背上了。落满灰尘的窗户上有一块褪色的招牌，上面写着：未卜先知——萨蒂·雷迪森小姐。从外面看不见罗盘在哪里,这屋子看上去一派废弃的景象。纱门的铁网上插着一张黄色卡片,写着"请进"。我伸手去掏口袋里那两个十美分硬币,不知道哪个会给我带来好运。我挑了一个出来抛,要是正面朝上我就回家,背面朝上我就进去。背面。这次不算。我拿出另一枚硬币。还是背面。真讨厌。

萨蒂小姐的占卜屋里空气闷热凝重,我猜在那些放着流苏靠垫的红色天鹅绒沙发上,坐上一下都能窒息而死。可我还是得把罗盘找到啊。我深深地吸了一口气,鼓起勇气四下寻找。

忽然,屋子的双开门哗啦一下拉开了,一个身材高大肥胖、穿着正式的女人站在我面前。她画着浓浓的眼妆,耳环和手镯叮当作响。刚才窗户上的那块招牌说萨蒂小姐能够推测一些事,就我所见,这大概是想当然的吧。她朝摆放在圆桌后面的一把华丽的椅子挪动脚步,厚厚的红色长裙在地板上扫起一层灰。她似乎一条腿有点毛病,费了点劲才在椅子上坐下。

我以为她没有发现我,转身就想逃跑。

"坐下。"她说,声音低沉悦耳,听上去像一锅牛肉炖菜。她把双手平摊在桌子上,"让我们看看今天能得知些什么。"忽然间,我明白了:什么推测,这女的就是在故弄玄虚。如果你信这些东西的话。

我站在门边。"我不是来这里——"

Moon Over Manifest   59

"别说话！"她伸出一只手，对我指指对面的一把椅子。我坐了下来。

她推过来一个雪茄盒，我差点想说"谢谢，我不抽烟"，然后我看见了盒盖上的一个小槽口。这么说吧，我很少能有两枚硬币放在身上，通常这种情况下，我愿意让它们俩在一块多待一会儿。可如果这是拿回罗盘的唯一办法，我想我也别无选择。我放进一枚硬币。萨蒂小姐朝烟盒里瞅了一眼，又把它推回给我。

她的手指敲着桌子："今天天热，推测道道被堵住了。"

我不知道是不是她的通灵法术让她看到了我口袋里还有一枚硬币。我一定是昏了头才冒着万劫不复的危险，跑来相信萨蒂小姐招魂的这一套，可我还没糊涂到再浪费一枚硬币。

"你想想办法，这天凉快不起来了。"我把雪茄盒推回去。

她重重地叹了口气，简直像是要咽气了。"好吧，你想问什么？运气？前途？"

我扭动着身子，不知道说什么好。她重重地瞥了我一眼，又问："你要找什么？"

她这样久久地盯着我看，让我觉得她能透过我看到后面的织锦墙纸。我说了一句自己都不知道为什么要说的话，反正我就那么脱口而出了。

"我想找我的爸爸。"

她扬起眉毛："好，总算有所进展。你有什么信物吗？"

"信物？"

"传家宝，小首饰什么的，一样你父亲碰过的东西。"她抿起嘴唇，脸上的皱纹显得更深了。

她大概心里一清二楚我弄丢了吉登的罗盘。我也不打算再给她钱了，再说，她不过就是一个装神弄鬼的老太婆罢了。我决定诈一诈她。我从屁股兜里掏出那封内德写给金克斯的信来。要是萨蒂小姐能从这件不属于我爸的东西上，讲出什么有鼻子有眼的故事来，那她就比两面都是人头的硬币还要假了。我把纸头推给她。

萨蒂小姐把信打开来，用胖胖的手掌抚平了发黄的纸张。她读着读着，双手颤抖起来，最后居然举起双手捂住脸，呼吸越来越急促，喘着气直发抖。有那么一会儿，我分辨不出她是在哭还是快要死了。后来我想，这一定是她的戏法吧。

最后，她抬起头来，又去摸那封信，手掌轻轻地摩挲着信纸，好像要把上面的字都吸到身体里。"这信，"她看也不看我地说，"提到了一些纪念物，你有吗？"她的声音又低又哑，听起来不容拒绝。

我想起来那信里提到的一块银币、鱼钩还有万能钥匙。"我是在一块地板下面的雪茄盒里找到这信的，"我急急地说着，听起来有点心虚，"是还有其他的东西，"我继续多余地解释，"还有一只旧软木塞和一个木头娃娃，那娃娃比拇指大不了多少，颜色漆得很鲜艳。"我真希望自己能闭嘴。

沉默了好一会儿，她的目光又落在我身上，嘴唇紧闭，似乎是在权衡还要不要继续，或者我还值不值得接受她的推测。"很好，双手放在桌子上，我要在逝去的和活着的世界之间，打通一个连接。"

"可我爸还活着。"我说，认为她终于露出了马脚。

"活着和逝去的界限并不总是那么明确。"她闭上眼睛，呼吸缓慢而低沉下来。

我闭上一只眼睛，拿另一只眼睛偷瞄着。

"是时候解开过去和未来的秘密了。我看见很久以前的一个男孩，"她开口道，"他在火车上。"

目前为止我仍然不为所动。

"这男孩，是新来曼尼菲斯特的。"

"他现在在哪里？"我打断道。

"别说话，别催促。"

萨蒂小姐淌出汗来。我还从来不知道，这件事需要费这么大的力气呢。我瞪大了眼睛，她又开始了。

"那男孩，又累又饿，得采取行动了。是时候豁出去了……"

三趾溪

堪萨斯州克劳福斯郡

1917 年 10 月 6 日

金克斯望着在夕阳下疾驰的地面。他已经跳过很多次火车了，知道跳下车不是件难事，难的是如何安全着陆。考虑到溪边的那片棉花地是个不错的藏身之所，他抓起背包，跳了下去。

倒霉的是，在半空中他才看到那条沟。他翻滚了几下，尽量保持背部向上，别像身体其他部分那样砸在地上。最后，他停了下来，仔细听着周围的动静，他头上传来一个女孩的声音：

"内德·吉伦，你脑子里就想着一件事。我要是知道你把我带到这里来是想干什么……嘿，我是个淑女，可不参与这些活动！我看你的返校节舞会得另找舞伴了。"

金克斯透过面前的灌木丛偷偷看过去，正好看见一个年轻女孩撑着阳伞跑开，丢下一个男孩——算是个大小伙子了，他有着橄榄色的皮肤，深色卷发，手上拎着一条上钩的鲶鱼。

过了一会儿，那男孩盯着鲶鱼鼓胀的眼睛，清了清嗓子："珀尔·安，很抱歉把你带到这么粗鄙的钓鱼活动中来，破坏了你的女性美。你能不能再考虑考虑，赏脸当我的返校节舞伴？"那鱼儿呆呆地回望着他。

金克斯被眼前这浪漫的一幕吊起了胃口，不过更诱人的，是那钩子上扭动着的鲶鱼。他知道自己应该再跳上下一辆火车，尽量远离昨晚的事件，警犬的咆哮此刻还回荡在他的耳边。可是眼前正咆哮着的是他的胃，从昨天到现在，他一点东西都没吃，都能闻到鲶鱼被串在扦子上烤得嗞嗞作响的味道了。

"你得做点什么，而不是在这里对着一条鱼说好听的话。"金克斯说着，从灌木丛里走出来。

内德·吉伦转过身，发现跟他说话的只不过是个小男孩，顿时松了口气。"是吗？你多大了？以你现在，嗯，十二岁的人生经历，你对女人很是了解啰？"

"十三。不是我自己的经历，但我就是知道。"金克斯从包里拿出一个棕色瓶子，刚才它没有摔碎真是个奇迹，"你说的那些话都很好，可你不能带着一身的溪水味儿和鲶鱼的腥气就这样跑去跟她说，对不？"

内德嗅了嗅那鱼，做了个鬼脸。"你说得对。"

阿比琳的夏天

"我能解决你的麻烦。我这里有一瓶集古龙水、须后水与漱口水三合一的水,是用阿拉斯加海岸的北极冰川水做的。我可是从一个一百岁的爱斯基摩巫医那里弄来的。"

"你上哪儿去认识的一百岁的爱斯基摩人?"

"我在阿拉斯加的朱诺那边的码头上干过活。反正,你想想,这都能让一头北极熊变得气味清新起来,别说你了。"金克斯晃晃瓶子,"朋友,时间宝贵。"

"我想,来点清新的气息也不错。不过,看得出来,你这个什么北极冰川水总不是免费赠送的吧?"

金克斯抿起了嘴唇:"我们可以做个交易。嗯,就用那条鱼来换它吧——你不会是跟这条鱼也有感情了吧?"

内德咧嘴笑了,他把鱼从钩子上解下来,露出一个带黄绿点点的鱼钩。他举起这鱼钩:"这是崭新的,他们管它叫'迷惑之王'。它颜色鲜艳,瞎鱼都能上钩。咳,都不知道你这什么混合水值不值我这条鱼和这只钩。"他递过鱼,接下了那瓶水。

"我会照顾好它的。"金克斯说着。内德离开了。

10月的夜晚温煦无风,金克斯穿着内衣坐在火堆边,伸了个懒腰。他肚子里装满了鲶鱼,外衣之前脱下来洗去气味,正挂在树上晾干。他累极了,可他知道自己不能停下来,他得跳上下一辆火车,朝不知道什么地方前行。不过,他在心里辩解道,离下一班火车来可能还有一会儿。这里离铁路很近，他能随时听着动静。因此他跳进小溪，惬意地让清凉的溪水冲刷着自己，带走一路的灰尘和污垢。

他想起在乔普林，费恩叔叔建议他俩各自跑路，分开行动才不容易被追踪。这或许是这场大麻烦导致的最好的事情了。即使还在跑路，金克斯也感觉到了一阵自由，他第一次有了从头来过的念头。可是，带着阴影，一个人是很难从头来过的。那是个意外。可费恩说，警长不会相信的，而警犬更是不问缘由。

金克斯又没入水里，让溪水流过指间和发际。水流缓缓地拉着他，他任由自己沉浸其中。也许该去丹佛或者旧金山，去一个没有人会留意一个逃亡男孩的地方，去一个甚至连费恩叔叔也找不到他的地方……附近传来了水花拍打的声响，惊醒了他这美妙的憧憬。有人在低声地骂骂咧咧，狠狠地擦洗着脸和头发。

正是那个叫内德的家伙。噢，噢，金克斯想着，注意到和自己矮小羸弱的身形相比，内德是如此高大魁梧。就说应该早点动身嘛。不幸的是，内德发现他了。

"嘿，你这个小……你那什么北极冰川水，说什么北极熊涂了都会气味清新，是不是啊？没错，是有气味，珀尔·安都闻到了。"

金克斯还没来得及撤退，内德就抓住了他的胳膊，看上去要把他闷在水里，或者打一顿，或者闷在水里打一顿。但这时突然响起了一声枪响，两个人都愣住了。

"穿上衣服，跟我来。"内德说。

令金克斯自己都感到惊讶的是，他照做了。可当他走到之前晾衣服的树下时，却发现衣服不见了，只有鞋子和里面塞着的袜子还在。他转身去追上内德，这才注意到内德也只穿着一条湿答答的内裤，手里拎着鞋子。

"他们一定是拿走了我们的衣服。"内德说，"跟我来。"

夜色里传来人群欢呼叫喊的声音。金克斯跟着内德，顺着河岸往上游走了30米左右。两人蜷缩到河床边，光着的身子还在滴水。从河岸边望过去，一堆篝火的热浪像火车一样迎头扑来。篝火边围着一群男人，他们互相打着招呼,握着手,拍着背,满口"兄弟"长"兄弟"短的。要不是他们都穿着白色斗篷，戴着白色兜帽，还真会让人以为是什么教堂里的聚会呢。眼前这情景让金克斯不由得打了个寒战。

"他们把我们的衣服拿去烧火了。"内德指着那堆篝火。一个戴兜帽的人把他们的衬衫往哔剥作响的火堆里扔，坐在他旁边的另一个人大笑不已。

"他们为什么要烧我们的衣服？"

"他们喝醉了。本来也不是什么好人，这是个危险的组织。"内德把金克斯拉走，"我们走吧。另外，我还没跟你算账呢。"

"可他们究竟是谁？为什么都披着披风、戴着兜帽？"金

Moon Over Manifest 67

克斯小声问。他早就闻到了内德身上的气味，一点也不着急去算那笔账。之前他跟内德交换的那瓶号称冰川水的东西，装在瓶子里闻起来是一种味道，涂到身上又是另一种味道了。不过，通常金克斯都是不等被抓住，早就溜之大吉了。

此刻内德看着金克斯，就像发现了新大陆一样。"妈呀，小孩，你是不是在阿拉斯加待太久了？这帮人自成一派，他们几乎憎恨任何与他们不一样的人。只要你不入他们的眼，就能招他们讨厌。在这里，他们讨厌的主要是外国人。"内德说着，气得脸都红了。

"他们戴着兜帽是怕被别人认出来。那个把衣服扔进火堆、胳膊扭曲的家伙，叫巴思特·霍尔特，是个二道贩子，专门贩运死动物。他恨外国人，但还是收他们的钱，弄走死牛死马。笑起来娘娘腔的那一个，是埃尔罗伊·内柏，他是煤矿上的一个矿主。要是被他老婆发现他在这里喝酒作乐，嘿，他还不得被她用擀面杖揉扁了。"

正说到这里，有两个人从火堆旁走了出来，摘下兜帽。

"那两个又是谁？"金克斯瞪大眼睛问道，"他俩怎么把帽子给摘了？"

"个头高一点的那个是亚瑟·德夫林，他是大爵士，整个煤矿都是他的；矮一点的那个是他手下的一个小矿主，莱斯特·伯顿。"内德答道，声音中充满了愤怒，"德夫林才不管有没有人看见他呢，他不用理会任何人，所有人都听他的。

在这里，谁掌握煤矿，谁就掌握了这个镇子。每个人都有求于他、他的煤矿、他的百货商店。相信我，他就凭这工资和物价，就能搞得每个人都跪在地上爬不起来。"内德慢慢地吸了一口气，低声说道："走吧，我们别待在这儿了。"

内德起身走开，金克斯跟在后面。内德说："小孩，小心点，河边有毒藤，还是蹚水走到下游，在那片空地上岸吧。"

两人举着鞋子，在浅浅的河水里悄无声息地蹚着。寂静的夜里满是树蛙声和蝉鸣。

"我说，"金克斯说，"也许我们能来个交易⋯⋯"

"嘘。"内德抬起手来打断了他。在他们前面几米远的地方传来一阵谈话声，是两个男人，边说边从河里往脸上撩着水。

"那里的温度得有四十多度。"一个大个子男人说着，踢掉了脚上的鞋子。

"要我说，比火炉里还热。"另一个附和道，光秃秃的脑袋在月光下闪闪发亮，"今晚来的人不多。我在阿肯色参加过一次，和那次相比，这儿可是小巫见大巫了。"

"是呀。嗨，在这个到处都是外国人的地方，你还能指望什么？那些人来了这里，连英语都说不好。"

"听说今晚这附近有不少爱尔兰人、法国人和意大利人，可以让我们找点乐子。"大个子男人从水里东倒西歪地走上去，"那辣椒太有劲了，我得去上个厕所。"他在泥泞的河岸

Moon Over Manifest

上啪嗒啪嗒地走着,试图找到自己的鞋子穿上。

"他说的都是谁?"金克斯问。

"外国人,移民,从别的国家来的人。现在曼尼菲斯特镇上大部分都是这样的人,整个镇上都是来煤矿里干活的移民。"

金克斯从内德的话里听出了一种伤了自尊的语气。"你从哪里来的?我是说,你出生在哪里?"

内德沉默了一会儿,答道:"小孩,实际上,这个问题连我自己都不知道答案。糟糕吧?一个人总该知道自己出生在哪里,从哪里来,是什么地方的人。可我是在很小的时候,就一个人坐火车来了。哈德利·吉伦收养了我,我只知道这一个家。"他眯着眼睛,好像要看穿自己的过去,然而视线太过模糊,他放弃了:"在我看来,这两个家伙才是外国人,我迟早得给他们点好果子尝尝。"

金克斯发现了一个将功补过的机会。"等等,我就回来。"

内德摇摇头,但是金克斯已经不声不响地从水里上去了。等他回来的时候,水上的涟漪才刚平静。

"喏,穿上这个。"金克斯递给内德一件白色斗篷,自己也穿上一件。

"你从哪儿弄来的?"

"刚才溪边那两个人的,他们一时半会是不会回来找的。另外,你刚才说要给他们点好果子吃吃?喏,机会来了。"金克斯递过来用手帕包着的满满一包三剌树叶，正是从有毒的常春藤上扯下来的。

内德再次摇摇头，可又忍不住咧嘴笑了。他看着那个还在费劲穿鞋子的大个子。"小子，你真疯，"内德对金克斯说，"不过你的路数，我喜欢。"

他们俩穿上自己的鞋子，披上那件白斗篷，戴上遮住脸的兜帽，朝河岸上走去。就像一株捕蝇草上的苍蝇那样，他们立刻被五十多个攒动的人头淹没了。金克斯比周围的人都矮了一截，袍子的下摆也扫到了地上。

内德和金克斯在白色的海洋里慢悠悠地挪动着，从兜帽上的两个洞里往外窥视。周围摩肩接踵的全是人，他俩朝着营地较远的那边移动。忽然，一个结实的、没戴兜帽的男人挡在了他们面前，嘴里叼着一根雪茄。这是莱斯特·伯顿，那个小矿主。他挡住了他们的去路。

"瞧，这是谁呀？"他嘶哑着嗓子说。

金克斯往右跨出一步想避开他，但伯顿捉住了他的肩膀。年纪稍大几岁的内德立刻站到了金克斯身旁，不管怎么说，他俩现在是坐上同一条船了。

"来了一个小娃娃啊。"伯顿说着，周围聚拢过来一些人。

金克斯的手心渗出汗来，心想可不能落到这些人的手里……他站直了身子，说道："嗯，我们这才是第二次来。上次我爸一路把我们带到阿肯色去了，是吧，克莱特？"

"阿肯色？"内德重复着，一时没反应过来。

"是呀，那里的人弄得可正式了，是不，克莱特？"金克斯说得更坚定了，希望内德能领会。

"呃，是呀，埃米特。阿肯色那个会的规模可大了，差不多有这里两倍的人数，你还记得不？"

"是有这么多了，而且还没算上女人呢。"

"女人？"这话似乎激怒了某个人，"阿肯色的组织里还有女人参加？"

"是呀，怎么没有？"金克斯说，"你以为是谁给他们缝制这些白披风的？"

所有的人都低头看向自己披着的斗篷上的边线。

"瞧见没？"金克斯指出，"你们的裤子都破了。我说，你们这些人也跟人家阿肯色那边学着点啊。你不这么觉得吗，克莱特兄弟？"

"说得没错，埃米特兄弟。走吧，我听到爸爸在喊我们了。来了，爸爸。"

两人在大家的注视下走开，直奔营地的最边缘。

"那边。"金克斯推推内德，指着一座看上去废弃已久的小破屋。小屋旁边有个小棚，显然正在投入使用，有六七个男人站成一排在那里等着。

他俩也去排队，金克斯做出很急的样子，有三个人让他插队到了前面。棚子里很黑，但他还是很容易就找出了包在手帕里的树叶。假装发出了几声哼哼唧唧的上厕所的声音后,他拿起旁边那沓当厕纸用的碎报纸,扔进了蹲坑里,然后小心翼翼地避免被树叶刺到,把树叶放在了原来放报纸的地方。这时他想起了一首著名的歌谣:

常春藤儿长又长,两片叶长在一条茎上,
摘下一片三叉刺的,得叫你的手儿长疮。

"喂,孩子,我们还在等着呢。"外面一个人喊道。
"是啊,都快等不及了。"内德也叫着。
金克斯打开门。"树叶临时凑合凑合也行,不过你们这里连报纸都用不起?走吧,克莱特。"
两人晃晃悠悠地走远了,金克斯还回过头去叫道:"在阿肯色人家都用卫生纸。"

交易达成

1936 年 5 月 29 日

萨蒂小姐今天的故事似乎就到此为止了。说到最后,她的声音已经沙哑起来,呼吸也变得十分沉重,像背负着什么重担似的。

我想要回自己的硬币。"我说了,我想要知道我爸爸的故事,但这个是二十年前两个我都不认识的人的什么事情。"

她微眯起眼,抬高下巴,好像看穿了我一样。"信是你给我的,我告诉你的正是这信所告诉我的。"她伸出一根手指摇了摇,"下次你要说得具体点儿,你到底想要找什么。"

我可不想再有什么下次。刚才她讲了一个关于内德和金克斯的故事,是她用这信上的两个名字编出来的。我的脑子里浮现出幸运比尔雪茄盒里的那个黄绿色的鱼钩。她知道我有这些小东西,然后瞅准了信里提到的那鱼钩,编在故事里。

这种把戏谁不会呀。

我看着萨蒂小姐坐在那里跷着腿,这景象真有点凄惨:什么样的占卜者才只能说点关于过去的故事啊?

"回家吧。"她说,"不是人人都有这个能力的。那边的架子上有瓶药膏,就在苏打粉的后面,冰箱上。算了,我自己去拿吧。"

她要是打算自己拿,这方向指得还真够清楚的。

"我拿给你吧。"我欣然地说,"只要你不再为了这个,再问我要一个硬币就行。"

我挤过一堆天鹅绒的流苏垫子,走进她的食品间,够到了那瓶快要用完的药膏。我闻了一下,刺鼻得要死。

"这是什么东西啊?"

"山楂根。"她说着,挖起瓶子里剩下的一点药膏,涂在腿上,"帮助血液循环的。"她呻吟了一声,揉着发肿的腿。我这才发现,是这伤使得她痛苦满面。

"你的腿怎么了?"我做了个鬼脸问道。

"被铁丝网上的刺钩到了,好得很慢。"

她说得倒挺轻巧。那伤口上面,又是血又是黄色的脓,看样子是在朝着越来越严重的趋势发展了。

"你指给我另一瓶在哪里吧,给你拿来我就走了。"

"没有了。昨天晚上,我在墓地附近采了最后的这点山楂根。不过,别的地方倒肯定还有。"

我看着外面炙热的日头，说："你是不是有一阵子没出门了？可这附近可没长那么多东西，没有水，连个顶针都长不出来。"

"有水。虽然藏在深深的地下，但总归还有。"

"你怎么知道？"

"因为我父亲知道，我父亲的父亲也知道。我们干这行的人都知道。"

"你们全家都是算命的？"希望她的家人比她水平高一点——这话我没说出口。

"不是算命，我们是占卜世家。我们看到并解读那些世人容易忽略的事情，我们还能读懂土地发出的信号。"

"你是说，就像山上那些人一样，挂根歪歪扭扭的小木棍，指望走来走去就能发现地下水源？就像那样？"

她咕哝着，哼了一声："切，谁要用木棍啊，靠眼睛和耳朵就足够了。那土地想要被人听见的时候，说话可大声了。"

我觉得她肯定能听见东西说话。这女人脑子有点不大正常。

"那好吧。祝你愉快。"我说着朝门边退去。

"好像还有点关于我那只罐子的事情没解决。它跟着我从匈牙利万水千山地来到这里都好好的，现在却碎成了片。"匈牙利？难怪她说话是这种口音。

我站住了。"你要是没拿走我的罗盘，我也不会打碎你的罐子。"

"拿走你的罗盘?我出去采山楂根,然后在我自己的地盘上捡到了一个东西,我怎么知道那是你的?"

她说得也在理,我想着,见她低头去揉腿。真神奇,她都这样了竟然还能到墓地去跑个来回,不过,这恐怕也是她的腿今天肿得厉害起来的原因吧。

我说:"我倒想赔给你来着,可我没钱。"

"是噢,那罐子可比你口袋里剩下的那枚硬币值钱多了。"

我脖子后面的汗毛一下子竖了起来。我不相信什么算命的,可她是怎么知道那枚硬币的?

"这么说吧,"萨蒂小姐把手指头插在一起说,"你有我想要的东西,我有你想要的东西。"她说话带着口音,听起来像"你有饿想要的东西,饿有你想要的东西"。

"你有我的罗盘,可饿……我是说,我有什么你想要的东西呀?"

"两,条,好,腿。"她一字一顿地说。

我没弄明白,不过直觉告诉我,那应该不是什么好事儿。

"你得来给我干几件小活计。"

给她干什么活都能叫人心里发毛,我想着。可眼下理亏的是我,毕竟是我把她的东西打碎了,而且我的罗盘还在她手里。

"干多久?"我问。

"到时候你就知道了。"

她把我的信递还给我，我转身朝门边走去。忽然，我猛地停住了。那里，就在门边，我的罗盘挂在一颗钉子上，引诱着我去拿。我牢牢地盯着它看，可我知道，我打碎了她的罐子，是应该做出点补偿。我走下摇摇晃晃的台阶，一滴汗沿着后背缓缓流下。这下满足好奇心了吧！

我跑回谢迪家，蹬着木板楼梯回到自己的房间，从地板下面摸出那只雪茄盒来。我把里面的东西都倒在床上，找到了那只先前没怎么注意过的鱼钩。我看着它黄绿点点的鲜艳颜色，又想起萨蒂小姐的话来。这鱼钩的内侧，真的用金色的漂亮字体写着：

迷惑之王——颜色鲜艳，瞎鱼都能上钩。

这一刻，我真希望自己从没去过那里。

可疑人物

1936 年 5 月 30 日

第二天早上,我心事重重地躺在床上。昨晚我一夜都在翻来覆去地想着吉登。他跟这里的一切是什么关系呢?他跟这镇子还有这些人到底有什么关系?他选择送我来曼尼菲斯特,可我却看不出来这里有一丝他生活过的痕迹。他认识内德或者金克斯吗?有人了解他吗?我甚至都不觉得自己了解他了。

呐,问题就来了。关于吉登我了解些什么呢?我又认为别人应该了解些什么?我在脑子里列了个单子:他总是很有方向感;他做的饭比谢迪做的好吃;晚上他以为我睡着了,会来给我掖被子……

我在暖暖的床上伸展四肢,把毯子拉到下巴下面。还有呢?我想着。他很聪明。不是那种很会念书的聪明,虽然他能说得出四十八个州的州名以及每个州的首府，还有从华盛顿到罗斯福历任总统的名字。不，吉登的聪明是那种街头智慧。有一次，他把一束野花变成了一张二十块钱的钞票。也许你会说这不是聪明，这是变魔术。但吉登不是那么变的。

他采了一束漂亮的野花，在迪凯特跟人换了一个针线包，然后到韦恩倒了个相机回来。在南本德的一次教会野餐上，他把它当作抽奖奖品，二十五分一张奖券或者一块钱五张。这样他总共卖了七块五毛钱，买了一辆双人自行车。骑到卡拉马祖的时候，我俩把屁股都给坐疼了，最后这车以二十块的价格卖给了一个男人，那人是买给自己的双胞胎外孙骑的。

我记得吉登所有的这些事，可我不记得他是不是说过那句话，或者那只是我自己的想象——那一句"我会回来接你的"。

回忆就像煦阳，温暖而令人愉悦，可是你却怎么也抓不住。

我得自己做些占卜，我辗转反侧地想着。那个迷惑之王鱼钩正躺在窗台上，是我昨晚丢在那里的。我本该把它放回雪茄盒里去，可不知怎么的，它跟别的东西有了区别，变得不一样了，特殊了，需要放在一个特殊的地方。

窗外吹来一阵宜人的微风。我对干活并不陌生，可困在萨蒂小姐的占卜屋里干活，这念头让我有点喘不过气来。也许我该在谢迪这里多找点活儿干，这样就不用去萨蒂小姐那里了。

就这么决定了。我这就跑下楼去，做这做那地忙个不停，让谢迪都没法开口叫我出门，更别说去给别人做事了。我想谢迪这会儿应该还很沮丧。昨天晚上的教堂敬拜活动只来了一个人，百味餐变成了无味餐，就只有一个看上去一礼拜没剃胡子的人，戴了一顶破了洞的帽子，捧着一罐豆子来了。

我从床上跳下来，穿上背带裤，走下窄窄的楼梯。

"早上好，谢迪。"我说着准备坐下，来点他惯常爱做的热热的、烤得稍微有点焦的饼干和糖水。谢迪往吧台底下收着什么东西，说了句我没听清楚的话。他抬起头来，胡子还是昨天刮的，眼睛里也有血丝。架子上的那瓶酒还是满的，可我想所有的酒鬼都一样，他肯定不止有这一瓶。就像喜欢吃饼干的人，手头总不会只有一块。谢迪去炉子那边准备早餐了，我凑近柜子朝后面瞥去，可只看见一只开裂的咖啡杯，装着一些五分硬币和一个纽扣。这会不会是谢迪的酒钱？现在饮酒还是违法的，跟 1917 年的时候一样，可是想喝酒的人总有办法搞到一瓶两瓶。不知道酒贩子是不是也收纽扣当钱？

谢迪走了进来，我赶紧跑回吧台的凳子上。他递给我一盘冷了的、焦了不止一点点的饼干和半块比牛皮还难嚼的猪扒。我知道眼下日子不好过，因此没有抱怨，可我的胃却忍不住呻吟起来。哈蒂·梅昨天带来了一些味道不错的炸鸡，可那仿佛是很久以前的回忆了。我咬了一口硬硬的饼干，希望有足够多的口水能把它给泡软。不过这时，谢迪又给我拿来一杯冷牛奶，我差点一口气就喝完了，他又给我倒了一杯。

这下我的胃好受多了,而我脑子里还在盘算着等会去一趟报社,看看哈蒂·梅那里还剩下什么吃的没有。

"我想你这儿需要个帮手。"我抹抹嘴边的牛奶沫子,对谢迪说,"我会洗衣服,缝缝补补,用起锤子钉子来也是把好手。"

他挠了挠胡子拉碴的脸,发出沙沙的声音,像是砂纸打磨着木块。"呃,你想帮忙真是太好了。可我今天早上有点累,想躺一会儿。再说,萨蒂小姐还等着你呢。"他说。

我被一块饼干渣给呛了一下,不明白谢迪是怎么知道我跟那个算命的之间那个失策的约定的。谢迪走到墙角边,拿起一只盒子,从里面拿出一把钢丝刷子、一只手套和半袋口嚼烟草,还有一面破镜子。

然后他眼睛一亮,说道:"在这儿呢。"他抽出一段长长的绳子,在两端各打了一个大大的结,又紧紧地扯了一下,看看结不结实,然后递给我。"每个小女孩都应该有一根跳绳。"他微笑着说,之后又把那些乱七八糟的东西放回去,把那个盒子塞回了原处。

我把绳子拿在手上,眼睛有点刺痛。我早就不觉得自己是个小女孩了,可我还是笑了。"我以前也有一根跳绳,"他转过身来时,我说道,"是在田纳西的时候。我用它去拉一车斗的木柴。大概是木柴放得太多了,绳子断成了两截。我总是想,要是能重来一次就好了,我一定不放那么多木柴。"

"我觉得你是心事太重了。"谢迪的眼神深邃得像一潭水,"再说,每个人都该有重来的机会。现在你就有了。"他笑了。

我也回给他一个微笑,用手摸摸这毛毛糙糙的绳子。它就像谢迪,边缘粗糙,内心坚实。我想既然事情反正都已经瞒不住了,还是全都招认了比较好。

"昨天晚上……我前天又把罗盘给弄丢了,于是就想去拿回来。"

"唔唔,萨蒂小姐跟我说了。我每周会有几次从镇上给她顺路带牛奶回来。你俩聊得怎么样?"

"如果你是指她给我算命的事话,没有,没什么结果。她就是叽里呱啦地讲了一大堆,给我讲了一段好早以前住在这里的两个男孩的故事。"我有点想保守住关于那封信和那些小东西的秘密,因此决定闭口不提它们,"不过,我打碎了她的罐子,所以得去给她干活儿来抵债。"

谢迪似乎来了点兴趣。"她给你讲了两个男孩子的故事?"

"是啊,就是他们惹上了什么组织的麻烦,还有什么毒藤之类的。内德和金克斯。你认识这两个人吗?"

谢迪低头擦着吧台的桌面。"认识。"

我心里又是一紧,整个人都绷了起来。"谢迪?"

"嗯,阿比琳?"

"你说吉登认识这两个人吗?吉登在这里的时候,朋友多吗?他会跟别人出去钓鱼,或者在小溪里游泳吗?"我的问题带着我的渴望，一连串地蹦出来。

"呃，这个，"谢迪挠挠后脑勺，"这么说吧，你爸爸和大多数男孩一样，游泳，钓鱼，调皮捣蛋。"他低头使劲擦着台子上的一块顽渍，可我看到他瞥了我一眼，"他没跟你提过在这里的事情？"

"他是跟我说了很多。他说过有个男人开着小车挨家挨户给人送鲜奶，还有街上走的那些女人戴着白手套，精致的帽子上高高地插着大羽毛……可他说的这些就像是在树屋上看到的景色一样，店面，来来往往的人群的活动，都是远远地看着，没有什么近一点儿的描述。嗯，就连你我都是几周前才刚听他说起的。他给你写过信吗？"

谢迪停下手中的活儿，他的背影看起来沉甸甸的。"偶尔寄张明信片来。有时候人往前走了，就很难再回头看，这不是谁的错。我们就知道他离开这里以后又漂泊了一阵子，但后来听说有了个女儿，还知道他把你照顾得很好。"

我感到了一点温暖，可还不愿就此停止牢骚。我把下巴卡在拳头上："呃，吉登所说的曼尼菲斯特和萨蒂小姐说的一点都不一样。萨蒂小姐讲到的人全都有名有姓，还告诉你长什么样，是谁，在哪里做什么。我跟她在一起坐了一下午，对曼尼菲斯特的了解比从吉登那里听来的所有内容都要多。"我抱怨着。可即使是这样，我还是没有了解到什么关于吉登的事情。

谢迪抬起头来，阳光从脏兮兮的玻璃窗户里照进来，他好像得到了什么启示。

"是的，萨蒂小姐很会讲故事，我想她能给你补上一些缺漏的琐事。"

我拿不准谢迪是不是还要继续说下去，这时门口响起一阵铃声，他似乎顿时松了一口气。

莱蒂和露丝安探进脑袋来。"嘿，阿比琳！"然后，出于礼貌，两人加上了一句，"谢迪，早上好。"

"早上好。"他答道，"你俩要来杯脱脂牛奶吗？"

"好的，谢啦。"两个人齐声答道。

等谢迪走进房间去后，莱蒂低声道："我们得先去镇上卖鸡蛋，然后就可以调查响尾蛇之谜了。我们列了一张可疑人物的名单，有理发师库珀先生、小饭馆的考斯基先生，还有哈蒂·梅。"

"哈蒂·梅？"那个可爱的报社女士？我低声问道："你不是真的以为她会是响尾蛇吧？"

"呃，那倒不是。不过她喜欢吃甜食，我们去她那里，说不定能捞上一点甘草条或者软糖豆什么的。至于调查嘛，我们首先会从邮局局长德沃尔先生开始。"

说到哈蒂·梅，我想起了一件事情。"等一下，我上楼一趟。"我跑上楼去，在一堆从哈蒂·梅那里带回来的报纸里翻着。我找到了她的两份专栏，匆匆看了一遍，我要找的是10

月 11 日的那份。我小心地把它抽了出来，并在心里叫自己记着，回头要把哈蒂·梅那里的旧报纸都看一遍。

我走下楼去，谢迪正在倒牛奶。"你们今天做什么？"他问。

"哦，我们要做一件慈善事——拜访德沃尔先生。"

"噢，拜访他？他生病了？"

"生病？"露丝安掂量着这个问题，"我想也可以这么说，要是孤独也算一种病的话。整天坐在那里，分拣别人的亲友们有远有近的书信，自己却没有收到过一句暖心的话，这样谁能没病呢？"

谢迪露出一副"没想到会有这么一大通答复"的表情。"呃，记得替我向他问好。就说很遗憾昨晚的活动他没来，希望下周同一时间他能过来。"他把手伸到吧台后面，就是之前他收什么东西进去的地方，掏出一个棕色的纸包。"孩子们，玩得愉快。"他说着走了。

我在想那纸包里会包裹着什么，屋子里一下子安静得有点怪异。然后露丝安开口了："阿比琳，你快点吃完我们就走了。"

"我没法儿去。"我说着，用一口牛奶冲下最后一口饼干。

"怎么了？"莱蒂问。

我把那份 10 月 11 日的"哈蒂·梅每周轶闻"递给她。我手上的汗把报纸都弄湿了，我告诉她："我有笔账要还。"

哈蒂·梅每周轶闻

1917 年 10 月 11 日

　　希望人人都在畅享这丰盛的金秋。秋色已深，感恩节就要来了，我却回忆起那过去的金色岁月。

　　就要接受十九岁的加冕了，我想我已有了足够的阅历去回望人生。

　　上个周日，曼金斯牧师给我们讲课的时候，我陷入了深深的反思之中。当他说到我们要荡涤心中的愤怒和仇恨时，很多人为之触动，纷纷从椅子上站了起来，想要表达对万物的赞美。巴思特·霍尔特和埃尔罗伊·内柏想必感触颇深，因为课程结束，他们就冲出去传播"知识"了。就我在镇上了解到的，这两位绅士最近是药店的常客。我猜他们是在为传道筹备物资，虽然他们自己没有明说。我以前还不知道，传道需要用上这么多的炉甘石洗剂①呢。总之，这种无私的慈善行为在我的脑海里留下了不可磨灭的印记。

　　很抱歉下周将暂停一次"哈蒂·梅每周轶闻"了，我要出门去看望马维斯姨妈。上个星期她从杰弗森城寄来的生日礼物可真叫我兴奋不已———本类义词典是一个记者最得力的工具。

---

① 炉甘石洗剂：皮肤科用药，用于急性瘙痒性皮肤病，如荨麻疹和痱子。——编者注

那么，想知道所有的人物、（下周日除外）。
事件、时间、地点及缘由，敬　　　　本镇记者　哈蒂·梅·哈珀
请参阅每周日本报倒数第二页

伯特牌肿立消

屁股上长包了？是那种又痛又痒，让您坐立不安的痔疮？伯特牌肿立消正是您需要的妙药。只需服下一小瓶，立刻告别坐不下来的烦恼，不再害怕厨房的硬椅子，享受美妙舒适的一顿饭。即刻拥有伯特牌肿立消！今日促销，药房万灵药专柜有售——最下面一层。

萨蒂小姐的屋子

1936 年 5 月 30 日

"你不是来真的吧?"我们三个站在萨蒂小姐家的大铁门外朝里瞅去时,莱蒂说道。她和露丝安都觉得,我是脑子坏了才要去给萨蒂小姐干活。我们一路从谢迪家走过来,踢着路边的枯树叶子,我给她们讲了内德和金克斯以及毒藤的故事,她们也读了哈蒂·梅的专栏。

"你想看的话可以再看一遍。巴思特·霍尔特、埃尔罗伊·内柏和炉甘石洗剂?这两个家伙就是萨蒂小姐说的三K党聚会上的那两个人,他们把毒藤叶子当成厕纸用了,结果长了疹子。至少她讲的故事中,这一部分是真实的。"我争辩道。

"这可说不准。再次提醒你,你不知道'终结'是什么意思吗?"莱蒂指着铁门上的标志。

我点点头。"知道。"我说。我想起了得梅因的一位牧师。那位牧师总是警告那些来教堂领热汤饭的人,不要堕入邪恶的深渊,要远离地狱之路。想起这个,我的肚子有点难受。

"万一她是个坏人,可怎么办?"莱蒂问。

"她不是坏人,最多就是脑子有点不正常。"我说着,但其实我自己也不大确信。

"她像一只狐狸。"露丝安嘴里嚼着一根草,说道,"阿比琳,当心点,那个老太婆的袖子里可不止有叮叮当当的手镯那么简单。"

我的自信顿时倾泻而出,就像水从一个浑身是洞的木桶里漏了出来。我真想叫莱蒂和露丝安陪我一道去,可她俩要去卖鸡蛋。再说,这是我自己欠的债。"我把她的罐子打碎了,我的罗盘也在她那里。就这么简单。我们迟一点在哈蒂·梅那里碰头吧。"

我带着满脑子的恐怖画面离开了。没有一丝风吹起风铃,萨蒂小姐的屋子因此看上去死气沉沉的。我在屋后找到她,她叫我今天在花园里干活。我很高兴不用进屋,虽然把外面那块地方称为花园需要动用不少想象力。我要做的主要是清理土块。萨蒂小姐坐在一把金属椅子上,抽着玉米秆子烟斗,指挥我怎么使力气去用铁锹挖土。

我想不出来,这么热的天她打算在这地里种什么。这让我想起了那些牧师所说的,在干涸的土地上种东西。那些种子只会凋零，风化，无法生根。

"深点，挖深点。"萨蒂小姐大声说着，"土壤不仅要盖住种子，还要包裹着它们。"

"你若不介意的话，我能问问你打算在这里种什么吗？"

萨蒂小姐闭上眼睛，深深地吸了一口气，她嗅着周围的空气，好像答案就在这里面。"现在还说不好。"

我也吸了口气，但只闻到了灰尘的味道，干干的、脏兮兮的尘土的味道。似乎也就只有这个了。噢，还有一丝丝若有若无的柔柔的青草气息。我想起在四处流浪之前，吉登曾经在芝加哥的格罗夫枫树公园当过绿化员，那时候我才三四岁，我们住在对街的一个寄宿公寓里。我记得公园里还有几架秋千，可我那时候太小了，没准是记错了，可能这些都只是我自己的幻想。

"不知道这世界在干旱之前是什么样的。"我说着抬头看看太阳。

"这世界？你对这世界知道多少呀？"

"我只知道我到过的每一个地方都干得吓人。"

"说得是。可即使是那些看上去没有生气的东西，也仍旧能保有生命。"她的声音听起来又远又轻。这天她穿了一件轻便的家居服，而不是那件天鹅绒的袍子。可看样子她又要开始了。而我的背正好痛死了，需要停下来舒展一下，因此我决定助她一臂之力。

"那个，什么组织的事后来怎么样了？"我问道。我曾听说那些人对黑人做过一些很坏的事情，一些很卑鄙很招人恨的坏事，但我不知道他们对白人也这么敌视。

"他们以为戴上面具就能掩饰住自己的仇视，"她带着浓浓的口音说着，"可他们恰恰是因为这样而暴露了自己。"

"还有那个带女朋友去钓鱼、把她惹生气了的男孩子，还有他的朋友。"我问道，假装没什么兴趣，都忘记他们的名字了，"他们后来怎么样了？"

"内德和金克斯。"她说，"他俩一见如故。金克斯机灵狡猾，每天能想出一个点子骗人，一个礼拜都不重样。可他没有家和友情的概念。而内德给了他这两样东西。他把金克斯带到谢迪那里，谢迪那儿一向是什么人都收留，从来不问来路。"

那么，金克斯就是那个在谢迪家的地板缝里，收藏那些信件和纪念品的人了。"我敢打赌，谢迪以前是开地下酒吧的吧？他家那些设备，又有暗橱又有活动吧台的，在饮酒合法化之前，可是个开秘密沙龙、私藏酿酒的好地方啊。"我说得好像这些都是以前的事了，可据我对谢迪的观察，现在还真不好说。我等着萨蒂小姐赞同或者反驳我。

"谢迪和金克斯挺像的，两人身上都有不愿为人所知的事情。"萨蒂小姐说着，不肯告诉我赌得对不对，"很明显金克斯是在逃避什么事而跑路，可谢迪什么也没问。"我想这大概就是她对于我那番话的回答了。"这不是他第一次向陌生人伸出援手了。不过,他说了,金克斯必须去上学。雷登普塔嬷嬷就把金克斯收在自己的班里。"

"我打赌她一逮着他,也马上就给他布置作业了。"

"有可能。这是一个移民镇,总有新学生来。"

"内德也是这么来的吗?"我问着,想拖延休息时间。

萨蒂小姐又吸了口气。"是的,他是坐船来的美国。不过,后来是坐火车到的曼尼菲斯特——一列孤儿火车。起初他跟嬷嬷们在一起待了一段时间,雷登普塔嬷嬷负责照顾他。他那时那么小,才五岁,也弄不清楚究竟是哪个国家的人,因此人人都把他当成自己的孩子。当然,最后是那个五金店店主哈德利·吉伦把他收养到自己家了。可全镇人都还是那么喜欢他,觉得他好就是大家好。"

萨蒂小姐徜徉在回忆中,一切变得安静起来。暑气氤氲着,我像身处在梦境中。一阵热风似乎带来异域的气息和各色人种的面孔,来自世界各地的人们,憧憬着在这里建造美好的生活。

我在柳树下伸了个懒腰,树荫给我的脸庞带来了一阵凉爽。不知怎的,我觉得我也是那些人中的一员,从一个地方被提起来,又放到了另一个地方,一个我并不属于它的地方。为什么我爸非得送我来这里?我思忖着。"为什么是这里?"

"煤矿。"萨蒂小姐回答,我都没意识到刚才自己已经大声地把问题说了出来,"人们需要工作,而矿上需要工人。听起来像是天衣无缝,可谁也没想到,他们会被煤矿蚕食。"我愣了一会儿才反应过来,她不是在说吉登或者我,而是在说很多年前曼尼菲斯特的居民。这次我还没付钱给她,她就又开始讲故事了。萨蒂小姐大概是觉得,既然没钱拿,也就不用像以前那样做戏做全套了——这回她没有搞那一套作秀一般的仪式,直接就开始讲故事了。

"是煤矿的哨声让大家走到了一起,却也在同时让大家分离……"

分散注意力的艺术

1917 年 10 月 27 日

德夫林煤矿的哨声表示一个班次结束,该换另一班工人上岗了。金克斯正在等着内德从竖井里钻出来,他扶着一辆破自行车的把手,在早晨的微风中瑟瑟发抖。

距离金克斯从曼尼菲斯特附近的火车上跳下来,已经有三个星期了。可是对金克斯来说,这就像过去了一辈子那么长。他到了一个每天都有陌生人到来的地方,这些人的家乡都远比隔壁州遥远得多。他知道,可以永远留在这里、把过去的一切都抛在背后的念头或许是在自欺欺人,可他就这样遇到了内德,还跟谢迪住在了一起,还要去上学,过着平常的生活。目前为止,他很安全。

竖井的升降台拉紧了,缓缓地升上地面。上工时,升降台被一个高大的木头围栏罩着,把矿工们带到地下五六十米的地方。他们在那里分散进入一个个被称做房间的小洞穴里，每个洞穴都有一根木头柱子撑着。工人们三班倒地工作，不停地把煤挖出来，装在筐里运出去。

那天，摇摇欲坠的木栏升降台冒出地面，露出一群黑黢黢的面孔，旁边另一班工人正等着替换他们下去。

你若是在那一刻看见他们，每个人都拿着一个铁饭盒，穿着牛仔工装裤，戴着有汽灯的矿工帽子，实在分辨不出来谁是谁，哪一班是哪一班。不过，听他们说话就知道，现在是意大利人干完了，轮到奥地利人下去干活了。

这是德夫林喜欢用的办法：把同籍贯的人安排在一起，说着同样的话，这样大家就都规规矩矩的。从地下出来的这班人，被阳光刺得眯起了眼睛，就像刚从坟墓里爬出来的死人。他们拖着闷闷的步子，去水泵那里洗脸。

这天有点不同以往，德夫林先生亲自站到了升降台旁边。自从某组织聚会的那天晚上之后，金克斯这还是第一回见到德夫林，他的思绪又回到了那个大爵士的形象上。当然了，这回周围没有人穿白帽子斗篷了。德夫林先生今天穿了一套宽大的细条纹西服，竖着洁白的赛璐珞衣领。他似乎正在跟矿上的地质师激烈地争辩着什么，油光光的大背头在阳光下闪闪发亮。

看见内德总算跟着这班意大利人从升降梯里上来了，金克斯松了口气。他推着自行车陪内德去水泵那边排队。内德摘下矿工帽,露出汗津津的头发,还有那在黑煤灰脸的衬托下显得格外白的额头。他看着那两个正在争执的人:"他俩争论什么呢?"

"关于什么矿脉的事情。"金克斯答道,"好像是说矿道转错了一个弯,现在前面的方向都错了。看来,这个地质师要卷铺盖走人了。"

"嚯,"内德说,"让他们吵去。你从哪儿弄来的这新鲜玩意儿?"他指着那自行车问道。

"谢迪昨天打牌赢来的。要不要试一下?"

"骑不了。"内德从水泵里压出水来洗手洗脸,"腿都蜷了八个小时了,再不伸伸开就要痛死了。最多只能从这里骑到伊利再骑回来。"

有几个矿工站在那里,等着领本周的薪水。

"贝内代托,你很忙啊!"博雷利先生用他给内德起的意大利花名来称呼内德,"读书,学习,是要上大学吧?"

"是的,先生,希望明年能拿到一笔体育专业的奖学金。"

"很好,很好。"他拍着内德的背说,"你跑步跑得快,学习就更不用说了。这样就不用靠下井干活来养家了。人总不能一辈子待在黑暗里呀,是不,维琴察?"

维琴察先生拿手帕擦了擦脸,用意大利语说:"今天简直热死人了!"

"是啊是啊,"博雷利先生也用简单的意大利语附和道,继而用英语咕哝了一声,"今天太热了。"他拍了拍维琴察先

Moon Over Manifest 97

生，转身对内德和金克斯低语：

"他不会说英语。这些煤矿主，想尽办法叫我们眼前一抹黑。"

这时，那个小矿主莱斯特·伯顿走到他们中间来，在水泵旁边的柱子上钉了一张通知。通知上的字又大又粗，几米外都能看得清。

公 告
美国国防处警告

美国境内的所有德国人或奥地利人，除了那些我们已经熟识多年的人可以被视为可靠以外，其他人一律有间谍嫌疑。

我们要时刻提高警惕，不放过一丝风吹草动。多一些机灵和警觉，也许就能挽救你的儿子、丈夫和弟兄的性命。

敌人已经在我国开战了，把情报传回给柏林，他们正在散布关于美国军队的状况和士气的谣言。

一旦发现任何可疑的言行，请即刻与堪萨斯州堪萨斯市的地方检察官弗雷德·罗伯逊联系，或者直接联系纽约市东23街44号，美国国防处。

伯顿转过他那晒得黑黝黝的脸来，面对着大家。"战争时期，谁都可能是间谍——邻居，跟你一起打台球的二愣子，甚至教堂里的教友。"他直直地盯着内德，"任何一个背景可疑的人都有可能。保持警惕，不要相信任何人，明白了吗？"

人群里一阵骚动，大部分人是在跟那几个会讲英语的人打听这到底在说什么。

"下面，"伯顿摇了摇手中的信封，"博雷利，"他点着名，"色维耶多，维琴察。"

工人们一个个领了工资，之后默默地走开。

"吉伦。"内德走上前去，接下最后一只信封。

伯顿把信封递过来，但等内德的手刚碰到，他就又抽了回去。"打算读大学啊，嗯？"

"是的。"

"两班倒的话，还有空学习么？"

"您说什么？"

"是这样，这事有点复杂：我们要再挖一个新的'房间'，可温特劳布的腿坏了，没法去，你给他顶班。"

"可我才刚收工上来！"

"你这么健壮的小伙子，没问题的。我们可以通知一声你家老头儿。我想起来了，哈德利·吉伦在德夫林公司的账户上还欠着钱呢，他还是希望你多干点活的吧？否则就要收到'全额支付'的通知了。你考虑考虑。"

Moon Over Manifest 99

伯顿把装着工资的信封递给内德,转身走了。

"这不公平!"金克斯说,"有那么多人可以给温特劳布代班呢,他干吗非要你去?"

"我在学校的田径赛上,赢了德夫林的儿子太多次了。"

"那又怎样?他儿子要什么有什么,金钱、特权和家世!"

"嗯,这种人可不愿意被一个来路不明的小子给打败了。"内德的声音气得有些颤抖。

"不管他。"金克斯说,"我们待会儿去逛集市吧,听说那里有人在卖各种烟火。"

"卖?"内德说着打开信封,"说到钱,你有钱么?"他嫌恶地盯着信封里面的东西,"呵,还有我,我大概也没有。他们把我们当牲口使唤,挖一吨煤才给七毛八分,付的还是百货公司的抵用券。所以才说我们逃不出他们的手掌心呢。"他把信封揉成一团,"除非德夫林的公司卖烟火,否则我们就别想买。"

"我没说我们要去买。就去看看,看明白了是怎么弄的,就能自己做了。这样克劳福斯郡周围的人,都会来找我们买烟火。"

"没心情。"

"别这样啊,你的冒险精神哪儿去了?"

内德慢慢地扣上皮带,双手叉在腰间,说道:"埋到四十五米深的地下去了。也许我该每天连着干三班,这样就有钱买一个小矿，就能跟德夫林小小地较一下劲了。"

"随你的便。我今天可是在一家女帽店里看到珀尔·安·拉金了，她正在试一顶漂亮的帽子，粉红色的，上面插着羽毛。她还透过橱窗跟我招了招手。"金克斯告诉内德。

内德耸了耸肩膀，打开矿工灯下部的格子，放进去一小把白色小方块。接着他拧开格子上面的旋钮，让几滴水滴在了小方块上，一团雾气立刻升了起来。内德擦了擦打火石，火苗蹿了出来。戴上帽子，他得意地笑着说："粉红色的帽子，上面插着羽毛？哈，不带电石气灯的帽子我可不稀罕。"

"她说希望今晚能跟你一道去集市上的嘉年华会，吃吃爆米花，坐坐旋转木马什么的。不过，我想这个你大概也不稀罕吧。"

内德调了调火光，对准金克斯，照得他眯起了眼睛。"她是这么说的？"

"骗你是小狗。我凑巧还知道你有四毛钱在家里。"

内德叹了口气。"不到 6 点收不了工。"

金克斯笑了，他知道自己赢了。"那 6 点半我们在卖烟火的摊子那儿见。"

内德在头灯的光照下打量着金克斯。"金克斯，你在打什么主意？上一回你这么热心地掺和我跟珀尔·安的事，结果就是让我闻起来像一只冰河世纪的臭鼬。"

金克斯跨上自行车。"等你干完这两班活儿，不用我帮忙你就会更像了。所以一定要好好洗一洗啊。"他蹬着车一边走远一边喊道。

秋天的夜晚很凉爽,镇外汉森家的地里被一个摊位连着一个摊位的吊灯照得雪亮。这个乡村集市是所有人的享乐时光。农民已经收割完了大豆、高粱和苜蓿,冬麦的种子也已播下去;孩子们从学校放了假,附近镇子的居民也都赶来品尝各种小吃。

意大利人喜欢烤东西,从碎肉卷到通心面;瑞典人在卖辫子面包和硬烤椒盐卷饼;德国人和奥地利人则兜售着他们的果馅卷和包馅面包。

金克斯找到内德,递给他一个烤乳酪馅饼。"来自圣东尼大妈的犒劳,她听说你要连着干两班活。"

"谢啦。"内德咬了一大口乳酪馅饼,用意大利语对着一个胖胖的妇人喊道。

"吃吧,吃吧。"那胖妇人的胳膊都埋在面团里了,招呼着内德和金克斯,"待会再过来,我还在烤饼干。给你们热着,好不?"

"我们就回来。"金克斯说道,拉着内德的胳膊走了。

走过几个摊位,一个小摊旁边竖着一块木板——贾斯珀·欣克利,火药师。欣克利先生正在兴致勃勃地招呼一群口袋里显然装了大把零钱的小男孩:"给你,小家伙。记住,点火的时候小心点。这东西一点就又冒烟又冒火的。"

孩子们跑开了,剩下欣克利先生摸着上嘴唇的一小撮胡须,笑得合不拢嘴。"先生们,来点烟火找乐子吧。想要点什么?看看这个,这叫上海火球,这是闪耀玛丽,还有中国变色龙。"

金克斯从那些烟火后面拿起一个红色的圆筒,问道:"这个呢?"

"小子,小心点!"欣克利先生紧张地将它从金克斯手上一把夺回来,轻轻地放在其他几个红色圆筒旁边,"这些小东西可是非卖品。这叫满洲火投手,能直飞上天一百米高,在空中爆炸出两种色彩。"

金克斯把两手的大拇指勾在夹克的口袋里。"先生,你当我们是谁呢?那些三岁小孩啊?你想叫我们相信就这东西能飞上天,还带颜色的?"

欣克利先生没怎么听明白。"我就是这个意思啊。小子,你没见过烟火啊?"

金克斯嘟着下嘴唇,装出一副乡巴佬的腔调:"哎,先生,我们或许看着很傻,可也只是看起来而已。叫我看,这些筒子里装的就是豆子吧。"

欣克利先生拿起一个中等大小的罐子,撬开盖子。"瞧见这些粉末没?这是纯正的 TNT,跟硝酸钾、硫磺还有木炭混合在一起,就是一颗上好的炮弹了。"

金克斯拿眼角的余光去瞄内德。"这方子听着不错。就算你能把它弄上天——虽然我还是不相信——可你怎么能让它在半空中爆炸呢?"

"嘿,窍门就在这里。"欣克利先生轻轻地从罐子里掏出来一段细细的引线,"就是这个小东西,炮弹上天时,它就开始燃烧。等它烧完了,砰!美妙的火药表演就开始了。这就是外行人所谓的放烟火。"他把盖子盖了回去,"当然了,你得是个火药好手,才能搞这些危险的东西。我在奥马哈市的时候,给一个中国行家当过学徒。"

金克斯抱着胳膊点点头:"嗯,听起来你是挺懂行的。"

"好了,那么这几种上好的烟火里面,你打算要哪个?记住,满洲火投手是非卖品,只用于官方烟火表演。"

金克斯转过头去。"噢噢,内德,是不是圣东尼大妈在叫我们?"

内德立刻会意:"哎,是呀,她炉子上还热着饼干在等我们呢。"

"不好意思,欣克利先生,我们再不过去那些饼干也要变成小爆竹了——请接受另一个火药师开的小玩笑。"金克斯喊着,和内德走开了。又一群小男孩围到了摊头,欣克利先生再次摸起了胡须。

金克斯和内德又朝前走过了几个游戏摊位,小贩们正在竭力地兜售着。"走过路过,不要错过!三球进洞就得奖,或赌球游戏试试手气,奖品自由女神头像银币一枚。"

"金克斯，你骗得也差不多了吧？"内德拿他开涮。

"骗是一种分散注意力的艺术。"金克斯看着那些摊子，"跟我来。"

他抓住内德的胳膊，把他带到猜球游戏那里。一个身穿条纹衬衫、系着领结的男人假惺惺地笑着，他的肩膀上坐着一只小猴子。"怎么样，来试试手气赢这枚有自由女神头像的一元硬币？这游戏简单得很，我这一天几乎都在送钱。是不，尼基？"那只叫尼基的猴子喊喊喳喳地表示赞同。

内德摇摇头。"谢了，我可不想浪费钱。"

"来嘛。"金克斯说，"只花一毛钱，就能赢一块钱。赢了，你就能给珀尔·安买爆米花和柠檬汽水，还会有得剩。"

内德做了个鬼脸，把一毛钱放在台子上。

那男人摆好三个胡桃壳，在其中一个的下面放上一粒南瓜籽，变换起三个壳的位置来。内德的眼睛一直紧紧地盯着下面有南瓜籽的那只壳，等那男人停下手来，立刻指出。

那男人揭开来。"你眼力真好。"

内德欢欣鼓舞。"那你得给我那枚一元银币了。"

"这只是第一次。得连赢三次，每次都要一毛钱。"

"来，再给他一毛，你能行的。"金克斯撺掇着。

"噢，好吧。"内德嘟囔着，又掏出一枚硬币。

那男人又展示了一下放有南瓜籽的那个胡桃壳，然后开始移动三个壳。内德又一次指对了。

Moon Over Manifest **105**

"哇噢！"内德叫道，这一回不需要谁来怂恿，在成功的驱使下，他主动掏出第三枚硬币放在台子上，等着最后的胜利，好赢得那枚银币。

那男人又摆弄了起来，内德盯着有南瓜籽的那个胡桃壳，见它往左，往右，然后绕了一圈，又回到中间。那猴子跳到内德的肩膀上，兴奋地喊喊喳喳叫着。"嘿，小东西，你也看出来我要赢了，是不？"内德说。

内德伸出手去就要指中间那个，金克斯拦住了他。"不是那个，是这个。"金克斯的手放在右边的那一个壳上。

"可我一直在盯着，明明是——"

"是这个。"金克斯坚定地说。

"喂，别听人家的噢，你天生就是玩这个的。"那个男人说着，收起了笑容。

听到金克斯的声音是如此的确定，内德翻开了右边的那个胡桃壳，南瓜籽就在它下面。

猴子从内德的肩膀上跳开，抄起南瓜籽扔进自己嘴里。

"喂，我说，"那男人吼道，"你们这是二对一啊！想玩就得自己花钱。"猴子的喊喊喳喳声也变得充满了怒气。

就在这时，卡尔森法官走了过来，他拍拍内德的肩膀："小伙子，也不歇一歇啊？"

"是呀，先生。"内德答道，"我得少工作点儿，才能保持跑在海克和霍勒的前头呢。"他说起了法官的两个儿子，他们也是曼尼菲斯特田径赛场上的好手。

"就是呀，法官。"金克斯说道，特意把法官两个字说得很重，"搞不好他还能用刚才赢的一块钱买双新鞋子呢。我是说，要是这位先生愿赌服输肯给钱的话。"

卡尔森法官看着那男人。"有什么问题吗？"

那男人做了个鬼脸。"没有没有。"他从口袋里掏出那枚硬币，放在台子上推了过来。卡尔森法官将它捏起来。"我能看看吗？"他问内德。然后他举起硬币，看着那上面的侧面像，那卷卷的头发上戴着皇冠。"自由女神，她真美。"他把硬币弹到空中给内德，"可别一下子都花光了。"

法官走开了，内德和金克斯也离开了那个闷闷不乐的男人和他的猴子。

"我的眼睛一直都没离开过那个胡桃壳，明明看到就是中间那个啊。"内德说。

"我跟你说了，这是分散注意力的艺术。猴子跳到你肩膀上的时候，你的眼睛就离开了。尼基就是干这个的，然后那男人就调换了胡桃壳。"

"你是说，那猴子是专门训练来做这个的？"

"当然了。大多数人是不愿意拿三毛钱来打一次赌的，所以他就得先让你赢两次，尝尝甜头，好让你掏出更多的钱来。这时候尼基就行动了，然后你就输了。"

"分散注意力的艺术。"内德沉思着说。

"是呀。只要让人看错了地方，什么事都好办。"金克斯像变魔术一样，从背后掏出了那个贾斯珀·欣克利烟火摊上的红色圆筒。

内德睁大了眼睛。"好家伙！可你怎么能偷走他的满洲火投手呀？"

"这不叫偷。这就好比去图书馆借本书出来，看看里面写的是什么，再还回去。我们现在要以这个罐子作为模板，自己做一个，再把它还回去。"

"然后呢？"

"然后我们就自己摆摊，卖给周围这些小孩。"

正说着，内德看到了珀尔·安。她穿着一件十分漂亮的粉红连衣裙，就站在前面不远处。内德一面朝卖爆米花的篷车那里走去，一面对金克斯喊道："别算上我的份儿。"

金克斯看到的是，那辆爆米花车附近站着警长迪恩。像往常一样，他一看到那个警长——不管是哪个警长——都是扭头就走。这一次，他一头钻进了占卜帐篷里。

捉青蛙

1936 年 6 月 5 日

我光脚穿着背带裤,朝卧室的窗外望去。萨蒂小姐把上一个故事——金克斯和内德在集市上的故事——留给我回味,已经是好几天前的事了。那天下午,她讲完后就给我放假了。内德在信里提到过的那一枚自由女神头像银币,此刻就放在窗台上,在迷惑之王鱼钩的旁边。我得承认,这个算命的能从这点小东西上扯出这整个故事来,可真够带劲和叫人费解的。难怪人们会愿意去找她。

而且真有人去找她。我已经连续一个星期都去萨蒂小姐那里干活了。有时候才干了一两个小时,她就说可以了。我当然很高兴。她从不说为什么,不过我离开的时候总有人上门来。那天就来了一位看上去又紧张又烦躁的老太太,说什么自己的脑子好像不大对劲了。

今天早上还来了一个漂亮的年轻女人。我认得她,她是贝蒂·娄,镇上美容中心的美容师。看得出来她快要哭了。算不上是偷听,就在我出门走过门廊窗户那边的时候,我听到她在说什么担心自己不育——我知道意思是生不了孩子。我很好奇她来找萨蒂小姐能问出什么名堂来,不过也许她只是想找个人倾诉罢了。萨蒂小姐在教她用什么特别的草药泡茶喝,两个人的声音渐渐小下去,后来我就走了。

我很高兴下午不用干活,可我又有点着急,想知道满洲火投手之后的故事。还有金克斯躲开那个警长了吗?他一头钻进去的,就是萨蒂小姐的帐篷吗?他跟她倾诉了么?他是不是已经不止一次去找过她了,所以她才知道那么多她自己并不在场的事?我摸摸那枚银币上凸起的自由女神头像。萨蒂小姐预言未来的本事不怎么样,编起过去的故事来倒是很拿手。

露丝安和莱蒂在窗子下面叫道:"哟嗬,阿比琳,在吗?"

我不去萨蒂小姐那里干活的时候,有时会去报社给哈蒂·梅帮帮忙,顺便看点旧报纸。不过更多时候,我是和莱蒂、露丝安一起在镇子里四处刺探,往人家的窗户里看,偷听人家讲话,盘算着迟早要把那个响尾蛇给揪出来。可到目前为止,还没有人露出什么马脚,我们也有点想歇歇的意思了。

"下来吧,懒骨头,"露丝安叫道,"青蛙都在等着呢。"

我磨磨蹭蹭地下了楼梯,走出屋子。"懒骨头?"我嘟囔道,

"我在萨蒂小姐那里挖土挖得腰酸背痛,都快要吐了,嘴巴还干得吐不出来。"

"哦,咱们可以补救一下。"莱蒂亮出了一罐冰水,"道金斯太太的地下室里储备了够整个夏天用的冰块,她给了我一些冰。"

"你有袋子装青蛙吗?"露丝安问道,晃了晃手中的麻袋。

事实上我从来没捉过青蛙,可我不想显得那么没有经验。我说道:"我就装在衣服口袋里。"

"放口袋里?跳出来怎么办?"莱蒂问。

"那我把青蛙腿打个结呗,还能怎么办?"我竭力保持一本正经,可莱蒂严肃的表情让我忍不住咧嘴笑了起来。

她竖起一根手指朝我摇了摇。"阿比琳·塔克,你真滑头。走吧,妈妈都把炸锅准备好了,就等着晚上炸青蛙腿吃呢。"

呃,青蛙腿?饿得久了,你可能就学会什么都吃了。可青蛙腿听起来还是有点新奇。不管怎么说,我们三人走进了树林里,我就这样踏上了第一次捉青蛙的征途。

周围到处都是青蛙的叫声,可要找着它们又是另外一回事了。

"一旦看到了,就把它逼到角落里去。"露丝安指示道。

"角落?树林里有什么角落?"

"有,就是这些石头、树、木桩下面,到处都是。"

我趴在地上,听着、看着,突然一只肥大的绿青蛙跳到我面前。"这里有一只!"

"我这里也有一只!"莱蒂叫道。

还没反应过来,我们三个人已经朝三个方向分头行动了。我追的这只青蛙不停地往前跳去,我总是差一点就够着它了。我追到一块空地上,见它跳进了一团荆棘丛里。它淡定地坐在那里,知道我没法靠近去抓它。

我想等它出来，可马上又被另一样东西吸引了注意力。在一棵歪脖子老枫树旁，有一块墓碑。这是一块拱形石碑，除了这附近只竖着它孤零零的一块外，没什么特别的。谁会葬在这前不着村后不着店的地方呢？我思忖着。我的好奇心占了上风，不禁凑近了去看碑上的名字。

就在我刚扫去碑面上的陈年旧土时，我听到了一声尖叫，是从树林那边传过来的。我飞快地穿过灌木丛，朝那叫声的方向奔去，一路上脸和胳膊都被划破了。奔过去之后我停下了脚步，辨出叫声是从树林后面掩映着的一栋小房子里传来的。

这是一栋整洁的房子，墙边整齐地堆放着柴火。笔直坚实的台阶通向小小的门廊，还能看见窗户里面挂着红白相间的亚麻布窗帘。这房子看起来挺不错的，里面住着的人大约也不错。可眼下，房子周围笼罩着一股压抑的气氛。

莱蒂和露丝安也奔到我身边来，喘着气，身上也划破了。

"怎么了？我们听到有人在叫。"

"嘘！"

比利·克莱顿走到屋外来了，一脸担心害怕的神色。他把一块木头靠在树桩上，拿起一把看上去比他的个子还要大的斧头，猛地一下把木头劈成两半。他把这两块木头归拢到一堆，又开始劈下一块。我和莱蒂、露丝安躲在树丛里，看到屋子的门开了。

Moon Over Manifest　　113

"我的天哪!"露丝安不敢相信地小声惊呼。

从屋里出来到井边去的人,居然是雷登普塔嬷嬷!她还穿着那身黑袍子,戴着玫瑰念珠,可是没有头巾了。她的头发短戳戳的,面色潮红。她从井里吊起一只桶来,卷起袖子,把桶里的水拍在脸上和脖子上。然后,她双手放在背后,押直了身子,重重地吐了一口像老井那么深的气。

她闭上了眼睛。

"她这是在干吗?"莱蒂问。

"是不是在祈祷?"我问。

比利停止劈柴,站在一旁等着嬷嬷。

嬷嬷睁开眼睛,似乎有点惊讶地看见他站在面前,好像她自己本该神游天外了。"比利·克莱顿,我们得弄点柴火。你母亲需要休息,你新生的小弟弟需要洗个热水澡。"

"就是说一切都很好?我妈妈,她没事了?"

"是的,比利。她受了不少罪,可她厉害着呢。要想管好你这种顽劣的孩子她必须得是个狠角儿。"

比利笑了。"没错,谢谢嬷嬷。"他松了口气,声音还有点发颤。

雷登普塔嬷嬷又走进屋去,比利抱起一堆木柴跟在她身后。

莱蒂、露丝安和我累得一屁股坐在地上,好像刚才接生孩子的是我们三个一样。

"天雷滚滚啊！"莱蒂啜嚅道。

"可不是么。"露丝安附和着。

"我也不敢相信，她还管接生孩子？"我说着摇摇脑袋。

"噢，雷登普塔嬷嬷一直都做这事。"莱蒂说，"要是有什么横生难产，或者妈妈个子太小、婴儿长得太大之类的事情，都要去请雷登普塔嬷嬷。"

"是的。"露丝安说，"嗨，她在这里都接生过好多人了。我妈说，当年要不是有雷登普塔嬷嬷，她就生不出我大哥了。"

"呃，要是这没什么，你们俩干吗说'天雷滚滚'？"

"我们从来都没见过雷登普塔嬷嬷不戴头巾的样子！"莱蒂说，"传说她的头发是番茄红的，还有人说她其实一根头发都没有。"

"行了，"露丝安说着爬起来，"我们还是回家吧，跟妈妈汇报一只青蛙都没逮到，还有，克莱顿太太那里正需要人照顾。"

我们朝家的方向走去，我的眼睛还在搜索着那块墓碑，好奇那个被孤零零地埋在这里的究竟是什么人。可我们没再路过那里了。

萨蒂小姐的屋子

1936 年 6 月 6 日

第二天,我朝萨蒂小姐家走去。路上吹来一阵热风,我还在想着比利·克莱顿家附近那块竖立在歪脖子枫树旁的墓碑。萨蒂小姐的故事在我的脑子里盘旋,我想到了一连串可能会被埋在那里的人:也许是一个无亲无故的孤独移民,或者只是一个路过此地的流浪汉,人们在他倒下的地方把他就地埋了……不管是哪一个,不知道那个瘦瘦呆呆的昂德希尔先生有没有给他量过坟墓。

或许只是想到那个诡异的昂德希尔先生,就令我感到有点不安,感觉似乎有人在后面跟着我,盯着我。我马上就走到萨蒂小姐家了,可剩下的距离还不够一个箭步冲进屋子。我朝前走着,不时扭过头朝后面看看,指望在背后看到昂德希尔先生的长腿和弓背。

我又开始哼自己编的歌:

马厩里拴马,鸡笼里关鸡;
狗蜷在狗窝,农民在屋里。
牛忙着耕地,猫弓起背脊,
小鸡在哪里?
鸡笼里是只狐狸!

哼歌并没有让我放松下来,我觉得自己有点过于显眼,就转了个弯,走到一丛篱笆后面躲一躲。透过被风吹弯了腰的树枝,我回头望了一会儿,想要说服自己刚才的感觉不过是幻觉罢了。我发誓,我确实听到树丛里传来了窸窸窣窣的声音。可我并没有看到什么昂德希尔先生,一个人也没看到。最后,我长长地吐了一口气,赌咒再也不去想那些墓碑、办丧事的还有死人的事情了。我正要试着给一支稍微愉快点的歌儿起头:"强尼喜欢晴天我喜欢雨,强尼喜欢骑车——"我钻出灌木丛,一头栽进了一个黑黑高高的身影里。

"天雷滚滚啊!"我大叫,心跳得厉害,然后看清了眼前的人是雷登普塔嬷嬷。

"真是天雷滚滚啊。"她抬起下巴看着我。

希望"天雷滚滚"这个词不是她禁用的单词之一。肯定不是,她自己都说了。

"我,呃,我没看见您。抱歉撞到您了。"真是要命,我完全没搞清楚她是从哪里冒出来的。不过虽然吓人,我还是很欣慰是她。

"就这么从树丛里冲出来,能不撞到人么?"她把手拢进袖子里,打量着我,"嗯,好吧,你接着念呀。'强尼喜欢骑车'后面是……"

"我喜欢坐火车?"不知怎的我用了一个问句。

"这样啊,看来给你布置的暑假作业是写个故事而不是写首诗是对的。不过,我知道一首好歌可以让人安神。"她的眼睛并没有在看着我,而似乎在看着远远的地方,"修女们在这里开孤儿院的时候,有些孩子就这样哼着歌哄自己入睡。很多孩子都是移民过来的,都说着自己的母语。"

不知为什么,我觉得鼻子发酸,好像自己也是那些孤儿中的一员。"管用吗?那些歌能让他们好过点儿吗?"我问,知道雷登普塔嬷嬷不会骗人。

"不是都管用。有些孩子哼着哼着就笑了,有些孩子就哭了。可他们最后都会睡着的。"她似乎觉得我需要一个令人安慰的结尾,"我记得有个爱玩藏猫猫的孩子,总是双手捂着脸,从指缝里往外瞅。他哼的那些也不能算是歌儿,一半英语一半他自己的母语。开头是:'小孩躲在哪里了?小孩跑去哪里了?'唱完之后他就放下手来,假装被人找着了。"

"讲得真好。"我说,不敢再问他是被找到了,还是被谁带走了。

"暑假都干了些什么?"雷登普塔嬷嬷又恢复了正常的语气,问道。

我想她肯定看到了萨蒂小姐的小屋就在附近,要是让她知道我要做的事,不知道会说些什么呢,因此我没有提这个。不过,要是说找响尾蛇的事,大概也不怎么合适。还好我不是经常撞到雷登普塔嬷嬷,跟她真的没什么好聊的。

"我,呃,莱蒂还有露丝安去捉青蛙了。"我说。

"我和莱蒂还有露丝安去捉青蛙了。"

雷登普塔嬷嬷会跟什么人出去捉青蛙?这话听起来可真搞笑,不过我知道她说这话的意思是在纠正我的语法。

"嗯,那我想,等暑假结束时,你一定有很多事可以写在作业里了。"她说。

我差点把这个忘了,忙说:"是的,嬷嬷。"

她一定察觉出了我声音里的犹豫。"你最好先查查字典。"

"查字典?"我就是成绩再差也知道字典里没有什么故事可以查。

"嗯,先查查'曼尼菲斯特(manifest)'这个单词,它既是个动词又是个名词。查查看。"雷登普塔嬷嬷转身要走,又回过头来说:"阿比琳·塔克,记住,要想写出一个好故事,必须学会观察和倾听。"

老天爷啊,她说话的口气怎么也这样!

推开萨蒂小姐家的大门,一步一步地走上那吱吱嘎嘎的台阶时,我脑子里还在想着雷登普塔嬷嬷刚才是从哪里冒出来的,还有字典里关于"曼尼菲斯特"这个单词到底是怎么说的。

走进这里时,我真希望我的债还完了。我的背痛得要死,手上也好不到哪儿去,已经起了水泡。萨蒂小姐仍旧坐在外面的金属椅子上,抽着玉米秆子烟袋,仿佛她从昨天到现在的位置都没有改变过。

她让我在花园里干活的主意也没有改变。

"你得把它们对齐了,有些植物不能挨得太密,否则一棵都长不好。"

我没说话,脑子里还在想着撞到雷登普塔嬷嬷的事。再说了,干旱成这样,这些种子根本就没法发芽,更别说长得好了。

"等你今天干完活,我还要给克莱顿太太磨点药浆,掺在茶里喝,帮助她下奶。"

我抬起头,惊讶于她居然知道克莱顿太太生小孩的事,不知道是谁来这里告诉她的。这个萨蒂小姐每天足不出户,可似乎什么消息都知道。她的故事里也有那么多活灵活现的人和事。虽然我是不大相信她真的能推测什么,可她究竟是怎么知道所有的事情的呢?

"我们昨天就在克莱顿家附近,我、莱蒂还有露丝安。克莱顿太太好像生得很辛苦。"我说道。萨蒂小姐一点也没有表示出惊奇,于是我继续说:"雷登普塔嬷嬷累坏了,我们看到她连头巾都没戴,袖子也卷起来了,就像一个普通女人。"

我忽然想到,也许正是雷登普塔嬷嬷来这里告诉萨蒂小姐这件事的,可萨蒂小姐一言不发,不肯给我任何线索。我想起放假前最后一天在学校的时候,提到萨蒂小姐的鬼窝,雷登普塔嬷嬷扬起了眉毛。她们两人之间似乎有着某种联系,可我一时又说不上来。也许是因为这两个人都过着远离常人的生活,正是这一点让她们有了某种奇妙的共鸣。

"Elam bouzshda gramen ze."

我从扬尘中抬起脑袋来。"什么?"

"吉卜赛语,意思是'所遇之人往往不止于所见'。"

我跟她最后提到的人就是雷登普塔嬷嬷,萨蒂小姐这是在说她吗?我知道萨蒂小姐的话不能局限在一种解释里。我现在开始适应她那种意味深长的说话方式了,通常这种时候,她就要开始说故事了。

萨蒂小姐说话时,又带上了她的匈牙利口音。

"很多年前,曼尼菲斯特一时间发生了很多事情。战争、被子……"

胜利之被

1917年10月27日

那天晚上在集市上,内德买了一包爆米花。他路过了征兵办的摊位和卖自由债券的桌子,朝美国革命女儿会的摊位走去。珀尔·安正站在一堆妇女中间,听她们说家中儿子、侄儿当兵的事,七嘴八舌地商议着即将到来的新年庆典。

拉金太太发传单的样子就像法官在法庭主持庭审一般。

"胜利之被"大拍卖
美国革命女儿会曼尼菲斯特分会赞助

诚邀每位兄弟会成员的家属为这床特殊的胜利之被捐献一块布头。这床被子将在伍德罗·威尔逊总统巡回到中西部的时候,由他签上大名。

待总统签名之后，这床胜利之被会在于曼尼菲斯特火车站举行的新年庆典上拍卖，价高者得。

布头的规格统一为 15cm×15cm 的方块，须在 12 月 1 日之前，交由美国革命女儿会曼尼菲斯特分会主席尤金·拉金太太审核。

本次拍卖所得的善款，将用于购买自由债券以支持战斗在前线的年轻同胞。

分会主席：尤金·拉金夫人

"喂，姐妹们，来瞧瞧这传单啊，回家拿块布头来。"拉金太太嚷嚷着，"我丈夫，已过世的尤金·拉金，你们都认识的，他曾在本郡物价局干了二十五年，他可是威尔逊总统的铁杆拥护者。我相信这也是驱使总统在中西部巡回游中，加上曼尼菲斯特这一站的极大的原因。当然，还有我的外甥，我姐姐的儿子，他在州长办公室工作，是助理的助理……"

内德侧身站到珀尔·安身边说："这么说，总统要来我们这里了？他一定是听说了我们这儿的姑娘是整个州最漂亮的。"见珀尔·安笑了，内德递上爆米花，"你也要参加这个缝被子活动？"

"每个女孩子都要参加，以示对前方弟兄的支持。"她说着，挥挥手中的一块花呢布，"不过，就凭我这手艺，恐怕自由债券得少买一点了。"她把布头像塞手帕一样塞进了内德的衬衣口袋里。

"要不要去坐旋转木马?"内德问。

她还没来得及回答,那群缝被子的妇女中就响起了一个尖利的声音:"珀尔·安!"这正是她的母亲,拉金太太。"宝贝,过来。"拉金太太又喊道,抿起嘴唇瞧着内德,那眼神就像在说他连给珀尔·安提鞋都不配,更别提跟她一起吃爆米花了。

"看来你母亲不怎么喜欢我。"内德说。

"她只是还不了解你。"

"是么?可是我从小就住在这里。"

"比起那些祖祖辈辈住在这里的人来说,这还不算长。"

"噢,那就是说,我得有个能追溯到乔治·华盛顿时代的家世背景才行?"

"别这么说。我的意思是,我母亲这种人,非得认识人家的叔叔、阿姨,拐了八道弯的老表,才会觉得了解了一个人。她就是喜欢自己那一套。"

内德的肩膀僵住了。就是这种家世背景什么的观念,导致他在矿上连着干了两班工。他把手插进兜里。"嗯,是哦,翻遍地球也查不出来我来自意大利、法国还是捷克斯洛伐克的什么地方,麻烦就在这里,是吧?"

"我不是这个意思,我不在乎你是哪里人。"珀尔·安温柔地说道。

"珀尔·安!"拉金太太又喊了一声,这回半边眉毛都扬了起来。

这时，亚瑟·德夫林穿着一套细条纹西装，衣冠楚楚、耀武扬威地举着一支熠熠发亮的黑手杖，朝拉金太太走去。他鞠了个躬，轻轻抬起她的手。"晚上好，拉金太太。"他献媚地说，"或者我可以叫你尤朵拉，就像从前咱俩在学校的时候那样？"他亲吻着她的手，眨了眨眼睛，"你能赏光跟我一起走走吗？"

"作为本镇革命女儿会的主席，我恐怕得在这里发完这些传单——"

"哎呀，那个急什么。我亲爱的过世的埃丝特怎么说来着？'能拖到明天的事，今天就不要做。'"他咯咯地笑着，把拉金太太从珀尔·安和内德身边拉走了，肥大的身躯挡住了他们的视线。

"显然，你母亲很讲究家世背景。"内德说。

珀尔·安做了个鬼脸。"你到底是想带谁去坐旋转木马？我母亲还是我？"

内德在地上磨蹭着脚后跟，不说话。

"好吧，转圈的时候小心点，我妈容易晕。"珀尔·安跑开了。

"嗨，贝内代托，"一个年轻人从内德的口袋里抽出那块花呢布头来，"准备好去缝被子了？"这是兰斯·德夫林，煤矿主的儿子，和他的一群朋友。"嘿，你也能为战争尽一份力，真叫人欣慰啊。"这些通常穿着高中校服汗衫的男孩子，现在都穿上了黄色的军装，斜扣着帽子。他们站成一个半圆，围住了内德。

"你们这是要去化装舞会啊？"内德余怒未消。

"你还不知道啊？我们报名参军了。总得有人去收拾你的那些老乡们捅出来的娄子啊。"

"我都不知道征兵办都急成了这样，把年龄和智力的标准都降低了。"

"你是想说我还没满十八岁这档子事么？"兰斯问，"嘿，说来也怪，不知道怎么的，二十五块钱就有这么大的魔力，能让征兵办的主任漏看一两项条件噢。内德老弟，要不你也试试？噢对了，百货公司的代金券恐怕不抵事。"

"你说对了，德夫林代金券还没有印它的纸值钱。"

"切！内德，明年春天的田径场上见不到我了，你应该庆幸。"

"噢，是啊，"内德揉揉脖子，"去年的一千五百米赛跑，我为了你都把脖子给弄酸了。"

"哦，是吗？"兰斯的脸上显出了一点惊喜之色。

"可不是么？我老得扭着脖子，回头看你落在后面多远呀。"

那些男孩子捂着嘴偷笑起来。兰斯·德夫林把脸凑到内德跟前，将那块花呢布头塞回给他。"哼，从现在开始，你还是去好好缝你的被子吧，打仗的事就交给我们。不过，我们还得好好查查你有没有缝进去什么间谍情报。'对于来历不明的人，永远不能麻痹大意。'贝内代托，你不就是一个来历不明的人吗？"兰斯退后一步，大声说道，"据我们所知，内德甚至都不是你的真名，没准你本来叫弗里兹或者汉斯[①]什么的。走吧，伙计们。"他走过内德身边，撞了一下他的肩膀，一帮人扬长而去。

金克斯拿着几块热饼干走过来。"怎么了？"

"没事。"内德静静地朝征兵办那边瞥了一眼，"骗就是分散注意力的艺术，是吧？"

"是的，你考虑过我的火药计划了？"

内德挺直了腰杆。"算我一个。"

12月1日眼看就要来了，缝制胜利之被所需要的所有布头也都交上来了——就差一块！

"明明今天才截止。"一个匈牙利女人摇晃着手中的布头，镯子叮当响着。

"你肯定看错了。"拉金太太透过纱门往外瞅着，"截止日期已经过了，布头也都凑齐了。再说，作为革命女儿会的主席，我有责任保证呈给美国总统过目的东西要很可靠才行。说到底，有你这种职业的人参与，是不太合适的。"

"我这种职业？"那女人质问道。

[①] 弗里兹和汉斯是德国人的常用名。——编者注

"呃，是呀，就是，算命的，搞些神神叨叨的咒语什么的。"

"咒语？"那女人重复道，双眼冒火，"留着你的胜利之被吧！我送你一句咒语。"她拉开纱门，"Ava grautz budel nocha mole."

拉金太太畏缩地朝后退了一步，纱门砰地关上了。她强自镇定下来，说道："噢，老天，这都是些什么鬼话啊。"她看着那女人走远了，又加上一句："我告诉你，你这都是胡扯。"

那天拉金太太被这个女人的咒语弄得心烦意乱的，直到元旦前夜黑眼圈都没消下去，还动不动就发火。

在快到新年庆典的那一个星期里，金克斯和内德都在忙着收集空罐子，往里面装着他们从五金店、面包店和煤矿上弄来的各种原料。

自从备受垂涎的满洲火投手要开始售卖的消息散布出去之后，金克斯和内德就知道，他们能做多少就能卖出去多少。谢迪用来酿酒的那个废弃的煤矿坑，现在成了另一项秘密工作的绝佳藏身之处。这坑道就沿着煤矿所在的狭长山地延伸出去，一直到寡妇凯因的地头。自打德夫林的地质师说矿脉是往大西边走的，这条坑道就废弃了。对金克斯和内德来说，这是个偷偷做烟火的好地方。

金克斯小心地将口袋里的黑色粉末倒在一个大罐子里。

"哇噢，匈牙利橄榄。"内德读着这个大得有点过头的罐子上的标签,"好家伙,这橄榄。"

"是的,我去帮那个匈牙利女人修围栏,她给了我这个。这东西装剩下的 TNT 大小正合适。矿上的奥提斯说,尽管拿一瓶谢迪的酒来换两口袋 TNT 他也不亏,不过要是被伯顿发现就完蛋了。"

内德耸耸肩。"操心这些有什么用。伯顿,德夫林,这些人只要看什么不顺眼,想做点什么还不是小菜一碟。"

金克斯瞥了内德一眼,觉得他最近火气很大。内德也一定注意到了金克斯在看他,于是说道:"你是从哪里学来的这些?猜球游戏,分散注意力的艺术?还有北极冰川水,可别再告诉我是跟什么一百岁的巫医学的。"

金克斯头也不抬地耸了耸肩膀。"这大概得从几年前我妈妈生病的时候说起。我很小的时候我爸爸就离开了,我妈妈带着我住在芝加哥的一间单间公寓里。一开始还行,她帮人缝缝洗洗。后来她生病了,我爸爸的弟弟——费恩叔叔来了,说他能带着我赚点钱,买药糊口。他教我各种把戏。后来我妈妈死了,我要么去孤儿院,要么跟着费恩叔叔。他带上了我,就算是给他当助手吧。"

"然后呢?"内德不是傻子,他知道金克斯是逃亡来的曼尼菲斯特,可直到现在他还没问过他到底是为的什么事。

金克斯累了,感觉手上的罐子沉甸甸的。他放了下来,也想卸下心头的担子。

"一点儿也不高明的骗术，通常都是跟在传道的人或者布道棚集会后面。屡试不爽，因为人们是来寻求安慰的，我们就给他们安慰。不过得有个托儿，一个看上去跟费恩一点关系都没有的人。"

金克斯吸了口气："我就是那个托儿。我假装得了什么病，然后费恩就来把我治好。有时候我是个瞎子，有时候我装个跛子，总之是大家都能看得到的病。费恩先上场，对大家说自己有一种万灵药膏，是非洲赞比西河丛林土著的百年秘方，或者是什么印第安百岁巫医的特别配方。他会找个人来试试。我就坐在那里不动，等着有人推选我上去。别人主动挑我是效果最好的。"

"百岁巫医，嗯？"内德说，"我就知道。"

金克斯咧嘴一笑："嘿嘿。然后我就喝下那药，或者抹一点在身上，看情况。然后，一点都不夸张地，我就好了。围观的人就迫不及待地掏钱来买上一两瓶。"

"可这跟撒谎、行骗、抢钱有什么区别？"内德问。

"我看我大概从没这么想过。费恩一直就这么做，我也就跟着他。"金克斯沉默了，知道这样回答没什么说服力。

"然后呢？"内德问。

"后来，在乔普林有一个布道棚。这种布道会通常都是吵吵嚷嚷的，三分之一的人在颂扬，三分之二的人在咒骂。可是这一个不同，这次的牧师安静而温和，就好像是隔壁邻居站在家门口说话。他说了这一生做过的并不光彩的事情,说了他为此吃的不少苦头,走的很多弯路,最后他想清楚了,回到了正途。然后他起头唱歌,大家都跟着唱起来。"金克斯说着,把手搁在了膝头上。

"那首歌是关于绿茵和甘泉的,牧师说起走过死亡的幽谷,不再恐惧。"金克斯沉浸在回忆里,声音渐渐低了下去,"我从没听过这么美妙的话语。费恩只对我说,要不是他,我早就死了,或者在孤儿院里喝着老鼠汤,每日每夜擦马桶。可那会儿牧师的话沁入我的心田,我真希望自己能走在那片绿草地上,而不是从一个镇子流浪到另一个镇子。

"然而,布道很快就结束了,费恩又耍起了老把戏,我还得当托儿。一切又像从前一样,直到我和费恩来到镇外的树林里。"

金克斯吐露着自己的故事,眼前这废弃的矿坑似乎变得朦胧起来。

费恩正坐在火堆边数钱,这时一个男人晃进了我们的营地。"喂,费恩。"他龇着龅牙,"好久不见了。"

我坐直了身子,想着费恩是不是也吓了一跳。可他并没有。"嘿,朱尼尔。"他头也不抬地说,继续数着剩下的钱,往口袋里塞着。

"我就跟我的露易丝婶婶住在那边那条路头上。我最近看上了镇里的一个姑娘。"

费恩没有搭腔。

"我刚才在集会上看到你了。"朱尼尔说着,在火边坐下。

"嗯,我也看到你了。"

"老天,费恩,我们从前也快活过,不是吗?还记得我们在圣路易斯的货仓那里干的那票活吗?可算是给那些小子一点教训了,是不,费恩?"

"朱尼尔,那算什么。哪地在人家脑袋上敲一下,然后偷走人家的帽子和鞋子,这都不需要动脑子的。得了吧老先生,我现在行骗,眼下我干的都是有技术含量的活儿,你搞不定的。"

朱尼尔点点头。"这就是你的新搭档?"他指指我。

"是的,他比你嫩,可是比你聪明多了。"

朱尼尔嘿嘿一笑:"费恩,你说得也许没错。不过我最近过得不太好,要是谁能帮我一把就好了。你明白我的意思吧?"

"我看你是想敲谁一把,是这个意思吧,嗯,朱尼尔?"费恩的语气尖酸刻薄,"哼,我看你还是别打这算盘了。走吧,滚!"

朱尼尔起身走到费恩身后。"你在教会那里骗钱,这里的乡民要是知道了可不会高兴。"

费恩站了起来。"朱尼尔,你这是在威胁我啰?"他的脸上迸出一丝奇怪的微笑,"你试试看啊,去跟警长说,你捉到一个臭名昭著的卖狗皮膏药的骗子，看他不笑死你！还有，等你回到镇上的时候，我早就不知道跑到哪里去了。"

朱尼尔从背心口袋里掏出一把刀来，双手颤抖着说："你说得没错。不过，如果我把你带到镇上去，说你就是在堪萨斯城杀死那个银行家儿子的家伙，我想他们不会不感兴趣。"

费恩呆住了，说道："就是说，咱们之间不用讲什么规矩了。听见没，金克斯？"

我想起了在我母亲死后不久发生的一件事。那时费恩和我住在堪萨斯城的破公寓里，他整夜出去喝酒赌博。有天晚上，他突然冲了进来，让我赶紧收拾东西，然后我们就跑路了。我一直不知道为什么，直到刚才，朱尼尔的话给了我一点提示。

我还记得我当时坐在火边，看着眼前的一幕，心里想着两件事：第一，我替朱尼尔感到可怜；第二，我不想变得像他那样徘徊在死亡的幽谷。但我却正在和他一样，因为我跟着费恩做事。

费恩一个箭步上前，迅速从朱尼尔的手上扭下刀子，反剪住他的胳膊。

朱尼尔痛得龇牙咧嘴。"费恩，我只是跟你开个玩笑，我哪会出卖你呢。"

"金克斯，拿绳子来。"

"放他走吧，我们离开这里算了。"我说。

"小子，急什么呢？你也怕我了？"费恩说。

我没答话。

他扔下刀子，插在我跟前的地上。

"我来告诉你该怕什么！"他制住朱尼尔，眼睛像烧红了的炭，"去那边的口袋那里割一截绳子过来。"

我从那个口袋里拉出一长条绳子，割了一段下来。

费恩把朱尼尔推倒在地。"把他捆起来。"

朱尼尔在地上缩成一团。"别啊，费恩，我没别的意思。"

我朝朱尼尔走去，手里仍拿着刀和绳子，不知道要怎么做才好。费恩在营地那里窸窸窣窣地收拾着东西，我要是捆得不好大概他也不会注意到。

我把绳子随随便便地绕在朱尼尔的手上，打了个松松的活结。接着我拾起刀子，对着朱尼尔低声说道："等我们收拾好走了，你再松开绳子。"

朱尼尔没有答话，他用恐惧的眼神望向我的身后。我明白了，费恩就在我后面，他听到了。我一转身就迎上了费恩一拳，拳头狠狠地砸在我脸上，然后我就只记得手里还握着那把闪亮的刀子了。

我应该没有昏迷多久。醒来的时候，我就躺在朱尼尔旁边，那把刀子正好插在他的腹部。

费恩弯下身子检查朱尼尔，然后看着我。"是你干的。"他摇摇头，"老天，你可真是个扫把星。我本来只打算把他捆起来扔到树林里，我们就走了。看你干的好事。"

我费力地看了很久。

"没错，你就是个克人的命。先是你爸，然后是你妈。这回轮到了老蠢货朱尼尔。"他拿起刀子，"我是唯一一个没被你克住的人了。"他既同情又嫌恶地看着我。"看样子你只能跟着我混了。"他说着，用手帕擦了擦刀锋，"不然，你连你自己都不会放过。"

我害怕极了。

金克斯不经意地踢了那个装 TNT 的罐子一脚，这废弃的煤矿坑道、散乱的罐子和引线重又在他的视野中变得清晰起来。

"后来呢？"内德问。

"过了几天，传言说乔普林的警长在找两个人，跟朱尼尔·哈斯克尔的案子有关。那天晚上，朱尼尔告诉了几个朋友，说他要去找从前一起发达过的老朋友，在集会上刚碰到的。他婶婶露易丝跟警长说了集会的事，整个镇子的人都能指认出我俩的样子。费恩说既然他们是要找两个人，我们最好分头行动。我就跳上了一个方向的火车，他跳上了另一个方向的。"

内德紧紧地盯着金克斯，全神贯注。"那不叫谋害，那是个意外。再说了，那都怪你叔叔。"

"可刀子在我手里。费恩打我的时候,我肯定就那么一挥手,刀子就插了进去。我怎么可能跟朱尼尔·哈斯克尔那些愤怒的老乡,或者陪审团解释清楚这些呢?"金克斯涨红了脸,双手颤抖着,"来,帮我把欣克利先生的火药筒给装回去。"他把原装的满洲火投手递给内德,不再继续谈论这个话题,"欣克利先生正在火车站布置他的大型烟火秀。为了迎接威尔逊总统,所有的站台都实行了交通管制。"

"引线在哪里?"

"肯定是装到我们的哪一只罐子上去了。从那一卷上剪一截下来吧,剪得好一点,长一点。一百米可是很高的。"

接下来的几天,金克斯和内德的生意很火爆,附近的男孩子都找借口来谢迪家。最后一罐卖出之后,两个人一共赚了五十块七毛五。内德拿了自己的一半,并坚持说金克斯是出主意的那个人,多出来的七毛五应该归他。

这件事本来就到此为止了,要不是那几个游手好闲的雀斑小子——丹尼·麦金太尔、乔伊·费普斯、小蛙·赛克等等——在镇上到处乱扔满洲火投手的话。谢迪在街上被那些愤怒的母亲们一个接一个地拦住。有的还气得冲进了谢迪家,揪着一个小子的耳朵进来,叫谢迪管好自己屋檐下的小流氓。

起初谢迪也没太上心,毕竟多纳尔·麦克格里格家那头叫斯坦利的猪没死——它很幸运,猪圈的房顶被炸出一个洞时，它正好在外面的泥地里打滚。接下来，葛丽泰·阿克森来了，说她儿子拿了一罐匈牙利橄榄回来，然后不知道怎么搞的，她家鸡舍的屋顶就给炸飞了，鸡也吓得到处乱叫。这回，谢迪明白自己得采取行动了。

金克斯一个人承担了所有的责任，他不是推卸的人，许诺一一做出弥补。他不知道要怎么弥补，直到新年庆典的胜利之被拍卖会上，谢迪才叫他明白了。

元旦那天，天气清冽。庆典活动吸引了人们的注意力，大股的人流朝火车站涌去，没有人注意到内德·吉伦在征兵办公室的表格上签下了自己的名字。就连征兵办的工作人员也因为忙着数内德递上来的二十五块钱，而忘记了问他要年龄证明。

哈蒂·梅每周轶闻

1918年1月2日

　　1918年的新年庆典获得了令人意想不到的空前成功。人潮涌向火车站，举着蛋酒互相祝寿。大家唱了几段《友谊地久天长》的歌，有些人还灌了不少白兰地，都不记得之后进行了哪些活动。

　　当然，万众瞩目的焦点都落在了7点45分到站的伍德罗·威尔逊总统乘坐的火车上。曼尼菲斯特高中乐队全力以赴，表演着最振奋人心的《向元首致敬》。

　　而水塔那里令人遗憾的爆炸事件，以及随之而来的水溅总统及胜利之被，则实属意外了。围观人群大感震惊，欢笑和懊恼充斥着现场。最后，似乎是总统怒气冲冲的"落水狗式"（这个词来自那些漂洋过海来的外籍移民）讲话占了上风。

　　7点45分的火车在8点7分离开了，现场气氛在期待已久的美国革命女儿会拍卖会上达到了巅峰。人们对那床胜利之被的热情消退了，因为上面的总统签名已经被水打湿得看不清了。但是大家又都愿意把它抬高到一个好价钱。可笔者没弄清楚一家人互相竞价的策略究竟是什么，谢迪·霍华德和男孩金克斯各不相让。最后，年轻的那个以25.75美金把1918胜利之被带回了家。

　　市长再次感谢所有参与筹办此次活动的志愿者，并呼吁大家接下来帮助修建新水塔。按照总统的要求,水塔"不得建在距离车站方圆15米之内"。

此外,美国革命女儿会悬赏5美金追查那个卖烟火的人的下落,如有人知道任何信息,请联系她们的主席尤朵拉·拉金太太。

若想知道现今拥有1524名在籍投票人的曼尼菲斯特镇上,所有的人物、事件、时间、地点及缘由,敬请关注本报周日特刊。

本镇记者　哈蒂·梅·哈珀

威尔玛·T.的维生素醒活口服液

想来点提神的玩意吗?试试这款针对精神萎靡、活力减退的药剂吧。由钙、铁和钾精心配制而成,给你带来焕然一新的感觉,生活效率大大提高。每天早晚一茶匙,青春永远不嫌迟。立刻就去高中找威尔玛·T.,即日服用维生素醒活口服液。

列兵内德·吉伦信函

亲爱的金克斯：

我驻扎在芬斯顿营，现在时刻是 2100 时。（这是部队里的行话，表示晚上 9 点。）就要吹熄灯号了。现在说还有点早，不过起床号可真比老爹用做煳了的早饭来叫人起床还要快。军士长说我们在开拔之前，要在这里驻守几个星期，没多少时间训练了。我们这里大多数人都是长期踢足球、打篮球或者跑步的，体格好得很，都盼着上战场。

希望你别再为我走的事而生气了。毕竟，没有你我也走不成。没有卖烟火赚来的钱，我也没法让征兵办的人虚报年龄把我登记上。伙计，我欠你这个人情。

不知道我能不能透露我们的行踪，不过我会跟你说"马铃薯浓汤"①，你明白我的意思了吧？瞧我这个曼尼菲斯特小子，就要抖抖鞋子里的煤灰，出去闯荡世界了。

已经拿到制服了，和海克还有霍勒去了一趟城里，拍了照片。摄影师被他俩奇怪的名字搞晕了，说他们的爸妈一定是喝了好多威士忌之后给他俩起的名字。可别跟法官还有卡尔森夫人说这个，他们家已经快要闹翻天了。我给老爹寄了一张放大的照片好放在壁台上，这张是给你的。能想象得出我英勇杀敌的样子么？

---

① 此处原文为法语 vichy swaz，是一道法国菜。——编者注

响尾蛇的事你查得怎么样了？至少有一个人可以排除嫌疑——我[1]。（又给了一个关于我的目的地的提示了。）

噢，寨见了（海克是这么发再见[2]这个音的）

内德

于堪萨斯州芬斯顿营

1918年2月10日

---
[1] 此处"我"的原文为法语 Moi。——译者注
[2] 此处"再见"的原文为法语 au revoir。——译者注

星空下

1936 年 6 月 12 日

我把萨蒂小姐上次讲的那个故事，还有从"哈蒂·梅每周轶闻"上读来的东西，给莱蒂和露丝安讲了好几遍。我讲了关于满洲火投手的一切，讲了倒霉的朱尼尔·哈斯克尔，水塔爆炸，还有胜利之被不幸浸湿。我试图记起每一个细节，包括那个匈牙利女人捐献缝被子的布块却被拒的事情，可总还有些事需要琢磨。

"那个匈牙利女人就是萨蒂小姐！"莱蒂的话打破了夜晚树林间的宁静，"她为什么管自己叫匈牙利女人？她怎么不直接说'我'或者'萨蒂小姐'？"

"她讲故事的时候，自己就不在里面了，她只是那个讲故事的人。"

"好吧，"露丝安说，"可那些她不在场的事情，她是怎么知道的？"

"我也在想这个。"我答道，"不过你还记得匈牙利橄榄吧？金克斯在集市上闯进过她的帐篷，后来还帮她修过篱笆，也许她就是这样知道的，一定是他跟她说的呗。"

"哎，她肯定会什么法术。你看，那个拉金太太和被子的诅咒就应验了！"莱蒂说。

这故事她俩在一周内已经叫我讲了不知道多少遍了，莱蒂还是兴奋不已。我们也把内德的信念了又念，都能背下来了。在信里发现某些事情跟萨蒂小姐的故事有所重合的时候，总是很有意思。

我和露丝安肩并肩走着，脚步踩过月光下的枝丫和树叶，发出嘎吱嘎吱的声音。莱蒂还在感叹着那些故事里的事。我在给萨蒂小姐的另外一桩大自然事务打杂。她让我做各种她所谓的推测工作，比如黄昏的时候跑到倒下的枫树下面收集青苔，或者早早起床，在露水干掉之前摘一把蒲公英。这些活都很古怪，而我不管采什么回去，她都给捣碎了，做成泥或者碾成粉，不知道要干什么。但是那天晚上则有点神秘，我都不知道我要来找什么。萨蒂小姐说，要学会观察，倾听，等待。

"你觉得那个咒语会是什么？"莱蒂继续说道，"我是说，什么咒语能让水塔爆炸呢？"

事实上，我不敢去问萨蒂小姐她给拉金太太下的诅咒是什么。那个句子听起来很古老,充满了不祥的预兆,我都不希望她用英语说出来,万一不小心降在了我头上就惨了。

"还有,我不明白,谢迪为什么要跟金克斯竞拍那床被子。"莱蒂说。

露丝安翻了个白眼。"我真不明白你数学怎么会考得比我好。听好了,我再解释一遍。"露丝安总是以一副当事人的口吻讲故事,"拍卖会上,那被子弄湿了,总统的签名也糊了,谁也不想要那被子了,是不是?"

"对。"莱蒂说,努力集中注意力。

"而谢迪知道金克斯卖烟火得了一笔钱。"

"是的,他分到了二十五块七毛五。"

"好。既然是金克斯搞的火药让水塔炸得四处狼藉,那么谢迪就想让他做出补偿——就是买下那床被子。金克斯也许一开始报的价很低,于是谢迪就一路加价,直到最后这被子以二十五块——"

"七毛五卖给了金克斯!"莱蒂睁大了眼睛,"正好是他卖烟火得的钱。"

"正是。"露丝安叹了口气,"不过,也许是因为萨蒂小姐,这被子才会搞成这样。阿比琳,你说呢?"她不等我回答就继续说,"她是个奇怪的人。就连拉金太太都说她会念咒语。"

"那她为什么自称推测师?"我问。

"那是因为干他们这行的,都喜欢搞得神神秘秘的。就好像我们现在摸黑在这树林里东一脚西一脚的,也不知道在找什么东西,这多神秘啊。"露丝安等着我的解释。

"萨蒂小姐给了我这只桶,叫我在月光下找一棵年轻的三叶杨树。"

"可是这只桶是干什么用的?"

"她说是用来让我保持清醒的。"

"这都是些什么乱七八糟的指令啊?"露丝安嘟囔着。

"不过有点像探险,"莱蒂说,"就像那首歌《在月夜下乘火车》。"说完还不算,莱蒂干脆唱了起来。

> 我在漆黑苦闷的夜晚出发,生活压得我无处为家。
> 先是被老板踹了一脚,之后又被大雨淋浇。
> 这尘世间我要去往何方,
> 哟得来呀嘿,哟得来呀嘿,哟得来呀嘿。

"看在老天的分上,莱蒂,你要不换支欢快点的歌唱唱,我跟阿比琳就把你扔到哪趟火车上去,头也不回。"

"别急呀,后面就好了。"莱蒂安慰道。

> 我的灵魂和鞋子已破败不堪,没有钱也没有饭碗。
> 可当我踏上铁轨,这重担就全都消失无尾。
> 我跳上火车,在这苍茫月色。

Moon Over Manifest 145

我忍不住加进去一起唱道:"哟得来呀嘿,哟得来呀嘿,哟得来呀嘿。"

我们来到河床边的一处空地,望着全是石头的、炙热干枯的河床,想象着这里一度有一股活水,河面宽阔,可以游泳。"这里全都是三叶杨。"露丝安说。

我摸了摸又硬又厚的树皮。"这些看起来太老了,她说的是年轻的三叶杨。"

"那去找找有没有最近才长出来的吧。再说,这里的月光也不够亮。走吧,我饿了。"露丝安领着我们往一片有着三叶杨和榆树的林间空地走去,那儿有些还是小苗苗。

露丝安坐下来,靠在一截腐烂的树桩上,打开背包。"既然我们要在这里,坐等蝾螈眼睛、蟾蜍的心之类的东西自动送上门来,那我们也不能委屈了自己。你们带了什么?"

我们说好了,外出的时候每人带一点食物分着吃。露丝安拿出三个肝泥香肠三明治,我贡献了在萨蒂小姐的食品橱里找到的、装在一个脏兮兮的罐子里的腌甜菜,虽然比不上肝泥香肠三明治,本来也不是完全没有赢得亚军的希望。可紧接着,莱蒂拿出了一个小罐子,里面放了两块饼干。她递给我和露丝安一人一块。

"姜饼!"我说着咬了一口,那甜丝丝的辣劲儿让我一哆嗦,"你自己的呢?"

"我吃过了。星期二是我姐姐苏西的生日,我们说好了给她一个惊喜,所以这个星期的早餐都不吃鸡蛋,这样我妈就能把蛋拿去店里换点糖了。"莱蒂解释道,"她做了六块姜饼。"

"喏,你吃这半块。"我把姜饼递给她。莱蒂拿了起来,我感觉她有点不情不愿。

露丝安咬了一口姜饼,又咬了一口。"你妈妈做姜饼真是有一手。我妈总说自己生来就是掌铁勺的,而你妈妈则是做白案的料。"露丝安吃完最后一口饼干,"莱蒂,唱个歌吧。"

莱蒂笑开了颜:"我在漆黑苦闷的夜晚出发……"

我们还有大把的时间,莱蒂和露丝安跟家里说好了,今晚和我一起住在谢迪家。我之前也不确定她们家里同不同意她们住在谢迪这里,因为谢迪可是……谢迪啊。不过好像她们的妈妈从小就认识谢迪,两人都说没问题,还说只要我们早晨咽得下他烤焦了的饼干。

莱蒂的歌声带来了片刻的宁静。一切都静静的。我们已说了太多关于内德的信,还有响尾蛇会是谁的事情,此刻正是一个放松思绪去往别处的好时候。

"阿比琳,你的故事编得怎么样了?"莱蒂问道,"就是雷登普塔嬷嬷布置的那个作业。"

"我不知道,我没什么故事好讲啊。"

"讲故事又不难,"莱蒂说,"就是开头,中间,结尾。"

"唔。"我答道,想着是不是真的就这么简单。

"这里真安静。"莱蒂岔开了话题。

我听着附近是否有鸟或蝉的声音……或者响尾蛇,不管是哗啦响还是滑溜溜的那种。"你们说,这林子里有蛇吗?"我问。

"蛇?"露丝安想了一会,"卢浮舅舅说这里什么动物都有,他讲起树林子的故事来可是一套一套的。"

我没打算要听这个,不过看她挺直了身子,双手枕在脑后的样子,我知道她是在等着我发问呢。

"露丝安,现在也许不是讲那个故事的好时候,"莱蒂说,"这里已经够叫人发毛的了。"

"接着说呀,"我说着,假装忍住了一个呵欠,"说给我们听听。"

露丝安瞥了我一眼,我猜她是在盘算我的兴趣大不大,值不值得她开讲。

"嗯,"她开口道,"他——就是卢浮舅舅——当时正在设一些陷阱,突然听到一个可怕的声音。他以为是浣熊或者负鼠什么的,就跑出来看了看。等他意识到其实什么动物都不是的时候,已经太迟了。"

"唔唔,太迟了。"莱蒂重复道。

露丝安朝前倾了倾身子。"他看到一个人样子很恐怖地盯着什么东西,脸色惨白惨白的,眼睛瞪得老大,呆立在那里一动不动。"

"一动——都——不动。"莱蒂说。

"他看见什么了?"我的兴致来了。

"一个大大的黑影直冲那个男人飘过去。那个人一直往后退,往后退,然后卢浮舅舅听到陷阱里传来咔嚓一声响。"露丝安双手一拍,"一切又安静了。"

"他怎么样了?"我问道,"我是指卢浮舅舅。"

"他跑掉了,没命地跑。"

"我妈说,卢浮舅舅说话总有点不靠谱。"莱蒂补充道。

"那到底是谁?谁掉到陷阱里去了?"

"问题就在这里。"露丝安又靠了回去,打住了一下话头,让夜晚树林的声音充斥在四周,"连个人影都没发现。他叫了几个兄弟回来,结果发现陷阱好端端的还在,机关被触发了。只有一只旧靴子在那里。"

"是的,一只旧得不成样子的靴子。"莱蒂说。

然后这两个人一起说道:"那靴子里面还有一只脚。"

不知道她俩是不是在耍我,可眼下,就在这同一片漆黑的树林里,那景象就像幻觉一样活生生地浮现在我的眼前。

"那靴子啊脚啊什么的,他们怎么处理的?"我问。

露丝安继续说道:"卢浮舅舅是怎么也不想动它的,不过最后还是把它埋了,以防那个人回来找靴子。"

"后来还有人看见过那人吗?"

"哦,有人说什么时不时看见什么东西在树影里飘来飘去,

Moon Over Manifest

还能听到树丛里嘎啦嘎啦的声音。"

"嘎啦嘎啦？"我说，"怎么听起来跟响尾蛇一样？会不会那个鬼和响尾蛇就是同一个人？"

"这也有可能。"露丝安考虑了一下，"卢浮舅舅说有时候，就现在，他还能瞥见什么影子在身边左右隔壁那么哧溜一下，尤其是在月圆之夜。"

她这么说着，我们意识到头顶正有一轮皎洁的圆月。

"瞧。"我说。

"什么？你看到蝾螈眼睛还是蟾蜍心脏啦？"露丝安问。

"过来。"我指给她们看，树苗旁松软的泥地上有上百条肥肥的蚯蚓在反着光，"萨蒂小姐知道我们能在这儿给她的花园找到虫子。"

"是给她的女巫汤吧？"

"管他是哪个，装到桶里吧，弄完了我们就能离开这恐怖的树林了。"

我们动作很快，在虫子钻进地下之前就铲起了一大把。我们轮流抬着桶，朝谢迪家走去，一路上注意着附近有什么奇怪的动静没。

我们三个爬上床，一个挨着一个躺下，听着远处传来的口琴声。也许只是谁在那里随便吹吹吧，可听了露丝安的故事之后，这乐声就显得凄惨呜咽起来。

等到莱蒂和露丝没了动静之后，我从窗台上的一排纪念品里摸到那枚不再闪亮的自由女神银币,在月光下照着看。对于能在萨蒂小姐的故事和这盒子里的纪念品之间找到联系我早已见怪不怪了,可总还有些叫人不解的地方。我想起外面那一大桶虫子,那些涌动在桶里的生命便叫人不解。萨蒂小姐怎么知道在月光下要去哪里找虫子?那个把靴子丢在卢浮舅舅陷阱里的男人怎么样了?是谁或者什么东西在树林里游荡徘徊?他就是那个响尾蛇吗?我把银币放回原位,就放在迷惑之王鱼钩的旁边。

种种疑惑盘旋在我的脑海里,我翻来覆去睡不着。而最让我困惑的,就是今晚在那愈加明亮的月色下,莱蒂脸上浮现的神情,那当露丝安叫她唱支歌的时候,她绽开的笑颜。我以为我挺了解人的了,我还有一份千篇一律之人的列表呢。可此刻我迟疑了。也许这世界并不是可以这么简单地找出千篇一律的几类人的,人总归是人,每个人的悲欢喜怒都有自己的时间和方式。

我又一次觉得重心不稳起来,好像在玩拔河游戏的时候,对方忽然松了手一样。

莱蒂半梦半醒间,还在哼着:"可当我踏上铁轨,这重担就全都消失无尾。我跳上火车,在这苍茫月色。"我真羡慕露丝安,她知道的我都不知道。莱蒂并没有吃姜饼。在一个有六个孩子的家里,她一定是省下了自己的那一块,然后又拿什么东西跟谁换了一块,才凑够了分给我们的。

Moon Over Manifest 151

月光照在银币上,我想起了萨蒂小姐讲的金克斯和内德的故事,想起了卢浮舅舅讲的故事,想起了莱蒂说自己吃过饼干了,想起了内德的信和哈蒂·梅的每周轶闻,我总是把它们当成睡前故事来欣赏。还有我试图弄明白的吉登的故事。如果这世上有什么千篇一律的东西的话——我还没打算放弃自己的全部哲学——那就是故事中总有一股力量。要是有人好心好意地编了一个故事,为的是让你能享用上一块姜饼,那你就该安心地接受这个故事,并享受每一口滋味。

哟得来呀嘿,哟得来呀嘿,哟得来呀嘿。

列兵内德·吉伦信函

亲爱的金克斯:

谢谢你的回信。我们就要开拔了,那边的部队也已经等着欢呼迎接我们这些接班的到来了。我和海克、霍勒被编在同一个团,大概是上面觉得曼尼菲斯特田径赛冠军团的成员应该都在一起吧。很快,等我们把鬼子打回德国去,曼尼菲斯特高中一八届的其他人,就要跟我们在埃菲尔铁塔下碰头了,大家到时候一起喝酒庆祝。告诉珀尔·安和其他的姑娘,可别为这里的姑娘们吃醋噢。她们要好的小伙儿会准时在秋天回家,带她们去参加返校节舞会的。

对了，告诉威尔玛·T.，谢谢她寄来的劳军包裹。营房周边有几种小虫子，叮得人发痒，发烧，还打寒战。这是几天前的早上有人起来跟医务所汇报的，到今天就已经有五百个人横七竖八地躺在担架上了。我一直在喝威尔玛·T.的混合家酿，在跑了无数趟茅坑之后，我意识到她这灵丹妙药里大多是通便的配方吧。不过目前为止，我还是比这里大多数的人状况要好。

就此搁笔。下次你再接到我的信，就会是那种精美的香水纸张了，来自"那个地方"。

Ich habe widerlich footen[①]（我有大臭脚）！

内德

于堪萨斯州芬斯顿营

1918年3月14日

附：我们跟海克说，这句话是"缴枪不杀"的意思。

[①] 此处为德语。——译者注

哈蒂·梅每周轶闻

1918 年 5 月 30 日

最近的1918届高中毕业班毕业典礼，实在是一个令人难忘的盛典，也不禁令我想起自己去年毕业典礼上的美好记忆。然而，总的说来，今年的庆典因为班里缺少了一些人，可谓苦乐参半。大家一定还记得不久前，我们欢送曼尼菲斯特一八届高中生入伍的场面吧？那情景真叫人动容！我们跟勇敢的小伙子们说着再见，虽然知道不久就会再见。我寻思着，该把他们的名字和职务在这里写出来。

卢瑟（海克）·卡尔森
田径选手，格里俱乐部成员
伊万（霍勒）·卡尔森
田径选手，班级会计
兰斯·德夫林
田径选手，足球运动员
内德·吉伦
资深田径选手
道格拉斯·汉密尔顿
生活委员

似乎刚刚和我们那些全副武装的小伙子们道别，转眼人人都要去肩负起祖国的重任了。女士们，也包括你们！美国革命女儿会将举行一场毛毯捐助活动，还要搞烘焙义卖、书法比赛等等。感谢珀尔·安·拉金在离家读大学之前，为组织这些活动所做的努力。威尔玛·T.小姐也打算动员化学课全班的力量帮她来调配她的那个"包治百病"的灵丹妙药。

（据说芬斯顿营地有不少战士得了流感，急需这东西。）不过不走运的是，她的教室窗户倒霉地被震碎了，她只能在家里配制这种口服液了。不过感谢每一个人的支持，应大家的要求，下面刊载那首特别发送的加油歌的正文。

上战场去，别犹豫！

我们是1918年的

年——轻——人！

（特别感谢高中毕业班班长玛格丽特·伊万斯，此处摘录的班级加油歌系她所写。征得版权同意，刊印在此。）

欲知境内外各种人物、事件、时间、地点及缘由，敬请翻开《曼尼菲斯特先驱报》。我们的消息渠道灵通得令我们自己都吃惊。

本镇记者　哈蒂·梅·哈珀

老圣杰克牌腰痛灵

别再抱怨腰痛了，老圣杰克牌腰痛灵，一搽就灵。

还在为背痛而苦恼？一站直身子，后背就会猛然火辣辣地痛起来，钻心不已？腰痛、坐骨神经痛，或者只是上了年纪的老骨头不经用，不管是哪一种情况，"老圣杰克"都管用。只要请太太给你轻轻抹上那么一点，一切痛苦就会无影无踪。本药膏会在皮肤上留下一点颜色，但只会令你容光焕发。面部皮肤亦可使用。还在等什么呢？即刻前往本地五金店，可获取"老圣杰克"试用装一瓶，就在清漆货架旁。

萨蒂小姐的屋子

1936 年 6 月 13 日

第二天很热,我不知道那些虫子能不能适应这新地方,可它们扭动着身子就钻进了干巴巴的泥土里,好像是回到了老家。我感觉它们得钻到地球的那一端,才能找到水。

萨蒂小姐今天上午似乎心情不佳。"今天你来犁地,不要太深,不要太宽,好好挖。"她的腿又红又肿,光是坐在后门廊那里的摇椅上摇摇,都能让她龇牙咧嘴。她的叫唤声也让我咧开了嘴。

可我还在集攒勇气去问她给拉金太太下的那个诅咒是什么,把这位郡物价局官夫人搞得心神错乱。可我要不问个明白,莱蒂和露丝安是不会罢休的。

"呃,夫人?"我嗫嚅着,不确定她是否介意我自己推断出她就是故事里的那个匈牙利女人。萨蒂小姐还在摇着摇椅。

"那个,你给拉金太太下的咒语是什么?"

"咒语?"她嘲弄道,"咒语,间谍,你听到什么都当真啊?"她说到间谍的时候我吃了一惊!她是怎么知道的?我从来没跟她提过响尾蛇的事啊。萨蒂小姐预言未来的本事可能不怎么样,对当下发生的事倒是什么都一清二楚。

"那个女人身上唯一的诅咒,就是她自己的无知。"萨蒂小姐啐了一口。

"呃,那你到底说的是什么?"

"Ava grautz budel nocha mole."

她这么重复着,让我浑身一哆嗦。

"这是吉卜赛语,意思是'祝你活得和你下巴上的胡子一样长。'你要是不麻利点干活,我也给你弄这么个生猛的咒语。"

我拿起铁锹,忍不住咧嘴一笑。我挖了一个方方的土堆堆在那里,希望萨蒂小姐心情能好起来。结果她没有。

"喂,"她呵斥道,"挖得像猪刨的一样。不能那么浅浅地铲两下就完事,这都是无用功。用锄头,就在小棚屋那里有。"

她怎么这么凶啊!我一边抓起锄头,把土掘到两边,挖出一条沟来,一边在心里琢磨着。我也有点没好气了,尽管她这么疯狂,想出在两边犁一条地垄出来,保持水分不流失还是有些道理的——要是还有可能下雨的话。

Moon Over Manifest 157

然而时间一点一点过去，溅到身上的泥土与汗水混在了一起，在咣咣的锄地声中，我竟感觉到了一丝奇怪的舒适。我任由这节奏带着自己，回到以前跟着吉登搭一辆货车时那满是尘土的记忆里。我们两个，就那样听着车厢连接处的咣咣声，陷入各自的沉思。

我还在盘算着自己所知晓的关于吉登的一切。他生营火的速度比谁都快；他啜上第一口咖啡，总是满意地吐一口气；他喜欢把燕麦烤饼高高地抛向空中。

我想着想着便笑了。可转眼我又思虑起不知道吉登此刻正在做什么，一丝忧虑爬上了眉头。也许他正在车厢那里卸二十磅一袋的面粉。要是他被炒了鱿鱼，吃不成铁路这碗饭了该怎么办？他会悄悄溜进一家小餐馆寻求打工的机会吗？他知道收银台后面的人多半会对他置之不理。不过运气好的时候，坐在柜台边吃饭的人也许会给他买上一块三明治、一杯咖啡什么的，有个小女孩拖在身边总归有好处，他需要我。

或者这只是我的一厢情愿。是什么发生了变化？要是吉登的生活里有什么需要占卜的话，就是这个了。他为什么把我送走？像萨蒂小姐常说的那样，我得挖得更深点。

就是我腿被划伤的那一天，吉登开始逃避。那是4月12日，我记得它是因为那天是复活节，还是我十二岁生日的第二天，不过就是两个月前的事。当时我们在路易斯安那州的什里夫波特。那里的福音宣道会有复活节晚餐,听说晚餐很丰盛,结果排队领食物的时候,领到的就是一碗稀稀的洋葱汤和不新鲜的面包,叫我们很是失望。一个干瘪瘪的流浪老头对牧师说,在通往天堂的路上,要是想拥有更多的朝圣者,应该在路上铺满猪肉和豆子,而不是洋葱汤。

那天晚上我们跳上了去圣路易的列车。我们两个都心情不佳,又饿又累。我坐在车厢上,双腿晃悠在外面兜着风,一根树枝划过我的腿,险些把我从火车上扫下来。我虽然没掉下去,不过腿上还是被划了好长一道,最后只好去看医生了。

在萨蒂小姐的园子里挖着土,我又感觉到了膝盖上方的伤口。那次感染和发烧持续了三天,我仅仅记得当时做的噩梦和湿透了睡衣床单的一身身大汗,还有床边吉登焦急的脸庞。等我终于缓过来的时候,他看着我,就像我变了一个人似的,不再是他从前熟悉的那个小女孩了。他不停地说着我长大了,我变成一个小淑女了之类的乱七八糟的话。我对他说,我那会儿没注意到那根树枝,只不过是个擦伤罢了,可我想他还是觉得旅途上不带着我,会少一些麻烦吧。

"他觉得那是他的错。"萨蒂小姐冷不丁地说道。

我差点一锄头挖到自己的脚趾。"他为什么要这么想?"我问道,甚至没空去奇怪萨蒂小姐怎么知道我脑子里在想什么了。

"看到内德登上火车,离开曼尼菲斯特以及爱他的人们,金克斯觉得这是自己的错。"

"噢,"我说,"是呀。我看就是金克斯那个卖烟火的主意,给内德攒够了用来贿赂征兵官、虚报年龄的那二十五块钱。不过还是内德自己想要走啊。"

"痛苦来的时候,我们总想要找个理由,而人总是容易在自己身上找理由。"萨蒂小姐抬起手来,挡住直射过来的日光。

我想象着金克斯在火车站同内德说再见,看着他,直到他消失在视线之外,还一直看着,思忖着为什么一个要离开,而另一个得留下。

不知怎的,我的脸发起烧来,不是因为热的缘故。"我来猜一下:金克斯溜出镇子,他跑掉了。人们遇到难事儿不都是这样吗?搬到另外一个地方,把麻烦都丢在脑后。还有那些他们关心的人,也不管了,是不?"这些话脱口而出,我都不知道自己是在说吉登还是金克斯。

"这可是一个移民镇,人们已经把什么都抛在脑后了。"萨蒂小姐啐了一声,"是的,有各种各样的麻烦,最后总是在曼尼菲斯特了结。"她凝视着前方,声音渐渐低了下去。

不知怎么,我觉得我们不是在说吉登,也不是在说金克斯,而是萨蒂小姐自己。就在那一刻,我看见岁月和痛苦的痕迹刻在她的身上，摇椅的每一声吱呀都像是来自她的骨头。我明白了什么。我有多渴望听她讲故事，她就有多渴望倾诉。仿佛故事才是唯一能带给她慰藉的膏药。

"那内德走了以后又怎样了？"

萨蒂小姐吸了一口气，仿佛要把这口气一直憋下去。最后，她吐了出来，呼吸里带出这样的字句：

"内德走后，那些我们拼命要逃开的麻烦，就找上门来了……"

灵丹妙药

1918 年 7 月 12 日

内德走了好几个月了,这个温暖的夏天金克斯百无聊赖。内德入伍之初,每个月还能从芬斯顿营回来个一两趟,后来就开拔去了海外。在他退伍回来之前,是没有什么探亲机会了。尽管部队里的大多数人都盘算着能在圣诞节之前回家,金克斯心里还是没着没落的。

他用干零活来打发时间。谢迪建议他学门手艺,于是他就做焊工去了。他甚至被指派打了一扇铁门。戴上头盔,举起电焊枪,他随心所欲地练习,焊接各种金属物件——叉子,铁锹,马蹄铁,甚至还有一块大肚子炉灶上的炉格——就焊在那铁门上。他这与众不同的活计并没有招揽来大笔生意,这是他唯一收到工钱的一件活。

他接下来的工作是在威尔玛·T.家的化学集训营里干活,

以弥补科学课堂上炸碎了教室窗户的过失。还有,当然了,雷登普塔嬷嬷逼着他学习,给他在暑假里布置了额外的阅读作业,好让他不至于掉队。钓鱼仍是他最喜欢的消遣,有了内德的迷惑之王鱼钩,他的运气相当不错。这个长长的夏季里,费恩叔叔、朱尼尔·哈斯克尔,还有乔普林、密苏里,这些记忆都像是越来越模糊,再也不让他坐立难安了。

"谢迪,你觉得这条鱼有十斤重吗?"金克斯站在谢迪家门口,举着一条还在滴着溪水的鲶鱼。

谢迪用湿抹布擦了擦吧台。"没有十斤也有九斤了。那后面有秤。"

金克斯挤过一堆桌子椅子和空威士忌酒瓶子,掀起一块破帘子走进去。他在里屋后面找到了秤,秤盘上摆满了掐灭的雪茄屁股。

"昨天晚上来了很多人?"

"一般般。"谢迪说着,也跟着进到了里屋,"德国人都去德国兄弟会所开矿工会议去了。"

"矿工会议?他们还嫌工作的时候没跟矿打够交道啊,还开什么会?"

"他们想要组织起来,争取在商谈工作条件时有些话语权,就是那些一个班次多长时间之类的事。反正昨天晚上少了他们,显得空荡荡的。来的那些家伙瘦巴巴的,大多数不是咳嗽就是这儿疼那儿疼的。"他把雪茄倒在地上,把鱼撂进盘子

Moon Over Manifest **163**

里。指针晃动了几下，刚好在十斤下面停住。

"还差一点点。"金克斯皱起眉头，看着秤盘。

谢迪摸摸胡子。"现在几点了？"

"我是日出的时候去钓鱼的，现在差不多有8点了吧。"

"哎，这家伙还没吃早饭就给你逮着了。"谢迪把吃剩的半个苹果塞到鱼的嘴里，指针越过了十斤，"就是死囚也得最后吃顿饱饭呀。鱼也得喂饱了才行。"

金克斯咧嘴一笑："我自己都饿了。"

"早餐想吃鱼的话，你得马上去刮鱼鳞了。"

门口响起一个声音："有人在吗？"

谢迪从门帘后面瞥了一眼。"是警长迪恩。"他悄声对金克斯说。

金克斯朝后门看去，想要逃走。这几个月来，他一直都设法躲开了警长迪恩，即使是现在，好像已经逃避开了自己的过去，他仍然不想跟警长当面碰上。金克斯的反应没有逃过谢迪的眼睛。"就来了。"谢迪叫道，接着低声对金克斯说，"他是为了免费饮品来的。"这是指那些非法酒。

金克斯站住了。谢迪虽然从来没问过金克斯来曼尼菲斯特之前的事，可他不是瞎子，金克斯的反应太明显了，每回迪恩出现在附近，他就紧张得不行。

"孩子，我要是你，就待在这里，别让他看到这条鱼。否则他就要把这十斤的鱼连皮带骨头都给征用回去了。"

金克斯点点头，待在帘子后面朝外窥视。

"迪恩警长，过得还好吧？"谢迪拿出四壶满满的威士忌，放在吧台上，"给你，每个月两次，准时奉上。"

"就这么多？"迪恩警长怀疑地质问。

"每一滴都在这里了。"谢迪答道，眼睛却并没有看警长。

金克斯看过谢迪打牌，他知道自己的朋友一点都不擅长说谎，肯定哪里还藏着酒。

迪恩警长给自己倒了一杯喝下去，酒呛得像一团火，他连咳带喘了两下。"你在里面放了什么，汽油啊？"

"玉米有点涩。"谢迪抱歉地说。

"事实上，"谢迪警长说着，眼睛里还带着被酒呛出的泪花，"我本来就已经一肚子火了。去年10月在乔普林的布道会上有点麻烦事，死了个人。"

金克斯屏住了呼吸，双腿直发软。

"那就布道一下让他复活呗。"谢迪一次拿两个酒坛子往警长的卡车上搬着，回过头来说了一句。

等谢迪回到吧台边来，迪恩警长说道："是被人杀害的。他们在找两个人，一个年纪大点，一个年轻点。"

"是嘛？哎，10月都过去这么长时间了，这两个人肯定早就跑了。你一定很庆幸这不是你辖区里的事吧？"谢迪拿起抹布把吧台擦得发亮，"我看这是密苏里那帮子人该烦神的吧。"

警长侧身露出自己的枪。"谢迪,这话是没错。麻烦的是,密苏里那帮子人里面,有一个叫雷纳德·纳盖尔曼的,是乔普林的警长,也是我大舅子。这事本来就这么断了消息了,可后来他又听说这两个家伙跑到我们这里来了。有人说在离这里不远的地方看见过年纪大点的那个,就在斯卡蒙或者威尔附近,他是在布道会上记住那个人的样子的。'给我盯着点儿。'雷纳德说。我了解他,他要是找不出一个人给捆回去,就会一直在这里嗅个不停的。你明白我的意思吧?"他抬起眉毛来,"我倒是情愿他在自己州好好待着。"

警长伸手去打开橱柜。"像你这样,跟人打交道多的,肯定听到了些什么。"他说着,穿过帘子朝里屋走去,目光越过了挂着谢迪雨衣的衣服架子,没有注意到下面露出来的两只光脚。

他在里屋四处捣捣戳戳了一圈,看了看炉子里面和桌子下面。正要离开的时候,脚被洗衣盆绊了一下,里面的声音闷闷的,他踢了开来,发现了一壶威士忌。

迪恩警长喷了口气。"谢迪,你是在玩我呢?!我们不是说好了的么?这下,明天你得给我交出双倍的来,否则就叫你关门!"

"警长,讲点道理啊,一天之内我怎么搞得出来啊?至少要一个礼拜才能酿出一点像样的东西来。"

迪恩警长看到了金克斯留在秤盘上的鱼,指针压向十斤。

他把鱼嘴里的苹果扯出来扔给谢迪,指针又回落到了十斤以下。"看起来你不光是在酒上面使花招啊。"他把鱼扔到桌子上,干脆利落地一刀剁下鱼头,"谢迪,我看你现在对我又有进一步了解了,"他用报纸把鱼包起来夹到胳膊底下,"我要的东西总能找得到。"他用手指勾起那只酒壶,"我明天再来。你得留心打听着那两个逃犯的消息,明白吗?"

"好的。"

迪恩警长大摇大摆地走了出去,纱门也没关上。他钻进车里,一溜烟开走了,扬起一阵烟尘落到谢迪原本干干净净的吧台上。

金克斯慢腾腾地从藏身之处钻出来,还在发着抖。"谢迪,我——"

谢迪举起手来,沉默了一会,然后又擦起落满灰尘的吧台来。"有些鱼被捉是因为贪吃,而有些鱼只是因为出现在错误的地点。"谢迪说完盯着金克斯,看着他的反应,随后靠在吧台上,盯着警长喝剩的半杯威士忌,"我不是占卜师,可我大部分时候都出现在错误的地方,我能看得出来哪些鱼是贪吃,哪些鱼不是。我猜你也有偶尔出现在错误地方的时候。"

金克斯松懈了少许。"那个人吃定你了。"他叹了口气。

谢迪疑惑地朝酒杯里望望,似乎在寻找一个答案。"金克斯,如今是非常时期。仗还在打,还得在这些不是什么好东西的警察手底下讨生活,哪里还有什么公义?"他吞下最后

Moon Over Manifest **167**

一滴酒，手微微发抖。"把那个塞子递给我，"他说，"至少我还有这东西能闻闻。"

金克斯捡起那个湿漉漉的酒塞，闻着上面浓烈的威士忌气味。他在手指间摩挲了两下，又闻了闻。这味道似曾相识。

"给我，你这么小的孩子闻这个干吗。我得给你弄早饭了，不过眼看着只剩下这苹果核了……"

金克斯盯着木塞，像是在看金子似的，然后把它揣进口袋里。他从凳子上跳下来。"谢迪，非常时期要用非常手段。"

"什么意思？"

"意思是今天半夜，在威尔玛·T.家的后巷那里见。"金克斯回头叫道，留下纱门砰的一声响。

那天晚上，天色很黑，只有小半轮月亮在照着。谢迪四处看看，只勉强瞧见威尔玛·T.家屋后的小棚子。这时他听到了树枝折断的声响。

"呼，呼。"他叫道，像只抽多了廉价雪茄的猫头鹰。

"谢迪，这里，棚子里。"

谢迪在低矮的门楣上磕到了脑袋，他扶着额头，骂了两声："金克斯，这是搞什么啊？自从化学课上的爆炸之后，威尔玛·T.怎么还允许你靠近她的地盘。"接着他猫着腰进来了，又不小心把一只二十升的壶踢到了另一只上，引来了狗叫声。

"嘘。"金克斯带上那扇摇摇欲坠的门，"那不是爆炸，那只是苯酚和氧化亚氮之间的一点小小的不和谐罢了。我想威尔玛·T.可能是认为反正要惩罚我在化学集训营里做事，不如就把我多派点用场吧。有一天她叫我装这些壶，她刚做好一批'包治百病'的灵丹妙药。"

"我不觉得这玩意能治好我的烦恼。我明天要是拿不出威士忌来，迪恩警长照样得叫我关门。"

金克斯扭开一只壶塞。"你闻闻。"

谢迪轻轻地吸了一口气，又深深地闻了一下。

"这味道熟不熟悉？跟你上一批威士忌用的是一样的涩玉米。"

谢迪又闻了一下。"所以呢？"

"所以这个闻起来也跟威士忌差不多。也许喝起来也差不多，至少能把迪恩警长糊弄过去。"

谢迪抬起头来，仿佛在长长的甬道尽头看到了光亮，可又摇了摇头。"不行，威尔玛·T.不会把这些让给我的，我也不能偷啊。"

"这不是偷。她说了这些灵丹妙药要在这里挥发两个星期，我们先借来用用，回头你再做一点还上。"

"你觉得她发现不了这区别吗？"

"她自己大概从来没喝过这东西，我们可以留一点，到时候跟你做的混在一起。"

谢迪考虑了一下说："这倒肯定会让她的调合物好喝一

些……也许我们是在帮她的忙,这东西会更受欢迎的。"

金克斯递给谢迪一根水管,说道:"我们从每只壶里吸七升左右出来,装在那边的空壶里。"两个人默默地埋头干起活来,外面又传来了狗叫。

几天之后,一模一样的场景又重演了,只不过这回月亮只剩下了月牙儿,而通过管子的液体是流回威尔玛·T.那半空着的壶里的。

"金克斯,把那根棍子递给我。"谢迪把每只壶里的混合物都搅了搅。

"迪恩警长那边没什么事吧?"金克斯问。

"一点事都没有,他还说要留着下个星期六去参加扑克比赛的时候喝。说他大舅子追着他,要找出那两个乔普林布道会上的逃犯。有人看见那两个逃犯在受害者生前跟他吵过架,一个年纪大一点,一个年轻一点,他说的。"谢迪瞥了金克斯一眼,"他说不管是谁,最好低调点,否则他们去的可就不是化学集训营了。"

金克斯打了个寒战,差点碰翻了一只半满的壶。

"悠着点儿,金克斯,别发慌呀,就快弄完了。"谢迪把壶扶正,"好了,还剩不少。再说,灌多了这玩意儿可不再能救命什么的了。"他灌满那壶,塞上木塞。

在回谢迪家的路上,虽然刚刚听他说起过迪恩警长及其乔普林大舅子警长的事,金克斯仍然奇怪地感到一阵放松和舒适。从前,他从未有过这样的安全感。曼尼菲斯特是他的避难所,他任由自己沉浸在这里,相信一切的坏事都不会在这里发生。不会在曼尼菲斯特。

可是走过德国兄弟会所的时候,他注意到那一片地方诡异地亮着光。谢迪一只手紧紧抓住金克斯的胳膊肘,两人站在那里一动不动,看着眼前的景象。那些穿白斗篷戴白兜帽的人早已不见了踪影,可是在这小楼前面,立着一个巨大的十字架,正熊熊燃烧。

哈蒂·梅每周轶闻

1918 年 7 月 20 日

自从德国兄弟会会所的那桩不幸事件之后，人人自危，全镇被一片阴郁的气氛笼罩。目前还不确定这件事是针对德国人，还是他们的矿工组织活动。科弗先生说接下来的会议要有所推迟，具体时间将会另行通知。

在这样的时刻，这个新闻专栏无法提供大家需要的温暖和慰藉。然而我在《哈珀杂志》的函授新闻课程上学到的知识告诉我，一个好的记者，在任何情况的考验之下都应该坚守岗位。眼下，正是这考验的时刻。

距离第一拨"美国佬"漂洋过海已经过去一年了，全国人民曾翘首以盼他们能在圣诞节之前回来。然而，我们的小伙子们仍然坚挺在外。美国国防会还在继续消灭境内的德国词汇，例如，将德国泡菜改名自由酸白菜，法兰克福熏肠改称爱国熏肠。不过，曼尼菲斯特的大多数居民认为这有点多此一举，尤其是赫尔曼·科弗先生，他十分喜欢自己的名字，也不认为他和他的德国泡菜对国家安全是一个威胁。

芬斯顿营的很多士兵乘船就那么颠簸着漂洋过海了，还在忍受着流感的折磨。军营的医生说，从未见过传播得如此迅速的流感爆发，不过它应该很快就会得到控制了。军队将会很欣慰地得知，威尔玛·T.

又寄出了一批装着新近调配出的灵丹妙药的救济包裹。

对于近来一直不大舒服的拉金太太，在妇女戒酒联合会的聚会上，那灵丹妙药倒是下得很快。喝了差不多整整一瓶之后，她似乎感觉好些了。虽然那首《我滴酒不沾》唱得有点走调，而且这歌选得跟这聚会也有点不搭，但她看起来总算是一副容光焕发、精神奕奕的样子了。

一个悲伤的消息：寡妇凯因7月1日在家中去世了。作为草原动植物研究的权威人士，她能详细地讲述克劳福斯郡内绣球花的37个种类。凯因夫人享年93岁，不少参加了葬礼的人都说："她看上去像90岁都不到。"欲知镇内镇外一切的人物、事件、时间、地点及缘由，敬请翻开"哈蒂·梅每周轶闻"。

本镇记者　哈蒂·梅·哈珀

胃酸？

请用赛泽尔胃药片

您的胃是否难受起来便无休无止？胃胀，胃痛？胀气，反胃？那么您需要的正是赛泽尔胃药片。睡前服用五片，症状立刻缓解。能遏制食物发酵引起的有害气体，彻底清洁、修复、重建胃部消化功能，不再产生废气。负担立刻减轻，舒适有如腾云驾雾，给您无限惊喜。即刻购买赛泽尔胃药片，烦恼今夜就不见。

死后或是生前

1936 年 6 月 17 日

我合上哈蒂·梅的文章,发现自己也被那件事给曼尼菲斯特镇带来的阴郁心情所传染了。通常我用不了多久就能找到一则每周轶闻跟萨蒂小姐讲的故事有关。目前为止,她说的故事都是连续几个月之内的事情,而哈蒂·梅的文章是按照日期编排好了的,很好找。再说我手头也有大把的时间。

莱蒂和露丝安离开了几天,去参加她们的姨奶奶柏特的第二次葬礼。她俩说,第一次是在柏特姨奶奶七十四岁的生日会上。当时她想听听人家说她的那些好话,于是就提前举办了一场丧事。

可这次是来真的了。莱蒂说大家都努力想找点新的好话出来,不走运的是,柏特姨奶奶脾气不太好,大家可真是绞尽了脑汁。据莱蒂所言,她家里大部分人因为这事,都赞成以后每位家庭成员只能举行一次葬礼,要么是在生前,要么在死后。

莱蒂和露丝安不在,调查响尾蛇的事也没什么新进展。我成天无所事事,除了替萨蒂小姐挖树根、野草、草药或者甲虫外。有天早晨天刚亮,她就叫我跑出去找罂粟刺球、蛋黄草、紫露草和粉苞菊。这些东西,如果你说不是用来熬女巫汤的,那我就是英国女王。

我还路过镇上一次,在报社停了停,指望着能看点哈蒂·梅的旧报纸。我去的时候她正在倒咖啡。

"嗨,阿比琳,早上好。"她微笑着和我打招呼,"今天早晨柠檬汽水刚喝完,你要不要来点牛奶?"

她那壶新鲜出炉的咖啡的香气,将我带回了和吉登在一起的无数个凛冽的早晨。"请问,我能喝杯咖啡吗?"我说。

"哎,当然,你要确定你会喜欢噢。这里有点奶油,宝贝,你自己弄噢。"

我喜欢她叫我宝贝。"谢谢。"我说着,倒了比咖啡还多的奶油进去。我翻过一摞报纸,沉浸在油墨和新闻纸的气味中。这些旧报纸充斥着在过去那些忧喜岁月里的各种各样的人的故事。我主要还是找"哈蒂·梅每周轶闻"看,在她那些如实报道中,我总能找到最精彩有趣的篇章。

"哈蒂·梅,"我说着,不由自主地紧张起来,"为什么这里看起来没什么人知道我老爸的事?"

"呃,什么意思?"她说着,并不看我,"我就可以跟你说说呀,你老爸钓鱼——"

"我知道,他钓鱼,游泳,调皮捣蛋。谢迪说过。"我记起当我提到萨蒂小姐的故事时,谢迪脸上流露出的神情。自那以后,他对吉登的事就三缄其口了。而现在好像哈蒂·梅也感染上了牙关紧闭症似的。"总还有些别的事吧?我是说,他毕竟住过这里,一个人要是在一个地方生活、呼吸过,总会留下一些痕迹吧?总会留下一些关于他的轶闻吧?"

哈蒂·梅放下杯子。"你想爸爸了,是吧?"

我点点头,心想不等说再见我就已经开始想念他了。

"嗯,"她深思着说道,"也许你要找的,不是你爸爸在这个镇上留下的痕迹,而是这个镇在你爸爸身上刻下的痕迹。"哈蒂·梅盯着咖啡杯,似乎在寻找适当的词语,"这个镇在你爸爸身上留下了它的印记,或许连他自己都不知道有这么多。有时候那些最深的印记,最叫人痛。"

"就像一道疤。"我说着,摸摸自己的腿。腿上的疤是我的印记,也在吉登身上刻下了一次转变。

哈蒂·梅拍拍我的肩膀。"是呀,宝贝。"

我双手围住咖啡杯,想要感受上面的余温,可它已经冷掉了。"谢迪叫我跟你说,他这个周日要举行活动,希望你能参加。"哈蒂·梅带着一丝忧伤的微笑望着我。"谢谢你的咖啡。"我说。

我走出报社的时候,比利·克莱顿正跨上自行车,他还有半袋报纸要送。

"嗨,阿比琳。"他打着招呼,即使他那黑黝黝的面孔也掩盖不住他的雀斑。

"嗨,比利。"我还在想着我和哈蒂·梅的对话,"你妈妈和你家新生的小弟弟怎么样了啊?"我记起当雷登普塔嬷嬷告诉比利他母亲和新生儿都安然无恙的时候,他那一脸如释重负的神情。

"挺好的,就是小仔仔——我这么叫他来着——他疝气得厉害。不过雷登普塔嬷嬷带了点萨蒂小姐熬的姜茶过来,把布浸一个小角在里面,让他嘬嘬就好了。他一嘬到这个就安静了。"

"雷登普塔嬷嬷带去的?"

"是啊,就是昨天。"

这么说,雷登普塔嬷嬷是去过萨蒂小姐那里了,我撞到她的时候她肯定是正从那里出来。想象一下这两个人住在同一个镇子就够费劲的了,更不要说还在萨蒂的小屋的同一个屋檐下。萨蒂小姐穿着那一身叮叮当当的服饰,而雷登普塔嬷嬷还是那么一丝不苟。她们穿戴着长袍、念珠和头巾,就像一对配错了的书挡。

是什么让雷登普塔嬷嬷有了踏上通往萨蒂小姐家那条路

Moon Over Manifest 177

的念头？终结，她的门上这么写着。根据萨蒂小姐所说，这道门是金克斯焊的。这是按照她的要求来的，还是他自认为这是一个适合她气场的名字？

我脑子里还在盘旋着这没有答案的问题，比利说道："哎，我得去送报纸了，否则哈蒂·梅不会放过我的。"

"好的，回见，比利。"我喊着，仍旧想着心事。

从镇上回来的路上，我偶然路过了第一天来到曼尼菲斯特的时候所看见的那幢褪色的像姜饼屋一样的房子，就是有一位端正的妇人坐在摇椅上的那家。那妇人还在那里，好像始终都没挪过脚，好像她的生命就那样静止在那里，如果她还有生命的话。

莱蒂和露丝安曾告诉我，她是伊万斯太太，就是那个望着你的眼睛就能把你变成石头的人。她们说她从来不跟任何人说话，就在自家门廊上坐着，看着。我在她掉了漆的栅栏前停住，从门廊的一侧朝她望去，这样她就看不见我了。她好似并没有在看着什么，只是茫然地盯着。

接着，仍然没有看着我，她非常非常轻地抬起一只手，手指头朝我招了两下，好像是在拨弄着萨蒂小姐的风铃一般，发出只有她自己才能听到的声响。

✲　　✲　　✲

萨蒂小姐给我指好了路。罂粟刺球的花是白色的，中间带有橙色和红色,她说要沿着铁轨去找。粉苞菊是紫色的,没有叶子。我得从老齐布尔斯基家的牧场附近找起,等等。

我在她说的地方找到了粉苞菊、紫露草和蛋黄草,可就是找不到罂粟刺球。我提着一面粉口袋的花花草草,沿着铁轨乱逛,一步一根地踩着枕木。在这铁轨上,我感到一阵放松。我闭上眼睛,任由轨道带着我,一步一步朝前走去。

我想象着吉登就在铁路的那一头,也在朝我这边走来,一步一步。这就像书本上的某道应用题,假设吉登在早晨6点45分离开爱荷华州的得梅因,沿着一条火车线走,而我也在同样的时间以相同的速度从曼尼菲斯特出发,我们多久会相遇?我在脑子里做着这道算术题,可心里却开始期望他搭着火车来,这样更快一些。

天一定是太热了,我都能感觉到脚下的铁轨在震动。我继续闭着眼睛,试着回忆起火车在铁轨上晃晃悠悠的声音。有时候这声音让人觉得孤寂,有时候又给人以安宁。

一段旋律从我的脑海中不由自主地飞出来。

走啊走,一直走,一直往回走。瞧啊瞧,一直瞧,
这铁路可真没完没了。

我听见远处传来一声汽笛的悲鸣,还有车厢开过轨道连接处时的哐当哐当声。

火车就要来了,就要来了,就要来了,就要来
带我回家了。

火车好似近在眼前,我都能闻到煤灰和蒸汽的味道了。如果我还站在这里不动,就要被火车扫过带走了。

我睁开眼睛,正好看到真有一列火车的黑铁车皮瞪着我而来。它并不是要把我扫下去,而是要从我身上碾过去。我从铁轨上跳下来,火车带过的风差点把我掀翻在地,我的心怦怦直跳。火车开过的时候,我知道它减速了,好似在央求

我跳上去一般。铁路旅人总有一股要保持流浪的冲劲，即使不知道下一站要去哪里，感觉也比总待在一个地方好。

跳上来，跳上来，跳上来呀。

车厢调侃着我。我伸出手来，去够向我所知道的唯一的家——铁路和火车，去够向吉登。声音渐渐消退，火车开走了。我站在那里为寂静而哀悼。我失去了机会。

谢迪出现在我面前。他把一只手静静地搭在我的肩头上，我们一起望着火车车尾消失在转弯处。

谢迪交给我两袋面粉，他自己提着两袋咖啡。我们默默地走了一会儿，然后他突然说："像热气球一样。"

我不解地看着他，他晃晃手上的袋子。

"压舱袋，就是挂在热气球的篮子外面，用来保持重量和稳定的那些沙袋。我很久以前坐过一次热气球，坐一次十五美分。坐上去轻飘飘的，可刺激了。你可以看到这世界上任何想去的地方。可不一会儿，你的身子就想要回到原本归属的地面上了。"他晃了晃身边的袋子，"压舱袋。"

他的眼睛又带着红血丝，胡子也没刮。他出去了一整夜，我昨晚又听到了口琴声，不知道是不是那个声音把他引出去的。就像吉登说过的那些海上女妖的故事。她们的歌声引诱着水手，令船触礁。我并不因此鄙视谢迪。我的生活中有许多这样的人,为了生活中的任何不幸都在一瓶威士忌中寻求慰藉。我甚至相信吉登如果不是一路上带着个女儿在身边,也会走上这样的路。

我们在萨蒂小姐家附近停下来,谢迪接过我的袋子。"今天晚餐时见?"他问道,好像在说,我要是高兴的话不回去也行。

我有一百个问题要问他:为何吉登对我关上心门?为什么他要把我送走?他什么时候才回来?我想告诉谢迪,窗台上有一只他的旧软木塞,一只意义特别的软木塞,因为它是故事的一部分。我知道故事还没有结束,可我知道谢迪不是要把故事讲完的那个人。

"看情况。"我说,"晚饭吃什么?"

"噢,我打算做点特别的。"

"我猜猜看。是豆子和玉米面包吧?"

"你偷看了我的菜单!"他说着装出一副受伤的样子,尽管那不会占卜也想得出来。

"我晚饭前回去,你的菜听起来比我手头的东西要好吃。"我给他看了看我袋子里的粉苞菊、紫露草和蛋黄草,"还有,你能告诉我在哪里能找到罂粟刺球吗?"

萨蒂小姐的屋子

1936 年 6 月 17 日

下午迟些时候,我没好气地回到萨蒂小姐家里。刚才钻进一丛荆棘里找那个罂粟刺球,搞得我自己一头恼火。萨蒂小姐干吗非得派我在上帝的造物中,挖掘这些根本不是给人类使用的植物啊,我真想不通。我到的时候,了不起的萨蒂小姐还没有出现。我试着找只罐子或者花瓶把花装起来,好让自己别闲着。后面的门廊上什么都没有,除了一个铁皮喷壶。墙角堆着几堆干叶子。

那个园丁小屋似乎是最有可能放水罐的地方,可门锁上了。我从脏兮兮的窗户往里看,想看看里面放着些什么,这时——

"离那儿远点!"萨蒂小姐从屋子的一边一瘸一拐地走了过来,"你要找的东西不在那里。"她费力地说着,喘着粗气。

我举起一袋子花花草草。"我搞到了你要的大部分东西,我这是在找罐子来装。"我注意到她腿上的伤口更糟了,一片红红的,流着脓,"我可以帮你划开它放脓。"

萨蒂小姐坐在她的金属摇椅上,她的呼吸缓和了一些,好似一场危机刚刚过去。"不用了。"她说。

我不知道她是在等什么。不过算了,她的腿她做主。

"让我看看。"她朝我手里的植物倾过身子,依旧喘着粗气。她用手抄过这些植物,摸摸茎、叶、花瓣,闻了闻,像个看不见的盲人一样。

"这是不是你要的啊?"我问。

"是的。可它们没有告诉我想要知道的事情。"她抬头盯着无云的天空,"大地么,它还保守着不愿放弃的秘密。"

然后,大约是看够了,她开始分拣这些植物,熟练地将茎、叶和种子分开,在膝头堆成小堆。

"我不顾一切地搞来这些,你就只想要些枯死的花朵?"

"只是跟曾经的盛开相比,它们此刻死了。现在它们要变成别的了。去吧,"她头也不抬地指着花园里焦干的地,"去干活吧。"

我望着地上那一排一排耕出来的地,像是一个个创口。我照她说的去做了。尘土立刻像一团蜜蜂一样包裹住了我,早已起了水泡的双手和擦破的膝盖不堪忍受压迫而奋起反抗。我走到院子的那一头,以免自己的抱怨声被听到。"大地么，它还保守着不愿放弃的秘密。"我学着舌,"都是些什么乱七八糟的啊。"我压低嗓子嘟囔着,撬起一团泥土扬到身后,砸到了紧锁着的园丁小屋上。我打量着这个小碉堡,感觉到占卜者的目光落在我身上。我由此得出一个唯一合理的结论：萨蒂小姐自己也藏着什么秘密。

一个下午过去了，我开始觉得自己像多年前的矿工，满身煤灰。嘴里弥漫的泥土味，被我想象成矿上的煤灰的味道。矿工们从那份凄苦的工作里出来的时候，家人还能认得他们吗？还有人能认出我来吗？又有人在乎我吗？我沉浸在这些自怜的念头里。要是我就这么倒毙在这尘土里了呢，会有人发现吗？

"死亡就像一场爆炸，"萨蒂小姐开口道，她的口音重重的，就像四周包裹着我的溽热空气，"它能让人注意到以前或许忽略了的东西。"

我跪坐在地上，很恼火自己的悲伤情绪不仅被打断了，似乎还被偷听了。这回萨蒂小姐又要讲什么？谁死了？

"这是说寡妇凯因，她的死让人们看到了以前忽略的事情。"她继续说道。

我不得不在记忆里搜索一番，我记得这个名字。内德和金克斯做烟火的那个废矿坑，就是矿井旁边寡妇凯因的属地上的。我知道萨蒂小姐又要讲故事了，我不想听，可她的话牢牢地牵扯着我。这就好像被从漆黑的矿井里拖出来，来到明亮刺眼的大白天。我情愿迷失在黑暗中凄凉的思绪里。

毫无商量的余地，萨蒂小姐继续说着："德夫林先生和他的伙计忽然对树林边的这条小支脉有了兴趣。从前这里只是曼尼菲斯特镇和矿井之间的一眼不错的小泉，是供人乘凉歇息的地方。"

我听得出来，这就像是一列无法停止的货车开来了。我继续背对着她。

"莱斯特·伯顿，他在那条支脉那里来来回回地走，这边那边地看了个够。他们甚至找了个新的地质师来做了份报告。全镇的人都在盯着，可是大家只是互相间打听着。"

你说你的好了，反正我不听。

"没多久，德夫林先生亲自去了一趟土地局，询问寡妇凯因死后这块土地的购买事宜。这回他犯了一个错误——拉金太太的邻居就在那里工作，德夫林先生的屁股还没离开板凳，全镇就有一半的人知道了他想要买那块地。"

我转过身来，这只是因为我弄完了一垄，开始弄另一垄了。

"他说要买下来，给矿工当吃午餐的野餐地。这不会占卜的人也看得出来他是撒谎。他几乎就不给工人什么吃饭的时间，那些人都是在地底下吃的。让工人们上来再下去，呼吸几口新鲜空气，这太浪费时间了。消息传了出去，哈德利·吉伦召集大家开会，他们终于搞明白了我早就跟他们讲过的事情。"

她做了一个长长的停顿,我发誓我自己根本不想开口,下面的话是自做主张从我口里说出的:

"什么?你会跟他们讲什么?"

萨蒂小姐几乎笑了笑。"草长得厚厚的,却没有动物在那里打洞的地方,下面一定是有矿。"

我想起了萨蒂小姐的故事里一个很早之前的细节:金克斯曾看到德夫林先生跟矿上的一个地质师在争论着什么,是关于矿脉转了个弯,跑错了方向的什么事情。她指的就是这个?

萨蒂小姐从我思绪断开的地方拾起了话头。

"煤矿,在蜿蜒到德夫林先生的地盘和曼尼菲斯特镇之间的那块土地上的时候,一个转弯朝别处去了——就是那块寡妇凯因的地产。不幸的是,在她死后,双方都无法认领这块土地……"

无主之地

1918 年 7 月 20 日

金克斯没头没脑地冲进谢迪家。"喂,谢迪,你都不知道我卖出去了多少瓶噢。"他挥舞着一卷钞票。

谢迪暗自扫了一眼他从大门带进来的灰尘。"这会儿可没什么闲工夫猜这个。"

金克斯没有注意到谢迪的不安,还在说着:"你那些酒和威尔玛·T.的万灵药简直是天造地设的一对。这才不到两个星期,差不多全镇的人——"

"马上就有一拨人陆续到这里来,参加哈德利召集的会议。"

"为什么到这里来?"

"因为哈德利只邀请了每个兄弟会的一两个人,他不想让伯顿知道。火烧十字架事件之后,人人都有点紧张兮兮的了。不过他们会来的。而且,自从那次妇女禁酒会上的小插曲之后,尤朵拉·拉金一直咬着我不放,我估摸着她也随后就要来了。你搞的万灵药可是给她留下了持久的印象。"

金克斯张大了嘴巴。"她是从威尔玛·T.那里买来的,可不是从我这里。再说了,谁叫她一口气喝掉一瓶的?"他迟疑了,"你觉得,她知道我们动手脚的事吗?"

"你满世界地叫卖这个,我看她多少是有数了。"

金克斯做了个鬼脸。"嗨,这不是多了一点剩下来了么,我琢磨着也算给威尔玛·T.做件好事,用她的万灵药水来解救苦难大众啊。"

"我敢肯定这才是你的初衷。"谢迪说着,朝旁边瞥了一眼。

屋外的石子路上响起了嘎吱嘎吱的脚步声。

"快。"谢迪低声说道,从吧台下面扯出一块活动板,露出藏在下面的威士忌酒。

"这是干什么用的?"金克斯惊奇地问道。

谢迪说:"这是专门用来藏东西的,不然还像干什么的?快进去待着。"金克斯刚把钞票塞进背带裤口袋里,猫着身子钻了进去,门就开了。

吧台下面又黑又挤,金克斯挪动着身子,想要找个舒服点的位置。他注意到身边有个小孔透过光来,就扭过身子凑近了,把眼睛贴在小孔上。透过这个孔,他可以看到吧台旁边大部分的区域,包括一张小木头桌子和几把椅子。

来人是切斯特·桑希尔。切斯特是个老顾客了,一点儿

Moon Over Manifest **189**

都不知道开会的事。"晚上好,谢迪,给我来上一杯。"

金克斯听到吧台后面传来谢迪的声音。"晚上好,切斯特,今晚速战速决吧?"

"我可不急。"切斯特说。

门又开了,来了更多的人。金克斯从藏身之处望出去。

落满灰尘的地板上,人们拉着椅子坐下来,互相看看,并不说话。镇上还从来没有过这样的集会,通常各个兄弟会都是在各自的地盘上开会,商讨自己的事情。偶尔在商船或五金商店尴尬地碰面时,不同国籍的兄弟会的成员才会停下来打声招呼。

就是去同一座教堂,大家也都分头行动。在天主教堂,澳大利亚人8点钟去做弥撒,意大利人9点去,爱尔兰人则是10点。不同教派之间的教堂敬拜活动,也是如此类似地划分。

然而随着最近煤矿上的事情和德国兄弟会火烧十字架事件的发生,还有寡妇凯因的去世,整个镇子炸开了锅。人人都想要聊点什么,并且比以往更加不愿引起伯顿和他那帮人的注意。这回各个国籍的代表和其他一些人被召集到谢迪家来开秘密会议,切斯特·桑希尔——伯顿的手下——并不在受邀之列。可他也来了,挤在大家中间。

切斯特瞪着眼睛啜了一口酒,这时威尔玛·T.哈克拉德来了。紧接着,挪威人欧拉夫·阿克森和格雷塔·阿克森也就坐了。阿克森家是镇上最无趣的人了,当他们开始大嚼啤酒果①的时候,切斯特就再也坐不住了。

"谢迪,这是在干吗呢?"切斯特吼道,这时波兰人卡西米尔和埃塔·齐布尔斯基也加入到越来越拥挤的人群中,手里还牵着他们四岁的女儿伊娃。

"干吗呀?我们这是要讨论草原动植物的分布,以纪念新近去世的寡妇凯因。"谢迪拿出五只玻璃杯,倒上了沙士汽水。

"动植物的什么?"

"动植物的分布。"谢迪不以为意地答道,"你知道么,克劳福斯郡内一共有三十七种绣球花?"

小伊娃吸了第一口沙士汽水,盯着切斯特。接着,因为站在和金克斯窥视大家的这个洞眼视线齐平的地方,她正好看到了金克斯的眼睛,于是咯咯笑了起来。

切斯特把酒杯砰地放在桌子上。"谢迪,这里是酒吧,又不是妇女茶室!"他扔了一枚硬币在桌子上,气冲冲地跑出去,差点撞到那个匈牙利女人。

金克斯躲在那里,脚伸不直,有点麻了,空气也变闷了。可就算被小伊娃发现了,他也舍不得从面前的这一连串场面挪开眼睛。

匈牙利女人全身上下环佩叮当,独自一人坐在吧台边。谢迪倒了一杯酒给她,止不住地微笑着。他这屋子里从来没

---

① 啤酒果:一个零食牌子,是一种风味独特的花生小吃。——译者注

有过这种顾客组合，有些人是常客，总是背着老婆偷偷来的，有些人则是那种脚刚跨进门槛就会醉的家伙。不过，今天大家都来了。

伊娃坐在地板上玩着她的套娃，从一个娃娃的肚子里掏出另一个色彩鲜艳的娃娃来。大人们都在等着有人开口说话。金克斯松了口气，看起来拉金太太不会来了。可就在这时，门开了，拉金太太闯了进来，摇着手指头。她也并不在受邀之列。

"谢迪，我有笔账要跟你算。住在你这里的那个小混蛋——"她停了下来，意识到此刻谢迪家满屋子都不是平常的那些熟客，"这是在干吗？"

谢迪只是紧张地吹着口哨，擦着更多的威士忌杯子。

"喂，尤朵拉，"哈德利从齐布尔斯基家那张桌子边拉过一把椅子给她，"我们在这开镇民会议呢，你也算一份。"

拉金太太显然震惊得说不出话来了，默不作声地坐了下来，抓着放在膝头的手提包。

"感谢大家的到来。"哈德利继续说道，"我想大家都清楚今天这个会的目的——也许除了拉金太太吧。抱歉，尤朵拉。一句话，亚瑟·德夫林想要过世的寡妇凯因的那块地。这一回，他可不是想要就能要到。那块地可以成为我们的筹码，他的矿脉需要从那里通过，如果我们能拿到，他就得来跟我们商量了。"

一阵沉默,在场的所有人都在思考这句话的意思。

"可寡妇凯因不是已经死了吗?"卡里斯忒·马特诺普洛斯说道,"那块地现在归谁?"

"从法律上来说,不属于任何人。"哈德利说,"寡妇凯因在7月1日去世了,她没有子嗣,这样她的遗产就被公证,或者说冻结起来了。"

大家一起盯着他,不是很明白他说的意思。

"说白了,那块地以及它下面的矿脉,现在不属于任何人。实际上,它——"

"是一块无主之地。"这话出自一个带着海水味儿的爱尔兰土腔,金克斯不用看就知道是谁在说话。多纳尔·麦克格里格就站在门口,双手抱在宽阔的胸膛前,等待着大家消化他话里的意思。

大家都痛苦地意识到,这是个用来形容法国、比利时和德国之间那些争得你死我活的战场的专门术语。

"说得没错,多纳尔。"哈德利继续说道,"曼尼菲斯特镇可以购买这块土地,并在九十天之内补缴完税款。如果镇上没有这么多钱或者不想买,那么在10月1日,这块地就要收归郡所有,然后进行公开拍卖。"

多纳尔走到吧台前,倒了一杯酒。"到那时,矿上肯定比我们有实力,这地就得归他们了。他们这就把我们吃得死死的了。是的,为了留住这块地,眼下是和德夫林展开殊死搏斗的时候了。"他吞下一大口威士忌。

即使昂德希尔先生不在这里，人人也都仿佛听到了棺材上最后一粒钉子钉进去的声音。

"我们能做什么呢？"尼克莱·叶齐尔斯卡问，"那煤矿吃定我们了——它说加班不加薪就加班不加薪，它说要用代金券去百货公司买比外面贵一倍的东西，我们就得用代金券去买。星期天又怎么样？先得工作，才能去教堂。瞧那些德国人，他们才开了几次会，穿兜帽斗篷的那些人就放火警告他们了。"

大家纷纷点头。

"哈德利，买那块地要多少钱？"赫尔曼·科弗问道。他在德国曾是个有点门路的人，后来因为说话得罪了上面。他摸摸自己的两撇小胡子，等着回答。

"要买那块地，加上补缴税款，一共需要一千块。"

卡利斯忒·马特诺普洛斯的震惊代表了大家："我们谁都没钱！我们手上只有百货公司的代金券可以变卖，或者还有点从老家带来的银匙子银顶针什么的。"

"那我们的手艺呢？"卡西米尔·齐布尔斯基问，"我在波兰是个裁缝，我可以做西装，肯定还有其他人会做别的什么，或者干点什么活挣钱。"

"谁来付钱请你干这些啊？"尼克莱问，"没错，我会做鞋子，可谁来买我的鞋？就像你说的，我们都没钱。"

"再说了，"奥尔夫·阿克森争着道，"这会被伯顿和他手下那帮小子发现的，他们就会采取行动对付我们的。还记得锡恩·麦克夸德吗？就因为提议星期天不上班，他就丢了煤矿里的活儿。"

"我们家有孩子要养活。"埃塔·齐布尔斯基把一只手搭在自己隆起的腹部上，里面是她的第六个孩子。

"说得对，"卡利斯忒说，"不能冒险跟矿上对着干，后果不堪设想。"

人群中响起一阵嗡嗡的带着害怕的附和声，然后屋子里安静了下来。似乎没什么好说的了。小伊娃还在玩着她的套娃，打开一个大的，拿出一个小的来，再拿在那个小洞前面让金克斯看。还好没人注意到她。金克斯小心地俯下身子去揉揉左脚，巴不得这个会快点结束。

匈牙利女人把酒杯放在吧台上，用手背擦擦嘴。"你们不记得自己从哪里来的了吗？"她巡视着大家，"那些仰仗我们的人怎么办？我们丢下的那些人怎么办？"她粗重地喘着气。"卡西米尔·齐布尔斯基，"她冲他扬起下巴，"你们村里遭袭击的时候，你奶奶是不是把你藏在谷仓里来着？是不是她把自己毕生的积蓄拿出来送你来的美国？

"卡利斯忒·马特诺普洛斯，你母亲，她是不是干了三份活才找着了这个机会送你来这里？

"还有你，尼克莱·叶齐尔斯卡，你们家呢？也得做个选

Moon Over Manifest 195

择吧,送哪个儿子去美国,哪个儿子留下来参军?是你哥哥坚持要你来,他留下,是不是?"屋里是一阵死一般的寂静。大家都没想到,她竟然知道他们这么多的事情。

"他们牺牲了自己,送我们来这里,"她接着说道,"是为了什么?是为了一个梦想中的自由富足的生活?哼,那我们可真让他们丢脸。他们牺牲了所有才把我们送到这里,我们跟德夫林对着干又算得了什么?"

她的话音久久没有散去,屋子里那些没有被点到名字的人也回想着自己的过去,回想着他们自己这一路是如何来到美国的。

就在这一刻之前,谢迪屋子里的这些人还以为他们平日里都只和自己一国的人待在各自的战壕里,彼此间一无所知。可是在这匈牙利女人的话语里,他们忽然找到了彼此的共通之处——大家身上流淌着相同的血液,移民的血液。

最后是多纳尔·麦克格里格打破了这长长的沉默。

"她说得对,我们受够了压迫了,是时候算账了。"

哈德利看见大家一片点头称是的样子。"好的,问题是,怎么办呢?"

"可不是嘛,"多纳尔揉揉自己干瘪的下巴,"他们把我们搞得很被动,他们心里清楚着呢。"

"苏格兰人在情况不妙的时候,会怎么做?"马特诺普洛斯先生问。

多纳尔咧嘴一笑:"你是说喝醉之前还是之后?"

他的笑声中带着轻松,就连奥尔夫和格雷塔·阿克森都笑了两声。

"呃,就算我们想,"哈德利说,"这杯酒也不是我们想喝就能喝上的。我们需要钱,很多钱。倒霉的是,这里能赚到钱的只有煤矿主和酒贩子。谢迪,我无意冒犯。"

"没事。"

憋到这会儿,金克斯整个身子都难受得扭成了一团,他轻轻地伸了一下腿,但还是不小心碰到了一只酒瓶子,发出了当啷一声。

屋子里的人一下子僵坐在那里,气氛一片紧张。

"什么声音?"马特诺普洛斯先生问道。

谢迪镇定地拿起一只空杯子:"谁还要再来一杯?或者来杯茶?"

哈德利·吉伦径直走到吧台后面来。他迅速地检查一番,打开盖板,把金克斯从藏身的地方拽了出来,那卷钞票也被带了出来,散落在吧台上。

"是你!"拉金太太叫了起来,"威尔玛,就是这个小兔崽子弄的你那所谓的灵丹妙药的吧?要我说,那简直是魔鬼汤。这是你在化学课上调配出来的什么东西吧?"

"冷静点,尤朵拉,"威尔玛·T.辩解道,"我承认这次的东西是有点比往常的劲儿大,可你自己也说,这缓解了你的发烧和打寒战。"

"缓解得我跟个傻子似的!妇女禁酒会的那些人形容的那副样子,我一辈子都不要再听。"

金克斯收拢起钞票,朝门边挪去,错误地以为趁着这两个女人争论的时候,他就可以溜之大吉了。

"叫警长来,把这小子抓起来!"拉金太太下令道。

多纳尔·麦克格里格伸出脚来拦住金克斯的去路。"伙计,可没这么容易溜走噢。"

"他在我们这里干了不少坑蒙拐骗的事了,"拉金太太继续控诉道,"瞧他手上那些票子,谁知道还有多少无辜的人上当买了他这毒液。要我说,非得把他抓起来不可。"

"别发火呀,尤朵拉。"哈德利说着,看了看手里捏着钱的金克斯,"小子,你先坐下来,我们弄清楚再说。先把钱交给谢迪好么?"

金克斯把钱放在吧台上,在台子后面谢迪的旁边坐了下来。谢迪是屋子里他唯一确定的支持者了。

"我们还有大事要烦呢,"卡西米尔·齐布尔斯基重新提起了话头,"在不被伯顿发现的情况下筹到一千块钱,这几乎不可能。"

屋子里响起一阵吵吵嚷嚷的附和声。这时谢迪有了个主意。"就眼下看来,煤矿主和酒贩子可不是唯一能赚到钱的人。"他冲面前的一堆钞票挥了挥手。

"谢迪,你这话是什么意思?"哈德利问。

"我是说,这小伙子也许能给我们出个什么主意。"

"你该不是说我们要问一个小骗子的意见吧?"拉金太太惊恐地问。

"我只是说,非常时期得采用非常手段。"

所有人都看着金克斯,金克斯用一种和拉金太太相当的惊恐表情望向谢迪。

"哈德利·吉伦!"拉金太太召唤道。

这位五金店主跳了起来,不知道自己怎么就被放到了法庭审判长的位置。"呃,那么……"他挠着脑袋,不知道如何是好。这时威尔玛·T.来解围了。

"的确,金克斯在我的药里动了点手脚,搞得拉金太太有点……呃,比平时更加活跃。他总得做出点补偿才好。我提议,就让他给拉金太太干点活吧。有人监工他干起活来还挺麻利的。"

"这主意听起来不错。尤朵拉,你觉得呢?这样补偿怎么样?"

"呃,阁下,我不认为——"

"就这么决定了。"哈德利把酒杯放到桌子上,像法官一样拍板决定,"那么,我们还是回到手头的这个问题……"

所有的人再次望向金克斯。

"谢迪,我觉得这些人不会听我的。"金克斯嗫嚅道。

Moon Over Manifest **199**

"呃，迪恩警长恐怕正急不可待地要问你问题呢。"谢迪低声回应他，"这些人都绝望了，很难说他们会干出什么来。"

哈德利·吉伦看看周围这些望向金克斯的疲惫的脸庞。"年轻人，我们镇是走到死胡同里了，你要有什么能帮得上忙的主意，是时候说出来了。"

金克斯在座位上扭来扭去，求救地望向谢迪，想脱离这苦海。

小伊娃还在小心地打开每个娃娃，从里面取出一个小一号的来。最后她终于拿出了最小的那一个，跟跟跄跄地朝金克斯走来。"小套娃。"她说着，把这微笑的小娃娃塞给金克斯，好像这屋子里所有人的希望和恐惧都在它身上了。

金克斯接过了这礼物和重担。他清了清喉咙。"就是说，"他犹疑不决地开口道，"你们想要德夫林和伯顿不在这里一个月，然后趁机挣到一千块？"

"是的。"哈德利代表大家回答。

"包括迪恩警长也离开一个月吗？"

哈德利停住了，盯着金克斯，似乎明白了这是一个交易。"可以。"

"那我有个主意。"

那天晚上在谢迪家里，大家达成了一致。他们逐一地从各自的战壕里走出来，迈向了那无主之地。

曼尼菲斯特先驱报

堪萨斯 曼尼菲斯特 1918年7月21日 星期日 第一版

西班牙流感——不必恐慌

据矿上医务人员阿尔弗雷德·格里高利医生称,西班牙流感与普通的流感并没有太大区别,时不时就会流行一阵子。其症状包括打寒战、发烧、疼痛,有时伴有恶心和眩晕。病菌通过空气传播进入鼻腔、喉咙以及支气管,引起咳嗽和喉痛。

一旦发现症状,请马上上床休息,不必担心。吃一些通便的东西,比如西梅;再吃点有营养的东西。可以用薄荷和樟脑揉擦在胸前、背部和颈部。当然,最好还是预防为先。证据显示,这种病菌主要通过人类接触传播,其途径主要是咳嗽、喷嚏和吐痰。请远离有这些行为的人群,并记住:辛勤劳动,健康生活是远离疾病的根本。

联合通讯社 报道

阿肯色温泉疗养

快来阿肯色的温泉城。在气候温和宜人的阿肯色就有这样一个温泉疗养处,谁还要跑去科罗拉多泡温泉呢?在连排浴室的步行区那里散个步,挑选一间吧。尽情享受矿物温泉中的沐浴,这泉水一向以缓解普通的关节炎、黏液囊炎、风湿病和痛风而闻名。请快快来到阿肯色温泉城。

哈蒂·梅每周轶闻
1918 年 7 月 21 日

很抱歉,本周的"哈蒂·梅每周轶闻"需要暂停一次,我这几天不太舒服。下周我将保持昂扬的斗志,希望届时能继续撰写这些何人何事,何时何地,为何发生。

本镇记者 哈蒂·梅·哈珀

列兵内德·吉伦信函

亲爱的金克斯：

　　捉间谍的事进行得怎么样了？翻出什么阴谋了么？要是威尔逊总统再来巡视我们镇——当然这是不大可能的啦——替内德·吉伦向他问好，并且告诉他，我们这些海外游子需要一些暖和的毯子，还需要吃得好一点。

　　现在大家都又累又饿。在闷罐车里人挤着人地坐了好久之后，我们又冒着瓢泼大雨进行了更长时间的行军。我们朝着一个方向走，看到那些老兵们成队地朝另一个方向跋涉。他们拉碴的胡子和泥泞的制服上写满了疲惫，仿佛历经了千辛万苦。有一队大约六七十人的法国士兵，穿着蓝条纹制服，眼睛上都蒙着绷带，双手搭着前面一个人的肩膀，摸索着走路。这些可怜的人中了毒气，都不知道我们美国佬要来结束这场战争了。

　　到了晚上我们总算安顿下来——如果挤在一米八深的战壕里能称为安顿的话。我已经饿得不行了，现在真想——像他们说的那样——抚平胃上的每一道褶皱啊。我们轮流去吃东西，因为没有足够的餐具提供给每个人。现在什么都短缺，好在我还有支枪。

　　今晚吃了豆子和面包。我倒是想说老爹的厨艺比这都好，不过你我都清楚这是撒谎。别告诉他我的话。别奇怪为什么这封信上有食物的污渍，我们使用的是军叉——即我们的手指。再见了，带着香水味的信纸。我现在别提有多想念圣东尼大妈的家常烤宽面条了。告诉她，留上一锅酱汁等着我回家去吃。

听起来我们离前线还有一段距离。远处有雷鸣的声音，伴随着大炮轰隆，天空时不时地划过一道闪电般的亮光。闭上眼睛，我几乎可以想象自己是在曼尼菲斯特6月的雷雨天里。几乎如此。

军士长说明天我们一早就要开拔了。成败就在此刻了，他这么说。这不就是我们来这里的目的么？我们还是早做了断为妙。现在我知道他们为什么把我、海克和霍勒编在一组了。我们是营地里手脚最麻利的几个，还有一个叫艾迪·劳森的小子。军士长安排我们当跑腿的——在军团和基地之间跑来跑去，传达指令、拿拿东西什么的。他说这是自愿任务，但我们都很乐意。艾迪刚才掷硬币赢了，现在出去跑第一轮去了。他跑得比兔子还快，人也挺不错的。我们急切要听他回来说说，有什么新动向了。

海外英雄　内德·吉伦
于空旷的战场上，战壕里讨厌的[①]霍勒大臭脚旁边
1918年6月28日

艾迪昨晚中弹牺牲了，就在离这里一千六百米远的地方。就一千六百米，他本来只要四分钟多一点就能跑过来的。

1918年6月29日

[①] 此处"讨厌的"一词原文为德语 widerlich。——译者注

一短，一长

1936 年 7 月 3 日

我读了好多关于那次流感的新闻，搞得自己也开始觉得头痛发寒起来了。在这个炙热的 7 月，要说寒气还真是无从说起。内德的信也一下子从欢快转到了悲伤，这个时候，我知道自己该歇一歇，别老沉浸在过去的事里了。

莱蒂、露丝安和我轮流跳绳，夏日的艳阳晒得我们汗流浃背。我们都承认自己已经过了玩跳绳的年纪了，可谢迪给了我这么好的一根跳绳当礼物，眼下又没什么别的事情可干，怀怀旧也不错。再者，如果变成淑女就意味着不能出去捉青蛙或者穿背带裤，还得表现得体，就像夏洛特·汉密尔顿那样，那我们可不着急。

再说了，今天是 7 月 4 日前一天，我们总得找点事做做。今年人们唯一想得起来的与烟火相关的事，可能就只有户外能让整个干巴巴的镇子冒起烟来的一点火星了①。

操场上空空荡荡的,只有我们三人以及我们的儿歌伴随着尘土飞扬。

我有一只泰迪熊,他的名字叫蒂龙。
我把他放在澡盆里,想看看他会不会游泳。
他喝光一盆洗澡水,吃掉了所有的肥皂,
第二天他就玩完了,喉咙里还含着肥皂泡。

我心不在焉地唱着,满脑子想着小伊娃的套娃,它现在也被我放到了床边的窗台上。我真惊奇,这些小纪念品在萨蒂小姐的故事里都一一对号入座了。在她家干活的这些日子里,我渐渐地因为自己和她讲的故事有所关联而感到安心。借由我在地板下面找到的那些纪念品——迷惑之王鱼钩、自由女神头像银币、谢迪的酒瓶塞,还有那个小小的套娃,我和这个地方、这些人,关联在了一起。内德地图上的那些地名和人名,现在对我来说已经很亲切了。

还有金克斯。我觉得自己理解这个从一个地方流浪到另一个地方的男孩,这个浑身充满了历险体验的男孩。我仍怀着希望,希望萨蒂小姐的故事里也将会提到吉登。可只剩下

---

① 每年7月4日国庆节时,美国各地都要举行烟火表演活动。这一年可能因为夏季炎热干旱以及经济萧条,没有了这个节目,所以阿比琳才这么说。——译者注

一样东西了,就是那把万能钥匙。我希望它会将我领向吉登。或许就是在这种期望和希冀中,我开始想象着我已经找到他了。我想象着金克斯和吉登其实是同一个人。也许就是我的爸爸,来到了这个镇上,和一个叫内德的人做了朋友,制作烟火炸了一座水塔,并有了一群关心他的人。也许金克斯就是这个人。就是在对他的这种想象中,我对这个很久以前的男孩有了一种久远的爱。

我和露丝安摇着绳子,莱蒂跳了出去。轮到露丝安了。

"我编了首新歌。"我说着和莱蒂摇起绳子,露丝安跳了进来。

> 曼尼菲斯特镇上曾经有个间谍,
> 他们叫他响尾蛇却不知道为什么。
> 是说他像蛇一样恶心,还是说他太狡猾?
> 我们只想知道,他到底在哪里。

> 他是屠夫,面包师,还是办丧事的家伙?
> 他是矿工,擦鞋匠,还是铁路工人?
> 送奶的,送信的,还是火车刹车手?
> 还是那个不好好干活的,守车车厢工?

就在这时,我们看见雷登普塔嬷嬷朝学校走去。我和莱蒂本能地扔下绳子,觉着最好别在学校这块儿唱什么间谍的歌。不过我也不知道,一只满嘴含着泡泡的泰迪熊怎么就合适得体了。

不过,趁机坐一坐也不错。我们各自坐在一架秋千上,脚尖在地上划出一道道痕迹。

"真热。"我说。

"是啊。"莱蒂回应道,"我打赌,夏洛特·汉密尔顿现在正在南卡罗莱纳凉爽的海滩边快活着呢。"

"切,那有什么?"露丝安大声嚷道,"我们在曼尼菲斯特这里,也有捉间谍这么一桩事要忙活呢。"

这心态倒是不错。我持续向莱蒂和露丝安传述萨蒂小姐的最新故事,我们的话题总是围绕着曼尼菲斯特从前那激动人心的岁月。我想,这的确有助于我们忘记眼下这干燥、炎热而单调的日子。对我们来说,其中的一个兴奋点,当然就是间谍响尾蛇了。

"他肯定是跟曼尼菲斯特外界有什么联系的一个人,"我沉思道,"一个能把秘密信息传递给敌人的家伙。"

露丝安坐了起来。"我知道了!谁每天跟曼尼菲斯特以外的人打交道?"

莱蒂打了个响指。"老表特克,他给全郡的人家送肥料。"

露丝安瞪着她,我忍不住露出一副既同情又惊骇的表情。"老表特克还不到十八岁。"露丝安说。

莱蒂恢复神态,说道:"露丝安,那你说是谁?"

"我想到的是一个在响尾蛇行动的时候就活着的人。"露丝安抿紧了嘴唇,像要吐什么籽儿出来。

就在这时,理发师库珀先生从街对面的店里走了出来,抖着围裙。

"是他吗?"莱蒂轻声说道,"就像那个塞维利亚的理发师[①]。"

"塞维利亚的理发师是谁?"我问道。我们从秋千上跳下来,朝理发店溜去,想看个清楚。

"我也说不上来。我想他应该头发长长的,乱糟糟的,因为他是全镇唯一一个理发师,没有人能给他理发。还有,他大概日复一日地给人理发,直到有一天,他崩溃了。"

库珀先生拿出剃刀在围裙上擦拭干净,对着太阳光检查了一下,然后又擦了擦它,走回屋子里去了。

"就在那一天,"莱蒂继续说,"这个塞维利亚的理发师拿出他的剃刀,等着下一个倒霉蛋走进他的店门,坐在理发椅上。他给客人满脸涂上泡沫,只留下光光的脖子,然后——"

"老天,莱蒂!你可真会编故事。"露丝安说,"他不就是个理发师么?我们去邮局查查看。"

但商店橱窗里有什么东西吸引了我的注意,是一张照片。

[①] 戏剧人物,源自同名作品《塞维利亚的理发师》,有戏剧版本、同名电影和同名歌剧。——编者注

我摸到商店前门那里,看着这张老照片。照片上是一群穿着工装裤戴着矿工帽的男人,全都望着镜头,望着我,带着一种——怎么说呢?希望,绝望,还是丧气的神情?我说不上来。

我抬起头,看到库珀先生透过橱窗在盯着我。

忽然,我意识到莱蒂和露丝安已经走了,只剩下我一个人了。我跑开去找她们,心跳得像敲鼓一样。库珀先生不像是个冷血杀手,可是,我对冷血杀手又知道多少呢,是吧?并且我还被他逮个正着。

我猫着腰穿过了几家后院,被篱笆和灌木刮擦了不少次。接着响起一声低沉的咆哮,是一只牛头犬。它流着涎液的大嘴龇着大牙,就在我身后不到半米远的距离。我连忙朝一条门廊的围栏直奔而去,就在它张大的下巴快要碰到我的时候,我跳了上去。我紧贴着围栏,一刻也不敢松懈。

"去,"我厉声喝道,"快走。"不过它还站在那里,吼叫着,似乎更愿意等着我力竭。

我放松了一下呼吸,骑在围栏上,结果又让自己紧张了起来。我发现这赫然就是那个褪了色的木头门廊,这才意识到自己正在那栋破落的姜饼屋一样的屋子门口,就是属于那个总是一动不动坐在门廊上的老太太的屋子。要是她此刻就在门廊那边坐着该怎么办?要是她看见我了怎么办?我把腿跨过来,发现她就在那里,就是我从前看到的地方,在她的摇椅上,茫然地盯着前方。

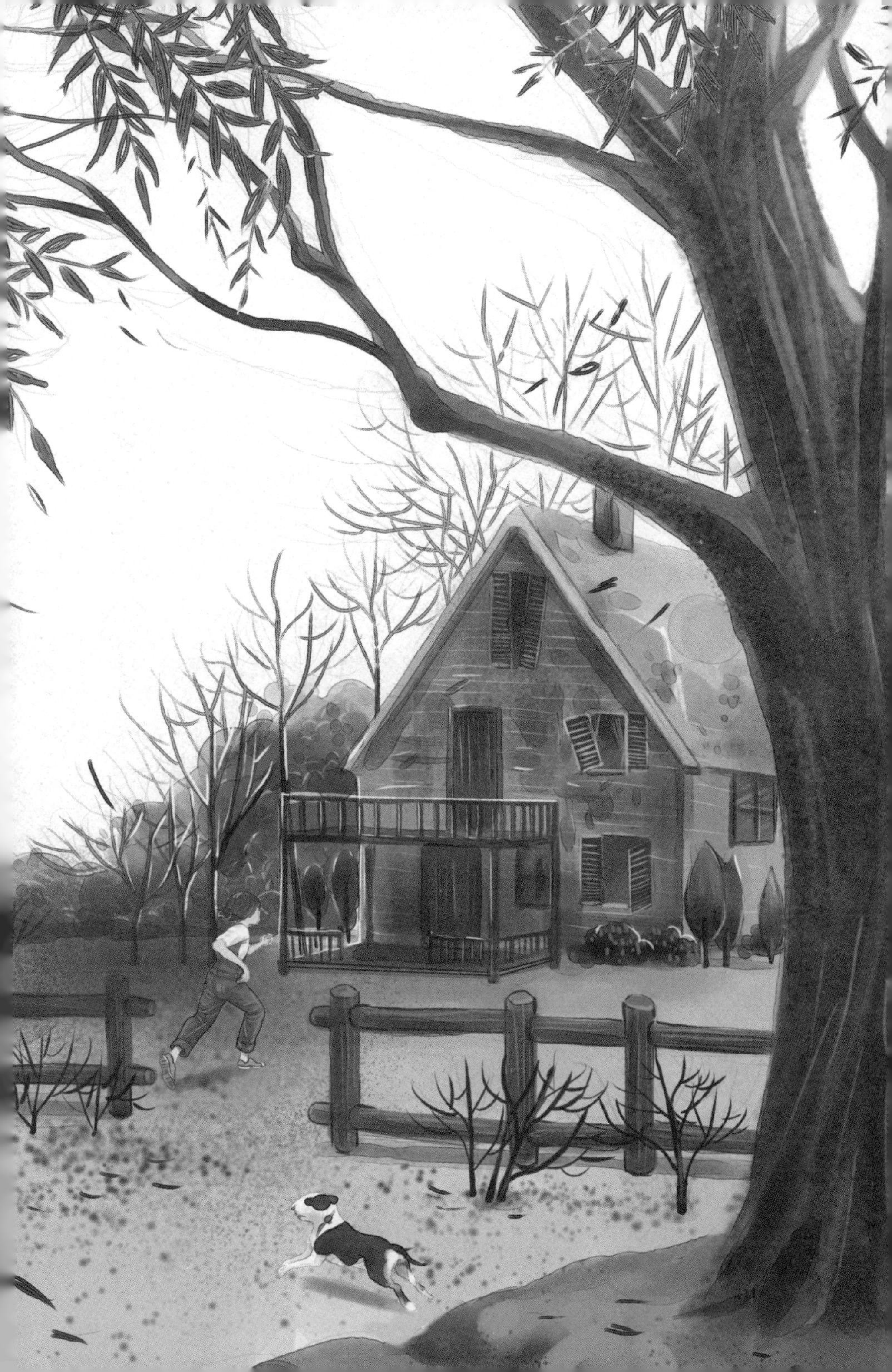

我要么再翻过围栏，原路返回，要么就必须走过她身边，从台阶下去。我朝门廊那边窥视，那条牛头犬还在张着大嘴咆哮，我还是试试台阶这条路吧。我蹑手蹑脚地穿过门廊朝台阶走去，这时她的摇椅嘎吱响了起来。我想也没想就转过身去，直直地望向伊万斯太太，而她也正直直地看着我。

我不知道如何是好，试了试胳膊腿脚，还能动弹，这么说我被没变成雕塑。一时间我俩谁也没有说话。然后我说了脑子里唯一的一个句子，这几周来谢迪一直叫我逢人就说的那句话。

"星期天晚上谢迪家有敬拜活动，欢迎前去。"

说完这句话，我没有等她回答就朝台阶跳去，一路狂奔，直到在邮局旁边的巷子里擦破了膝盖和手肘。

"阿比琳，"是莱蒂的声音，"过来这里。"她大声嘘道。

"你干什么去啦？"露丝安呵斥道，"我还以为你就跟在我们后面，可一转眼就不见了。"

我喘得厉害，没法回答，只是一步一步朝邮局那边挪去。露丝安用胳膊肘抹去窗户上的灰，结果发现里面有一只橱柜挡住了视线。

"走，"她低声道，"我们跑到前面去看个清楚。"

"看谁啊？"我问。

露丝安竖起一根手指在唇边。她从转角处朝大楼那边窥探，仿佛在等着对方开炮一般。然后她猛地跑了过去，我和莱蒂也来到她身边，一起朝邮局大门里张望。

"就是他。"她答道，指着邮寄柜台后面那个非常高非常瘦的男人。他的白衬衫上勒着吊裤带，尽管没有络腮胡子，他还是像极了电影《断头谷传说》里的那个警察伊卡布·克莱恩。

"伊万·德沃尔？"莱蒂的语气好像在说怀疑他是响尾蛇就像在怀疑圣诞老人一样。露丝安以前提到过他，可我们从来没想过要侦察他。

"想想看，"露丝安答道，眼睛还盯着那人，"他知道所有进来出去的邮件。他是接线员，而且发电报也归他管。他可以咔嗒咔嗒想打什么就打什么，想打给谁就打给谁，没有人会发现。"

我们看着德沃尔先生在房间里忙碌个不停，把一封信插在这个邮箱里，另一封放在那个里。接着他又叩击着台板，像在纠结着什么。最后，他从口袋里掏出一把钥匙，打开桌子最上层的抽屉，从一堆黄色文具里拿出一张纸和一个同款的信封。他含着微笑，写了几行字，塞进信封里。然后可疑地四下看了看，他迅速将这封信塞进了墙上的一个信箱里。

"那是威尔玛·T.的信箱。"莱蒂说，"我知道，上次她去俄克拉荷马州看表亲的时候——露丝安你还记得么，就是她表亲得了带状疱疹那次？威尔玛·T.叫我帮她收信的。"莱蒂停下来思索了一阵子，"我想起来了，她每个星期都会

Moon Over Manifest 213

收到这样一个黄色的信封。喏,德沃尔先生天天都能见到她,为什么还要往她邮箱里写信?他直接说不就得啦!除非,你觉得他两个会不会都是间谍,要用密码或者密条来交流?"

我们盯着德沃尔先生,看他吹着口哨在房间里走来走去。"间谍们互相之间不用好看的黄色纸头通信。我想他是喜欢上她了。"我说。

"那他为什么不直接对她说?"露丝安问。

"他胆小呗。我打赌,他写这些纸条都没署名。"

就在这时,电报机咔嗒咔嗒响了,德沃尔先生坐下来收电报。一长,两短,一短,一短,一长。短,长,短。

吉登曾经在伊利诺伊州斯普林菲尔德的一个货运场干过活,办公室里的那位女士,丽兹小姐,常常将我带在身边。她用起电报机来简直无人能敌,她说假以时日,她就能分辨出电报员是男的还是女的,因为每个电报员都有自己的风格,就像口音一样。迪凯特的电报员就是一个发报节奏清晰严谨的女人,线路里蹦出来的每一个字都精确而果断。"她说不定也有个尖尖的鼻子。"丽兹小姐常常这么说。皮奥利亚的电报员则给人一种乒乒乓乓的刺耳感觉。丽兹小姐形容他是那种会把拳头砸在桌子上点菜的坏脾气先生。而昆西的电报员呢,他让人觉得果断坚决,有一种处事公正、彬彬有礼的风度。说实话,我觉得丽兹小姐有点喜欢他,虽然她都没瞧过一眼他长什么样。

眼下，猫着腰蹲在门外听着这开头四个字母，我的心跳就加快起来。"亲爱的"，接下来是一个人的名字。这个人，是发电报的这个人的亲爱的。

我跌坐下来，不想再去破译接下来的电码。我犯得着去管这个远方的人对这里的某个"亲爱的"说了什么吗？我的眼睛有些许刺痛。我想要模糊我的思绪，不去听那些长长短短的咔嗒声，可它们还是咔嗒着闯进了我的脑海中："我——想念——你。"

我知道吉登很忙，他大概正忙着挣钱接我。反正，已经 7 月了，再过几个星期他就要亲自来接我了。大概就在 8 月的哪一天吧。"就——要——回家——了。"我不想再听了，撒腿跑了开去，脚步和心跳一样咚咚作响。

就算吉登给我发封电报，也不会让日子过得更快，可我的心还是像被揪住一样疼了起来。

我一直朝前跑，知道自己最终会跑去萨蒂小姐家。

萨蒂小姐的屋子

1936 年 7 月 3 日

　　我跑到了萨蒂小姐家，结果只看到满屋子热烘烘的尘土和一个不高兴的老妇人。萨蒂小姐有点情绪，看样子也不想被人哄好，就是一副沉浸在其中的样子。

　　整整一天我都埋头干活，擦着走廊，整理纽扣，在纱门那里捡死苍蝇。嗨，她甚至还叫我把那块大波斯地毯从工作室里拖出来，用扫帚给它掸灰。我跟你说吧，这完全是浪费时间，那些灰尘就像人身上的坏毛病那么顽固，拍到空中去，又沿着老路返回来，落到毯子上。

　　她不停地叫我干这干那，除了花园里的活儿；不停地指派我去这里那里，除了花园里那个园丁棚屋。

　　我起初因为要为打碎匈牙利罐子还债，来给萨蒂小姐干活的时候，她说到时候我就知道干完了。我知道肯定会干许多活,超过罐子的价值,不过我也知道这还没算完,我还没听够她讲的曼尼菲斯特的故事呢。

我也可以省事点,叫谢迪讲给我听剩下的故事。可不知怎的,我知道他只能讲他参与了的那一部分,就像哈蒂·梅只能讲她参与了的那一部分。只有萨蒂小姐什么都知道,这些年来她一直在看着,听着。就是现在,人们来到她这里,说啊说啊,释放出心中各种故事轶闻,而她也还一一听着。

对萨蒂小姐自己的身世,我也越来越好奇。她为什么会来到美国?她这样另类的一个人,为什么会待在曼尼菲斯特?她身上不止是有那些华丽的珠串首饰而已。

她的情绪也感染了我。我干着活,她不出声。我想找点话题引她讲故事。我琢磨着,没有比把故事打乱更能打开一个说故事的人的话匣子了。

"我在露丝安家那边看到了一些紫丁香。"我说。这天下午,萨蒂小姐家的门廊上热得可怕。我的双手深深地泡在一盆肥皂水里,洗着一个又一个的脏罐子。萨蒂小姐则稳稳地在摇椅上摇着。

"唔。"她没什么兴趣地哼了一声,从烟袋里吹了一些烟灰出来。

"要我说,寡妇凯因肯定知道它属于那三十七种紫丁香中的哪一种。要是插一把在这罐子里,肯定挺好看的。"

"是绣球花。"萨蒂小姐说着,往烟袋里填进去一卷新的烟丝。

"什么?"

"是三十七种绣球花,不是紫丁香——还有,这些罐子我是打算用来腌水果和蔬菜的。"

当然了,是从她那个干旱的花园里长出来的水果和蔬菜。"绣球花,紫丁香,其实也没什么大的区别。我想象不出他们怎么可能在四个星期之内,筹到一千块钱。"我说。

她停止了摇动。"你是这么想的?"

"我是这么想的。"我答着,把肥皂沫泼进不知道第多少个罐子里,又倒出来。这些罐子恐怕还得再积上一年的灰才能等到有什么水果可以腌进来。

"哼,"萨蒂小姐咕哝了一声,"一个连紫丁香和绣球花都分不清的人,哪能想得出这种事情。"

我就要成功了,还差一点点。

"呃,不管怎么说,这事谢迪没插手。他从不插手什么事情……呃……他是谢迪嘛。"

萨蒂小姐重重地叹了口气,说道:

"谢迪也卷了进去……那话怎么说来着?——深陷其中了。我们都是……"

墙越来越高

1918 年 8 月 15 日

先是有些人咳嗽了,浑身痛。然后是发烧,打摆子,眩晕。人人都听说这些症状没什么值得担心的——整个国家都在流传着这些症状,从一个镇子到另一个镇子。

整个曼尼菲斯特,到处都是感染了这种流感的人。教堂里,图书馆里,煤矿上,有些人咳着咳着就成了哮喘。人们揉着酸痛的脖子和肩膀。就是在这炎热的 8 月,你也能看到有的女人冷得发抖,围着头巾。

曼尼菲斯特镇弥漫着一股紧张的气氛,就好像听到一只鞋子掉了下来,整个镇子都在等待着另一只也掉下来。可那会是什么时候,掉在哪里,落到谁的头上,大家仍一无所知。

有好多次,金克斯都觉得该趁机行动了,可每当他探出头去,就看到迪恩警长在附近转悠,盯着他。没办法,现在他只能指望这镇子能比他自己运气好一点了。

一旦这些说明问题的症状遮掩不住了，没过多久，像莱斯特·伯顿、亚瑟·德夫林这些人，以及他们的老婆还有熟人们，都开始觉得不舒服起来了。就算他们现在还没真的生什么病，在他们看来，成天被一群咳嗽、打喷嚏和哮喘的人包围着，得病也是迟早的事。于是，凡是有办法的人，包括伯顿、德夫林还有他们的熟人，都借这个机会放大假——出城去了。就连迪恩警长也成天待在家里，他家在河下游，镇子外面，安全着呢。

郡医检官被叫来了，不消三十分钟，他就宣布，在流感病毒清除之前，整个曼尼菲斯特镇都要在官方隔离之下，没有人能进来，也没有人能出去。

最后一班火车驶出了，最后一辆福特 T 型车也停稳了。一阵不同寻常的安静弥漫开。过了一两分钟，就像是已经过了几个小时那么久，煤矿的哨声吹响了。

一些窗帘被拉开，有人朝外窥视着，以确保安全。科弗先生还穿着他的睡裤，第一个走到了街上。然后是齐布尔斯基太太，她踏出门廊，洗去擦在脸上的惨白惨白的粉。

很快，人人都欢笑着，握着手，拍着彼此的背。就好像发生了什么奇迹，人人都不药而愈。而真正的奇迹则是伯顿和德夫林落入了大家的圈套。煤矿也在隔离的范围之内，这下没有催着大家去上班的哨声了，也没有只为了让德夫林和伯顿的钱包越装越满而没完没了的加班了。

孩子们尤其兴奋，不知道要到哪一天才开学了。食物和补给将由火车运过来，丢在镇外。消息传得很快，没过多久，斯塔克·齐布尔斯基，麦金太尔家的几个男孩子——丹尼、迈克尔、帕特里克和锡恩——还有圣东尼兄弟，就连九岁的露莎·圣东尼（她长得很甜美，却跟男孩子一般野），全都爬到了树上或者蹲在房顶上，自命为曼尼菲斯特的哨兵。他们站着岗，紧紧地盯着任何靠近镇子的人。在这其中，金克斯因为谋划了这个有史以来最了不起的点子，而被簇拥为本地的英雄。

然而这有史以来最了不起的点子可需要费不少工夫。就在年轻的哨兵们守在树上放哨的时候，大人们正忙着做眼下唯一能赚钱的一样东西：谢迪的威士忌和威尔玛·T.的万灵药的混合品。

圣东尼大妈穿上一条围裙，带领妇女们剥玉米粒。格雷塔·阿克森和埃塔·齐布尔斯基也卷起袖子加入了进来。她们一边干着活计，一边分享着各自家乡的见闻和家长里短。

她们谈起乘坐移民船来美国的共同经历，细数第一眼看到自由女神像时的心情，还有抵达埃利斯岛的欢喜和害怕，泪水不禁涌了上来。

"我那时就害怕他们要把我送回去，"齐布尔斯基太太用手背擦擦额头,说道,"他们在那里检查每个人有没有病或者残疾什么的。"其他女人纷纷点头。在座的人都有过这样的经历,害怕因为检查不合格而不能踏入美国。医检官就那么简单地用粉笔在一个人的衣服上划上一道,就能粉碎那人进入新世界的梦想。E 代表眼睛有问题,L 代表跛了,H 是心脏有问题。有了这些标记的人,就得登上另一班船,从哪儿来的再回到哪儿去,不管你是坐了多久的船才到这里。

"在波兰,"齐布尔斯基太太接着说,"我没有鞋子穿,我的邻居是个修鞋匠,他给我新做了一双。好看的鞋子,还有精致的高跟。我之前从来没穿过高跟鞋。结果我被医检官扣押住了,他们觉得我有点平衡问题,可能是个残疾人。"齐布尔斯基太太耸了耸肩膀,举起抓满玉米皮的双手,"我只好脱下鞋子,给他们看我能好好走路!"女人们一齐大笑起来,一桶又一桶的玉米就在这样的笑声中装满了。

卡里斯忒·马特诺普洛斯和赫尔曼·科弗把玉米装上四轮车,朝谢迪家拉去。"马——特——诺——普——洛斯,"马特诺普洛斯先生念着自己的名字,见科弗先生笨嘴笨舌地发着音,他大笑起来,"你觉得我的名字难念啊?在埃利斯岛的时候,医检官问我的朋友米洛:'你姓什么?''佐萨格哈诺普洛斯。'他回答。医检官问他要不要把名字改短一点,以便发音。我朋友考虑了很久,毕竟,这可是他家的姓。最后,左思右想,他同意了:'那就去掉那个哈字吧。'"科弗先生听了,笑得咯咯响。

当然了，最激动人心的还是在谢迪家，而金克斯正是其中的焦点。这是谢迪的威士忌蒸馏器头一遭见到日光。做酒的机器从寡妇凯因家地头那个废弃的矿坑里拉出来了，自从禁酒令颁布之后它就一直在那里，从没停止过工作。可是一台还不能满足他们现在的工作量要求，于是多纳尔·麦克格里格、哈德利·吉伦和尼克莱·叶齐尔斯卡又用废弃的水箱和铜管什么的组装了四台，放在天然泉旁边一个废弃的谷仓里。这样取水方便，而且这地理位置也便于他们操作，避人耳目。

可这好似也把谢迪一下子暴露在了光天化日之下，他有点眩晕和不安。他拿出后楼梯间下面藏着的一瓶威士忌，想啜上一小口，稳住自己，鼓起勇气。他拔开瓶塞，钻回到楼梯间下面的阴暗角落里去。

后面的门帘撩开了，金克斯站到他身旁。"来吧，谢迪，你能行的，就教教我们该怎么弄。"

谢迪用手捂住自己胡子拉碴的脸庞。"我什么都不会。"

金克斯的声音冷静而沉稳。"眼下这些乡民只需要知道一件事，而你是唯一能教他们的人了。"

谢迪在那里定定地站了足有一分钟的时间，然后把木塞塞了回去，将瓶子放回上面的藏身之处。金克斯打开纱门，谢迪走到了温暖的日光之下，以一个手艺师父的认真劲儿监

Moon Over Manifest

督起工程来，期望每一个学徒都能学会他这一套手艺。他似乎很感激有金克斯在一旁给他做精神支柱。

"对，就这样，科弗先生，炉火不能大。这糊糊不能烧焦了。卡西米尔，你怎么不去再弄一批放进那边的水箱里？玉米、水、酵母，还有糖。"他说着，念叨着这世代流传在许多禁酒地区的酒贩子们之间的配方。

"我在芝加哥的时候认识了一个人，"金克斯说，"他就把糖煮得焦一点好让颜色更深。"

谢迪摇摇头。"做威士忌或许不对，但是正确的办法有的是。"

第一批糊糊一天一天地发酵，周围一直有人看着，就好像孩子们围在圣东尼大妈的厨房里一样。他们搅拌着，闻着，看着，疑惑着。

第九天，多纳尔·麦克格里格站在一只咕噜咕噜的水箱旁。"谢迪，尝一口吧，我觉得该好了。"

谢迪闻了闻这锅东西。"打开盖子，金克斯来接上铜管。液体和糊糊分离之后，就会从管子里流出来，流到这只桶里。"他拔起橡木桶下面的活塞，用一只玻璃罐接了一些琥珀色的液体。

谢迪对着光线举起罐子，微微晃了晃，检查那颜色，又闻了一下味道。了解谢迪的人都知道，他正在努力控制自己不把它喝下去。因此当他把威士忌倒回桶里并且说"这下可以去弄威尔玛·T.的万灵药了"时,大家便都明白了,这是行动开始的暗号,没有一个人会去喝这里的一滴酒。

金克斯和谢迪拖着第一桶酒往高中校园走去。拉金太太在自家门前看到了他们。"谢迪,"她尖声叫道,"谢迪·霍华德。"

他们假装没有听到,径直走进校园,穿过门厅朝化学教室走去。拉金太太最近给金克斯派了好多活,又是在花园里除草,又是去收拾她先生橱子里的旧文件。最糟糕的是坐在那里喝下午茶,进行她所谓的礼貌交谈。照她说的,这是每个绅士都应该做到的事情。因此,金克斯想要避开她也是可以理解的了。

可就在拉金太太跟在谢迪和金克斯身后吼着的时候,这三个人一下子都定在了那里。

"这是什么味道?"一股刺鼻的气味钻进鼻子里,直奔脑袋后面而去,金克斯不禁揉了揉脖子。

哈蒂·梅正戴着护目镜看着,而威尔玛·T.站在本生灯旁边,守卫着几只大烧杯里的清澈液体。"玉米、蓖麻油、桉树精油、薄荷脑、铁、钾和钙的混合发酵产物。"哈蒂·梅答道。

"你们两个不干好事的家伙把我的万灵药拿去捣鬼的时候,那里面有什么,这里面就是什么。"威尔玛·T.说着在写字板上记下了些什么。她瘦瘦的脸上也戴着护目镜,看起来像苍蝇的大眼睛。

Moon Over Manifest **225**

谢迪和金克斯都知道最好别把这话当一回事,威尔玛·T.还不知道他俩真正干了些什么呢。

"你用这几烧杯的东西,怎么能做出那么多来呢?"金克斯问。

"这些就是所谓的底料。"威尔玛·T.答道,"你要是来上我的化学课,就知道了。这些浆料以精确的一比四的比例,跟曼尼菲斯特泉水混合在一起,就得到了美味又滋补的万灵药了。"

"威尔玛,"拉金太太插话进来,"你肯定不会参与这个,"她费劲地找着合适的词,"这个……大骗局的吧?我先生,已故的郡物价官,要是看到这些堕落的行为,还不得从坟墓里跳起来。嘿,我还在想要不要拍个电报给我在托皮卡的外甥,他在州长办公室工作,你知道的,他是州长助理的助理。"

在隔离之后,拉金太太留了下来,而不是跟那些有钱人一道出城去了,对于这一点,很多人都很惊讶,又带着点好奇。那天晚上开会的时候,她显然很明确地反对了金克斯的计划。她的女儿——珀尔·安早就离家去上大学了,有些人分析说,拉金太太并不像她表面上看起来的那么有钱,也许她根本没钱出城。不管怎么说,反正她是留下来了,大家也没办法,唯有希望她不会毁了这一切。

威尔玛·T.没有搭理拉金太太,只是把护目镜拉到额头上,眯起眼睛盯着谢迪和金克斯。"你们要知道,我该让迪恩警长把你们两个都抓起来——擅动医疗产品，危害公共健康。我的万灵药是由几种具有潜在毒害的成分小心合成的。"她把浆液倒进量杯，测试体积和浓度，"这是很谨慎地配成的药液，不是随便开玩笑的。"

"是的，女士。"金克斯和谢迪谁也没有指出，她的药液在跟谢迪的威士忌混合之前，一个人也没治好过。不过接下来的沉默已经说明了一切。

"不过，意外发现的能力也是一股不可忽视的力量就是了。"威尔玛·T.叹了口气说道。

哈蒂·梅来救场了。"喂，威尔玛小姐，可别小瞧了你自己。当然有一些发现是在预料之外的，但总得要有人来为它正名才行。你自己对我们讲过的，'苹果落在艾萨克·牛顿头上之前，它不过就是一只苹果。'"

"落了之后呢？"金克斯问。

"万有引力定律。"威尔玛·T.说，"也许你说得对，就连现代医学之父路易斯·巴斯德也说过：'机遇总是留给有准备的人。'"

拉金太太有些失控。"威尔玛，说真的！你不是真要搞这个什么奇迹药方吧？"

"我可没打算说这种复合药水能制造什么奇迹，尤朵拉，不过这个可是医好了你啊。"

"是好了，好到被妇女禁酒会开除了。再说了，我觉得当时我已经快要好了。"

"而且,"威尔玛·T.继续说道,"我听说在匹兹堡和百特泉那里都爆发了流感,要是我这药能派上点用场的话,那么——"

"喂,亲爱的,"拉金太太打断道,"没错,你这水是能让人舒服点,可我觉得还不能称得上是药。"

威尔玛挺直了身子,紧闭着嘴唇,就连鼻子看起来也坚挺了不少。

屋里的每个人都知道拉金太太踩到老虎尾巴了。

"好了,谢迪,我很高兴能为有需要的人随时提供这个药水。我们还是赶紧忙活吧。拉金太太康复的消息这就要传出去了,我能想象得出到时候'曼尼菲斯特口服液'会有多热销。"威尔玛说道。

谢迪对金克斯低声说道:"比以前更好喝也没什么坏处。"

"谢迪,别以为我没听到啊。"威尔玛·T.拍拍口袋,"谁拿了我的护目镜?"

谢迪指指自己的脑袋,示意她正戴在头上。威尔玛·T.拿下眼镜,呵了口气,用白大褂子擦了一下,说:"好了,下面,我们要在哪里混合这些东西呢?我的药水和你的……成果,这可是一大堆液体要混合。"

谢迪清了清喉咙。"这个我们讨论了很多遍了,得是一个非常大的,像马料槽那样的地方,不过得干净。"

"这不言自明。"威尔玛·T.说。

"教堂那边有一个槽子。"

"我怎么不记得有这么一个槽子在外面?"

"不在外面,在里面。"谢迪估摸着威尔玛·T.是个科学头脑多过宗教的女性。

"你不是在说要用洗礼池吧?"拉金太太是个忠实的浸信会教徒,而且是第一教堂的终生教徒。"曼金斯牧师会怎么说呀?"她问道。

"他什么也不会说的。隔离还没开始,他就逃出镇子去了。"

"呃,好吧,"威尔玛·T.说,"这也是他活该。还有,不管怎么说,三份药水配一份酒。"

"对半开更好。"谢迪没来得及阻止,金克斯就脱口而出。

"可是你们干吗不用其他教堂?"拉金太太问道。

谢迪回答:"他们那盆子太小了,没用,只能用来泼水。只有这里的人喜欢全身浸泡。"

这个教堂,通常是曼尼菲斯特本地人才去的地方——本地人是指那些父母、祖父母甚至曾祖父母出生在这里的人家——可里面现在忽然充满了陌生人。每个人都捧着一个罐子,要么装着威尔玛·T.的药水,要么装着谢迪的威士忌。

卡西米尔·齐布尔斯基先开口了:"在这样肃穆的时刻,我们应该做一下祈祷。"

Moon Over Manifest 229

大家都看着站在洗礼池前头的谢迪,他似乎正好站到了牧师的位置上。

谢迪挥挥手里的帽子,在空中慢慢地划了一个圈。"我不怎么去教堂,可我还记得我母亲跟我讲过的一个故事:一群人正在举办一场婚礼,酒喝完了。侍者拿出一大壶一大壶的水来,结果你们猜怎么着?倒出来的竟然是酒,他们喝过的最好喝的酒。"他看着周围的这些脸庞,"我觉得这故事和今天我们所做的事不无相通之处。"

大家纷纷点头,等着祈祷。

谢迪挪了挪步子,金克斯挤挤他,鼓励他开口。

"那么,好吧。"谢迪清了清嗓子,带领大家开始祈祷,但听上去倒更像是祝酒词,"祈愿这将是我们喝过的最好的东西。"

"阿门。"大家齐声说道。这些来自世界各地的人民,屏住呼吸,看着这些经过煨啊煮啊,蒸馏了冷却了的各种成分,混合成一种新的东西,一种比所有部分的总和加起来还要美妙的东西。

列兵内德·吉伦信函

曼尼菲斯特先驱报

堪萨斯州曼尼菲斯特镇 1918 年 9 月 15 日 星期一 第一版

致命的流行性感冒向西部蔓延

费城的卫生官员发布了一个关于流行性感冒的警告。每天都有上百个新病例出现,波士顿和纽约也已遭受疾病的侵袭,所有医院都已经满员了,而这致命的疾病正在横穿美国向西部袭击。

从法国和比利时回来的军舰,向波士顿联邦码头的军船医务室汇报,舰上士兵出现了流感的常见症状。然而,这些情况正日益加重,发展成致命的肺炎。联邦码头如今被一片疾病的阴影笼罩,新病患被转移到了切尔西海军医院。

维克多·沃恩医生,是军队的普外科医师,拥有波士顿附近的德文斯军营流感现状的第一手资料。"我看到上百个穿军装的身强力壮的年轻人,进了医院的病房。张张床上都躺着人,还有人不断地涌进来。人人脸上都蓝荧荧的,咳出的痰里都带了血。早晨,陈尸房里的尸体就像木柴一样成堆地摞在那里。"一天之内,德文斯营就死了 63 个人。

联合通讯社 报道

亲爱的金克斯：

　　你的来信已收到，日期居然还是我离开美国之前，我估计军队恐怕还是在用马车送信吧！曼尼菲斯特现在怎么样了？家乡的人们大概正在举行国庆游行和野餐会吧。我想象每个人都在享受着这美好时光。我们这些离家的人，想到亲人和朋友在做着那些我们熟悉的事情，不禁会感到一丝安慰。比如斯塔克·齐布尔斯基在教室里写他那首《响尾蛇之歌》却没被捉住，达金斯太太想跟哈德利还价，用一打钉子的钱买下十五根。或者威尔玛·T.在做她那包治百病的灵丹妙药，还有珀尔·安挑了一顶漂亮的新帽子。

　　给我们一点希望吧，这或许就是我们为之战斗的目的。伙计，跟你说实话吧，有时候我都不记得我们到底在为什么而战。可随后，我渐渐不记得许多事情了。比如我不记得上一次吃东西是什么时候的事了，两天前，或者三天前？

　　我跑回去看了很多次给我们提供定量配给的地方，都没有人出现。我们只好坐在这里等着。天热得要死，可我还是宁愿要白天而不要夜晚。晚上是凉快了点，可声音也不会停止。

　　我试图把它们想象成寻常的声音。比如在我耳边嗖嗖飞过的不是子弹而只是愤怒的黄蜂，或者德国机枪咔嗒咔嗒的声音只不过是啄木鸟在啄木头罢了。

我想起了上一次发信的时候。那些收到家人、女朋友、小兄弟的信件的人被一一点名，我想起那些没能应答的人，一个，两个，三个。那么多的信退了回去，没有人收，没有人打开。叫人不忍心再听下去。

　　抱歉，伙计，让你听我在这里絮叨。最近钓鱼了吗？三趾溪那里的回音湾去了么？那里的水深一点，所以对鱼来说没那么热。你可以用我那个黄绿花纹的鱼钩，下钩就能钓上一条。

内德
于战壕内
1918年7月4日

　　附：给我也钓一条吧，好吗？

响尾蛇之歌

1936 年 7 月 4 日

露丝安把内德 7 月 4 日的那封信又大声读了一遍。天阴阴的,我们没指望会下雨,不过一阵风吹过树屋,还是热乎乎的。

"你带来了吗?"露丝安问。

"带来了。"莱蒂拿出她藏着的四只像狗啃过一样的爆竹,这是她从哥哥的工具盒里找出来的。我们决定在 7 月 4 日国庆节这天点着爆竹,以纪念内德这一封 7 月 4 日写的信。也有点表示在做内德熟悉的事情的意思。

"可这封信总让我觉得难过。"莱蒂说。

有意思的是,我们每个人看这封信的感受都不一样。莱蒂一想到那些没有人收的信,眼中就含满了泪水,等她听到内德给金克斯的钓鱼建议时,又露出了微笑。我们看了太多遍,以至于我感觉这就像人们面对其信仰时那样,那些句子变得鲜活起来，仿佛就在我们眼前诉说着。

那天，我的思绪一直徘徊在信的末尾处内德提到黄绿花纹鱼钩的那一段。我还没有跟莱蒂和露丝安讲我在房间地板下面发现的那些纪念品。我一直没有什么私藏，这会儿自然很乐意有点属于自己的小财宝。

露丝安的思绪则完全在另一个地方。"我在想它是不是还在那儿。"

"什么还在哪儿？"我和莱蒂一齐问道。

露丝安坐直了身子，像从梦中惊醒了一般。"斯塔克·齐布尔斯基在教室里写的那首《响尾蛇之歌》。内德说他没被捉住，那就是说他肯定写在了一个不许乱写字的地方。我在想，那些字是不是还在那里。"

莱蒂拨过脸上一绺汗津津的头发。"都过了这么多年了，肯定早被擦掉了，重新粉刷了，或者扔掉了。我们还是放掉爆竹，然后去哈蒂·梅那里看看有没有柠檬汽水喝吧。"

"也许他写在了一个隐蔽的地方，"露丝安接着说道，"或者在什么地方藏了一张纸条……一个同学们能看到但是老师看不见的地方。"

"还在那里又怎样呢？"我问，"你觉得那歌会告诉我们，关于那个不知道还在不在的响尾蛇的事情吗？"

"要知道答案，只有一个办法。"露丝安答道，随即顺着绳梯往下爬去。我和莱蒂互相耸了耸肩膀，跟着下去了。

Moon Over Manifest 235

生活中另一个千篇一律的情形就是，一个镇上总有一些人人都知道的事情，除了新来的那个人以外。于是，当我们来到高中门口，我问露丝安要怎么进去的时候，我一点也不惊奇地听到她说："人人都知道储藏室的窗户从来都不关上。"

我们绕到了楼后面，露丝安十指交叉，托了我一把。我紧张地朝学校操场望了最后一眼，就翻进了窗户里。一下没站稳，我跌落在储藏室里，把一只镀锌桶打翻了，发出了可怕的哗啦声。

莱蒂第二个钻进来，她跳下来的姿势比我优雅多了。我和莱蒂站在那个翻过来的桶上，把胳膊伸出窗外去拉露丝安。

"真奇怪，他们也不把这个窗户修好。"当我们三个都安全地进来后，我说道。

露丝安揉着刚才在窗台上不小心擦到的肚子。"'他们'就是门房福斯特先生。他大概很享受守株待兔抓住溜进来的孩子呢。"

莱蒂点点头。"我的哥哥们说，你还没开始干坏事呢，福斯特先生就已经觉察到苗头了。他不嚼烟草的时候，就爱揪着小孩的脖子拎到校长室去，你还没反应过来，一点调皮捣蛋的小事就被他渲染成大麻烦了。"

"再说了，"露丝安补充道，"一年里有九个月孩子们都想从学校里逃出去，他们大概是觉得不会有人想要溜进来吧。"

说得有道理，但我们还是来了。

"走吧。"莱蒂带着我们往储藏间外面走,"高中教室在主楼的南面。"莱蒂有六个兄弟姐妹,我一点也不怀疑她对这里的熟悉程度。

我们蹑手蹑脚地沿着大厅走到右边的第二个教室。沉沉的木门一下子就推开了,我们走了进去。在暑假走进一间教室,这让人觉得又诡异又期待。教室里还是放着那些东西:桌椅、黑板、一套百科全书,美国国旗的旁边是华盛顿和林肯总统的照片。可是没有学生坐在桌前,没有作业钉在墙上,这个空空的暑假教室像是载满了许多很久以前的学生的记忆以及求学经历。我绷直了身子听着,仿佛能听见过去传来的耳语和骚动。也许露丝安是对的,这里不止看见的那么简单。

"我们站在这儿能发现什么呀?"她说。

我们开始四处找寻,衣帽间里,讲台后面,每面墙上。

露丝安检查了一把卷笔刀,翻了翻放在书架最上头的一本大字典满是灰尘的几页。"要是能像查字典一样查出来就好了,那多简单呀。"

"它应该会在一个不会被粉刷到的地方。"莱蒂说着,莫名地去翻了翻垃圾桶。

教室里静静的,桌子显得亲切诱人。我脑子里还清楚地印着内德的信。坐在这课桌前,手抚摸过这坑坑洼洼的木头桌面,我能够想见这教室过去坐满学生的样子:内德·吉伦、斯塔克·齐布尔斯基、丹尼·麦金太尔……手指滑过那华丽

Moon Over Manifest **237**

的铁艺桌腿,我仿佛能看见海克·卡尔森、霍勒·卡尔森、珀尔·安·拉金,甚至还有哈蒂·梅·哈珀。

"那个斯塔克到底把他的《响尾蛇之歌》写在哪儿了呢?"莱蒂打断了我的思绪,"哪里是老师看不到的地方?"

我用手指敲着桌面,还想回到我的白日梦里。从前这里满是举起的手,喊喊喳喳的嬉笑,没上完的课,还有没过完的生活……

而那个我始终没能忘怀的问题,此刻又跳了出来:吉登也曾坐在这教室吗?他也举手回答过问题吗?或者写了一条秘密的信息,至今还没被擦掉?

就在此时我忽然灵光一闪。"学生会在哪里写秘密信息呢?"我脑子里这么想着,可是一定是脱口就喊了出来,因为莱蒂和露丝安放下手头的搜寻,来到了我旁边。我敲打着的手指一下子停了下来。

我掀起桌面,支到合页上,露出下面每个学生放书本、作业本的地方。这里就是一个人藏匿朋友和仰慕的人传过来的纸条或图画的地方。

桌肚里空空的,只有一支削得只剩一截的旧铅笔头。没有什么仰慕者的信息,没有背着老师传来传去的秘密字条。我的肩膀泄气地垂了下来,就像刚刚考砸了一场大考。

然后莱蒂就看到了。"瞧。"她指着桌板的背面。就在那里,有人用潦草的字体写着这样的字:

> 我坐在这里，眼皮打架，
> 老师还在不停地废话。
> ——卢浮·海普森

"卢浮舅舅？"莱蒂说着，既震惊，又骄傲。

"妈呀，这不是真的吧！"露丝安喘着气，我们就像发现了古埃及象形文字一样目瞪口呆，"他比我们的妈妈还要早几年高中毕业，这个至少有二十年了！"

"真不敢相信还在这里，"我说，"这是铅笔写的，很容易老早就擦掉了。"

"哪个学生会擦掉这么好的诗啊？"莱蒂笑道，"坐到这张桌子前都是一种幸运。"

"看看还有没有别的东西。"我说着，掀开了旁边一块桌板，"这里有一段，没署名。"

> 我的思绪在飘荡，我的注意力在放牵——
> 外面的世界像天堂。
> 直到爱普生先生点了我的名字，说，
> 从第一题到第X题，全部都做完。

露丝安也找到了一段，念了出来：

> 听到一声巨响，这是什么情况？

Moon Over Manifest 239

> 这是威尔玛·T.小姐的化学课上。
> ——弗兰基·圣东尼

忽然，从后排角落里的座位上传来莱蒂的尖叫："这里！齐布尔斯基的《响尾蛇之歌》！"

我和露丝安跳过几把椅子奔了过去。我们期待地望着莱蒂，她却说："露丝安，还是你来念吧。毕竟，这是你的主意。"

"好的。"露丝安咧嘴而笑，扬起一道眉毛，"不过要是吓人的话可别怪我。《响尾蛇之歌》。"她念了起来，声音令人毛骨悚然。

> 他游过树林，徘徊在黑夜中，
> 咯咯喳喳，叫醒了死去的灵魂。
> 狗儿闻着叫着，追着他的鬼踪，
> 却只被喂饱了回来。
> 他想干什么？他要去哪里？
> 他是否骨骼寂寞得嘎嘎作响？
> 响尾蛇在盯着，他知道你是谁，
> 也许会扔给你一块骨头打赏！

露丝安念得如此绘声绘色，我们兴奋并害怕着——直到听到过道里传来一阵喀喇喀喇的声响。我们立刻决定选一个人从门上的窗子那里往外看看。大家互相谦让,指来指去几秒钟后,莱蒂和露丝安都指向了我,我只好去了。

莱蒂二话不说就弯下腰,撑在地上。我站到她的背上,看见门外有一个人穿着汗津津的衣服,嘴里叼着一根雪茄。他把一根大拖把泡到一桶水里,开始漫不经心地拖起地来。

莱蒂被我压得抖了一抖。"看到什么了?"她嘟囔着。

"门房。"

"门房?"露丝安一巴掌拍在脑门上,"噢,老天,就是福斯特先生。"

"他在拖过道的地。旁边还放着一只锡罐,估计是还要打蜡吧。"

"那个人一年都懒得抬一下手指头,现在居然来打蜡?"

莱蒂又抖了一下,我一头撞在了门上。这声音惊动了福斯特先生,他的烟头掉进了肥皂水里。他嘴里骂着一串连水手听到都会脸红的脏话,咚咚咚咚地沿着过道飞快地跑去,很快就消失不见了。

"他走了!"我说着,从莱蒂的背上跳下来,"我猜他就是去再拿一根烟而已。我们要是抓紧时间,还能从原路返回。"

我们三个飞奔出教室,到了那扇开着的储藏室窗户前。露丝安和我先托了莱蒂一把,然后我十指交握让露丝安蹬上。她看着我:"等等,他把那个桶拿走了,你托我上去了,谁来帮你出去?"

Moon Over Manifest **241**

我承认自己事先没想到这一点。"我去找扇开着的门。"

"可是——"

"快点,要不他就回来了,到时候我就走不掉了。我没事的。"我让她放宽心。

"好吧,我们在学校操场后面的巷子里碰头。"

她扭动着身子钻出窗户,不见了。

我冒险朝过道看了一眼,他还没来。可我刚冒险出门,就听到他骂骂咧咧的声音了。现在从这个储藏室出去,我只有返回高三教室一条路可走。我一头钻进教室,紧贴在黑板上,心脏怦怦直跳,汗也顺着脖子流了下来。

夕阳这时已经在教室里拖下了长长的影子。我的呼吸声显得如此之大,我确定隔着教室墙壁,福斯特先生都能听见。这就跟我要从火车上跳下来时的感觉一样,只是此刻这节列车不会减速了。

我能听到门房有一下没一下地擦洗着木头地板的声音,看起来我得在这儿困一阵子了。我慢慢地沿着墙朝旁边挪去,手拂过了那本翻开的字典,它正好翻在 H 这个条目。

这是我来曼尼菲斯特后看到的唯一一本字典,我想起雷登普塔嬷嬷的吩咐来了。"曼尼菲斯特,"她说,"去查查字典。"我翻动起书页,扫过那些 H 打头的单词,比如蹒跚、爱好、平头鞋钉……平头鞋钉是什么东西?我想着,直接翻到了 M 打头的单词:女士,占星家,喜鹊,美甲……曼尼菲斯特。

我仔细听了一下，确定过道里还有擦地的声音，福斯特先生还在忙活着。

曼尼菲斯特——名词，船上的乘客名单。

这挺有意思的，住在曼尼菲斯特的很多人，在许多年前就是乘船来到这个国家的。于是他们的名字应该就曾在一张船上的乘客名单上。不过雷登普塔嬷嬷还说了，这个单词除了是个名词外，还是个动词。

曼尼菲斯特——动词，显露，表明。

我承认我完全找不着北了。她说叫我从字典上的这个定义开始写我的故事，可这叫我从何写起？我有什么要表明的？屋子里又热又闷，我抬起一只脚，蹭蹭大腿，不小心碰掉了书架底层的一本书，那书砰的一声跌落在地板上。

我悄悄地把它捡了起来，四周只能听到我自己的呼吸声。是的，过道里没有拖地的声响了。我迅速地溜回门那里，只闻到一股烟头发霉的味儿。但就在这时，门外有人慢慢地拧开了门把手。我动弹不得，也无处可藏了。这是个空空荡荡的暑假中的教室啊。我把书紧紧贴在胸前，准备好束手就擒。这时过道那边突然传来了乒乒乓乓的声音，就好像艾尔·卡彭①端着冲锋枪来到了曼尼菲斯特。

福斯特先生又精神抖擞地展开了新一轮的咒骂,叫喊着朝门厅冲去。我抓住机会,朝门厅另外一个方向冲过去,冲出一扇边门,这门刚巧被一罐钉子支着,是开着的。

我冲进小巷子,不知道自己更怕哪个,是福斯特先生还是火拼中的帮派,结果一头撞上了莱蒂和露丝安。

"快点!这里!"露丝安把我推到一个玫瑰花棚架子的后面,架子上也没花,遮掩不了多少。

露丝安和莱蒂咯咯笑着。

"有什么好笑的?我差点就被福斯特先生抓住了!还有,不知道哪里来的枪声,我差点就死在里面了。"

她们俩笑得更厉害了。

"那不是枪声。"

"是爆竹!"

"我们把你给炸出来了。"

"独立日快乐!"

原来是莱蒂的爆竹。我松了口气,又为自己的大惊小怪觉得有点尴尬,便不自然地笑了笑。

"慢着!"我说着,意识到那本书还在我手上,"我得把它还回去。"

可她俩拉着我朝报社走去,去喝哈蒂·梅的柠檬汽水。

---

① 艾尔·卡彭(1899~1947年):美国著名的黑帮老大。——译者注

"现在还怎么回去呀？"莱蒂说，"我哥哥泰迪下个学期开学就升高三了，他可以在开学第一天放回去，没人知道的。"

"你确定？"我迟疑着。

"当然确定啦。你先找个地方好好地收着，到时候让泰迪放回去就行了。"

放回去。开学第一天。那时候我在哪里？我的位置在哪里？

那时候吉登在哪里？我有这么多问题还没找到答案。我想起字典里的定义：

  曼尼菲斯特——动词，显露，表明。

就我看来，这个名字真不适合这个镇。

抽签

1936 年 7 月 11 日

我和露丝安还有莱蒂的搜寻响尾蛇行动,一定不像我们自己以为的那样秘密。有一天,我走过主街,手里上下抛着一个桑橙,边抛边计数,希望抛上两百次也不掉落。就在我抛到第一百五十八下的时候,那个理发师库珀先生走出了店门,挡在我面前。

他拍拍理发袍子,抖落上面的碎发,说道:"嘿,丫头。"

我四处看了看,确定他是在跟我说话。

"你就是那几个找间谍的小姑娘中的一个吧?"他问道,并没有直视我。

我不知道要如何回答。"呃。"我耸了耸肩膀。我得说,这不是我能想到的最好的回应,不过总算没冷场。

"瞧,那个,我父亲是从德国来的,赫尔曼·科弗。我们在德国时住在轻松街二二四号。你能想象吗？战争时期一个德国人住在一条名叫轻松的街上。战争开始的时候，我十五岁，我可以告诉你，那儿的生活可一点都不轻松。"库珀先生掏出剃刀，在围裙上擦着。

我不知道他为什么要跟我说这些，可他还在继续说着。"他在煤矿上干活，还在理发店四重唱组合里唱男中音。他死了之后，母亲给我们改了姓，她觉得这样生活会轻松点。"阳光反射在他的剃刀上，刺得他眼里充盈着水光，"不知怎的，我总觉得我们背叛了老人家。"他折起剃刀收回口袋里，"要是这里真有什么间谍，祝你好运能找到，但不会是我老爸。明白吗？"

我点点头。看到他和他的剃刀回到店里，我松了口气。我的视线凝聚在他店内的橱窗里，那一组穿工装裤戴矿工帽的人的老照片上，很容易就找到了留八字胡的赫尔曼·科弗。我想着想着，不知不觉又抛起了桑橙，一，二，三……我心不在焉地数着。

过了几天，同样的事情又发生了。这回是年长一点的达金斯太太。她在美容院烫头发的时候看到我走过窗外，就敲敲窗玻璃，示意我进去。她把我紧拉到身边，那烫永久波浪卷的刺鼻药水的味道，直冲进我鼻子里。

"我知道你们几个小姑娘在找什么。"她压低嗓门说，又回头去看了一眼美容师贝蒂·娄，后者正在屋子对面冲洗几条布条,"当心,不知道会查出什么来噢。"她头上的发卷卷得紧紧的,绷得她的脸都奇怪地变了形。我想逃开,可她紧紧地盯着我。"那时候是非常时期。"她压低声音说,抬起了眉毛。

见贝蒂·娄朝这边走过来,达金斯太太放开了我。"喏,去吧,"她轻声道,"记住我说过的话。"

我一句话也没跟她说,她却说得好像已透露了一个什么埋藏久远的秘密似的。如果我对曼尼菲斯特这个镇有什么了解的话,那就是,这个镇的第二个名字是"秘密"。而如果谁有什么秘密的话,我就是最好的倾诉对象。反正有一件事是肯定的——那时候是非常时期。

星期天晚上的教堂敬拜活动中,来谢迪家的那群人——要是八个人能称之为一群的话——纷纷就座了。哈蒂·梅是老常客,还有威尔玛·T.哈克拉德也是。真有意思,有些人长得就跟我从萨蒂小姐的故事里想象出来的一模一样,有些人则不然。威尔玛·T.就和我想的一样,高高瘦瘦的,样子挺朴素,不过她比我认识的任何一个女人都要聪明。

还有达金斯太太,她的头发做好了之后还挺漂亮的,不像全部卷上去的时候那么吓人了。然后就是伊万·德沃尔、库珀先生、开餐馆的考斯基先生、谢迪和我。当然了,萨蒂小姐的故事里我还有好多人都没见着,不知道他们是躲起来了还是搬走了。

这个星期天晚上我们有一位意外的客人，那就是老是在门廊上坐着的那个"石像女人"——伊万斯太太。我想谢迪应该不知道她要来，没听他提起过，可他表现得毫不惊讶。他表示了欢迎，并安排她在哈蒂·梅旁边坐下。我一定表现得很惊慌失措，因为谢迪连叫了我三遍让我坐下来。我这才拉过了一把椅子。

最终，敬拜活动从谢迪读圣经开始，读的是一个关于两个男人在路上走的故事。忽然，耶稣就和他们走在了一起，而他们并没有认出他来。聊了一会儿，他们"分了面包"——就是所谓的吃东西的意思——然后不知怎的，和他一起吃着吃着，他们就认出了他。

这个故事不错，我也不介意听谢迪说点什么与宗教相关的事儿。毕竟，他是牧师，虽然只是暂时的。可在这个我称之为第一教堂兼酒吧的地方，很少能听到布道。因为谢迪觉得大家早上在各自的教堂里，应该都已经听了不少说教了。

我还是觉得谢迪更像是互相之间唤作朋友的那种教徒。我和吉登曾经参加过一次聚会，因为聚会之后提供烤牛肉和小土豆。那些人聚集到一起，像牧师说的那样默默地、期望地等待着，那感觉真不错。当然了，最后还是要开口说话，分享自己的感触。

自然，曼尼菲斯特的这些人其实不是朋友，他们更像是熟人，而且在做分享之前也没有那段静默的部分。我想有些

Moon Over Manifest **249**

人也是为了敬拜之后的食物而来的吧,就像我和吉登一样。如果是这样,他们大概会很高兴没有浪费太多的话语在这些食物上:有时候是豆子,有时候是苏打饼干,有时候是沙丁鱼罐头。

然而这个周日的晚上似乎有一种异样的气氛,好像大家都有什么无法说出口的话堵在那里。

在一阵尴尬的集体失声之后,哈蒂·梅打破了沉默,说道:"哎,是时候弄点吃的了吧。"

我正准备把那点少得可怜的食物分发下去,这时,我的妈呀,哈蒂·梅揭开了一大份天使蛋糕,足足有三十厘米那么高。她把它切成大大的块儿,我则给大家倒着咖啡。

大家咬了一口蛋糕,品尝着它的香甜松软,屋子里又陷入了一种新的静默。有那么一会儿,大家似乎都沉浸在各自对蛋糕的享受中。然后我大嘴巴了一回。"哈蒂·梅,"我说,"这天使蛋糕太好吃了,能在烘焙竞赛上得个头奖回来。"如果我就此打住,一切还算好,可我又说了下去,"我去过一个农展会,他们搞了一个烘焙竞赛,给第一名发蓝绶带。曼尼菲斯特有过这种展会吗?"

每个人都停下了吃东西的动作,瞪着我。我放下叉子,费力地咽下刚才咬下的一大口,说:"我是说,不是每个镇都有这种集市吗?"又是一阵停顿,只有叉子放在盘子里的声音和四处交接的目光。

"是的，宝贝，"哈蒂·梅救我来了，"我们以前有这种集市，很久以前了。"

跟着又是一阵难忍的沉默，就像是大雨来临之前那种溽热的空气。

"我记得，曾经是有烘焙竞赛。"考斯基先生说，"第一名是圣东尼大妈。她是我的邻居，总是带点面包酥皮什么的回来给我尝尝，她说需要一个男人的意见。"他回忆着，微笑起来，"说实话，我每次都很乐意做这件事，她是全镇最好的面点师。"

达金斯太太举起戴着手套的手。"噢，这个，恕我不能同意。我亲爱的朋友，德沃尔夫人——愿她安息，"她说着朝伊万·德沃尔点头致意，"她做的法式曲奇最好吃了。对了，伊万，那个叫什么名字来着，你妈妈做的那种黄油小饼？"

"格雷派饼。"伊万略带骄傲地答道。

"是了，"达金斯太太说，"就是那种好吃得不得了的华夫饼。喝上一口热茶，它几乎就会在嘴里融化。你还记得那时候我们喝的那些好茶吗？"

于是就这样说了开去。

一个故事接着一个故事，回忆连着回忆。那些记忆好像一直被存放在一个已被包扎好、已被忽略的痛创上。

我聚精会神地听着，关注着一切细小的动静。达金斯太太折起她的花边手帕放在膝头，而理发师库珀先生，当哈

Moon Over Manifest 251

蒂·梅说起他父亲科弗先生摸小胡子的姿势的时候,他也做了一模一样的动作。

这很有意思,我将这些与从萨蒂小姐的故事里听来的片段拼凑起来,思量着什么已经改变了,而什么还跟从前一样。然而不知为什么,这些故事让我觉得难过,还有一点愤恨。我愤恨的是,这个镇的每个人都有故事可讲,每个人都拥有关于这个镇的故事的一角,可是没有人提到我的爸爸。即便吉登在这里待着的时候,也像从没待过一样。我甚至看不到他曾在曼尼菲斯特落脚的痕迹,更不要说给人留下什么印象了。

我知道这儿有满屋子的人可以让我问关于吉登的事情。可我已经问过谢迪和哈蒂·梅了,当然还有萨蒂小姐。什么也没问出来,我怎么也没办法从他们那里探出一点口风来。

让我烦恼的还有,我没有什么故事好讲。"讲故事又不难,"莱蒂这么说过,"就是开头,中间和结尾。"

可问题就在于,我全是中间,我总是夹在上一个故事和下一个故事之间。我要怎么编出一个故事,或者是一段关于某人的追忆往事,比如"记得那个时候……",来交给雷登普塔嬷嬷?不过,反正开学的时候我也不在这里了,我提醒自己。

沉浸在自己痛苦的小念头中有这么一会儿,我忽然意识到整个屋子陷入了安静中——等着下一位朋友发言。所有人都看着伊万斯太太,而她在看着我。在她的注视下,我感觉自己变成了冰冷的石像。

"你知不知道？"她静静地说着，声音很沉稳，哈蒂·梅握住她的手像大姐姐一样轻轻拍着，"我的女儿玛格丽特是1918年曼尼菲斯特高中毕业班的学生会主席？"

我都不知道伊万斯太太有个女儿，我一直只把她当成门廊上的一尊雕像。目前为止，我这是第一次听到她说话，并且她的声音也出乎我的意料。我以为会是那种尖尖的刺耳的声音，可实际却是天鹅绒般的温柔安静。她的话语里也含着甜蜜和珍惜。

"她和丹尼斯·莫纳汉竞争得很激烈，最后他们两个抽签，我们家玛格丽特赢了。"

不知道她的女儿现在怎么样了。不过她说话的语气和其他人听着的样子，让我觉得最好还是别问了。

伊万斯太太看着我，等着，期望我说点什么来回应。

我发觉自己不再愤恨了。"真好。"我发自内心地说。

萨蒂小姐的屋子

1936 年 7 月 15 日

敬拜结束之后,大家互相称谢道别了。谢迪一屁股坐在一条长椅上,这个晚上似乎耗费了他不少元气。

我把手搭在他肩膀上。"谢迪,今晚的活动进行得不错。"

"是啊。"他表示赞同,没有多说话。

"好像这镇上人人都有一个故事可讲。"

谢迪点点头。"你说得没错。一个好故事很有力量,它会来到一个人的身边,像一床温暖的毯子包裹住他。"

我想了一下,他说得对。我真希望我的爸爸也能用这样一床温暖的毯子包裹住我,而不是把我丢在这冰冷中。

我不打算问谢迪关于伊万斯太太女儿的事情,反正不是今晚。不过我知道在哪儿能让我的好奇心消停下来。天还没黑,我还有时间跑过那片树林,去萨蒂小姐家旁边的那片墓地。

我从这一头开始,沿着墓碑一排一排看下来,仔细地读着上面的名字,期待看见、又希望不要发现玛格丽特·伊万斯这个名字。一会儿,我看到了一块刻着大大的印刷体字母的沉重的花岗石墓碑。

约翰·伊万斯,挚爱的丈夫和父亲,1868—1926

我知道这是伊万斯太太的先生,她的名字就在旁边一块墓碑上,后面连着她的生辰,卒年空着。可是没有玛格丽特。

我松了口气,可问题仍然没有解决。为什么伊万斯太太说起她女儿时是那副口气,为什么哈蒂·梅那样握住她的手?但我总算可以为发现玛格丽特·伊万斯没有埋在曼尼菲斯特而感到释怀了。也许她嫁人了,和她的孩子们住在乔普林或者堪萨斯城。也许伊万斯太太只是想她了。希望如此。

天黑了,我回头往谢迪家走去。萨蒂小姐的风铃在热风中乱响。不知怎的,我摸摸自己膝盖上的伤疤,想起了萨蒂小姐那溃烂痛楚的腿。于是我朝那扇铁焊大门走去,盯着地狱之路,我动弹不得。既不能走进去看看萨蒂小姐,也无法转身走开。我被想要去安抚她的欲望,和同样强烈的想要忽略她的念头定在了那里。

这时,门廊的阴影处传来了她的声音,从那深暗处召唤着我。

"我们玩了一场危险的游戏。"

我打开大门问:"什么?你是说那个假装生病让全镇隔离的事?"

"不,是后来我们做的那些。"

我在台阶最上面坐下,背靠着门廊上的围栏。"还有什么比全镇假装被隔离和全民支持私酿酒更危险的事情?"

"希望……"

推销

1918 年 9 月 1 日

隔离还没开始的时候，关于神奇的万灵药水的传言就已经散播出曼尼菲斯特了。拉金太太不是唯一一个被这种药水治好了发热和咳嗽的人，虽然说别的那些症状好转了的，都是和谢迪在城外废矿坑里碰头商量买私酒的事的人。也就是这些人喜欢喝酒退热驱寒。通常他们最大的问题是醒来了头痛得要命，可他们一个接一个地从半夜发冷汗和不断发烧中振作了起来，好像经历了一场暴风雨。

如果只是在男人中流传，这神奇的万灵药水恐怕还没这么惹人注意，也许就只是被当成一种烈性酒而已。而且之前威尔玛·T. 的药水，主要是靠报纸广告和人们口口相传，人们也不会明白。有些做妻子和做母亲的倒是在枕头下或床底下发现了藏着的棕色瓶子。这些照料着病中的男人的妇女们不禁感到奇怪，为什么外面的人还没摆脱病魔，这些男人却忽然就好转了起来。

这些女人闻闻瓶子，知道这水里有什么别的起作用的成分：薄荷脑，蓖麻油，桉树精油什么的。她们把这药水拿去给生病的孩子喝，给父母喝，自己发热咳嗽加重的时候，也喝上两口。咳嗽、发热和寒战就这样被赶跑了。神奇的药水有效，可瓶子空了。随着更多的亲人染病，再加上传言说一股更可怕的流感正从芝加哥、印第安纳波利斯、得梅因那边向西而来，这些主妇们便下定决心要保护她们的家人了。

路线简单明了。沿着铁路线向曼尼菲斯特西边，铁轨向南转弯的时候，他们便朝北转入树林。就在朴树和针橡木之间，没完没了的野草和灌木中，藏着那个废矿坑的入口。

9月初，谢迪和金克斯第一次在黑夜中穿越了隔离线，万灵药水的瓶子就放在他们推着的独轮车上的干草堆里。在那个地下藏身点里，他们等待着那些病弱顾客的光临。的确有人来了。疲惫的倦容，男的，女的，孩子，带着篮子和钱。他们怀着默默的感激拿走那棕色的瓶子，留下他们手中的所有：有时候是纸币，有时候是硬币，还有一两个人只带来了几个可供再次使用的瓶子。

有一个瘦瘦的苍白的女人，递给金克斯一个捆起来的红手帕包。他摸到里面是沙沙作响的颗粒。"是芥菜籽。"她龇着牙缝说道，"热敷很好，能清肺。"

金克斯点点头,递给她一瓶药水。他还记得小的时候,妈妈给他敷芥菜籽时那刺鼻的味道,那记忆深深地烙在他的胸中。曼尼菲斯特有些人已经累倒了,出现了轻微的感冒症状,大家没日没夜地工作着,也许热敷一下对他们来说有好处。

"谢谢。"金克斯说着抬起头,但那女人已经像幽灵一般不见了。

夜越来越深,人越来越多。金克斯稍微停下来就要打盹,他已经有好几天没怎么睡觉了。也许这就是为什么他觉得刚才自己递出一瓶药水的时候,好像看到了一张熟悉的面孔。那是一个男人,面容冷峻,挂着一个并不友善的微笑。然后那个人就不见了。是谁呢?是费恩吗?这一切都太快了,金克斯还没反应过来,那瓶子就不见了。

金克斯靠倒在矿坑坚实的土墙上,等着心跳平静下来。他回想着上一次见到这张面孔时的情形,回想着这面孔是如何从朱尼尔·哈斯克尔毫无生气的身体上抬头望向他,说道:"是你做的。"

"你还好吧?"谢迪问。

"没事。刚才我以为看到了一个熟人。"金克斯摇摇头,思绪像旋风卷起的沙柱一样打着旋涡,交错的记忆片段一个追着一个打转。

"一个你情愿忘记的人?"

金克斯点点头。

谢迪走到坑洞口，挡在金克斯和那不知何时又徘徊在黑暗中的某人或者某物之间。

最后一个人走过已经有一会儿了，鸟儿开始了黎明前的啁啾。谢迪和金克斯默不作声地把空瓶子和其他各种用来抵钱的物品，藏在独轮车的干草堆里，朝镇里走去，两个人都已经累得不行了，并且紧张不已。他们默默地走了一段，然后听到了一阵嘎吱嘎吱声。

"出来晨练啊，先生们？"是迪恩警长。他靠在一段旧尖桩篱笆上，随手削着一小截木头。警长从来没有违反隔离令进过镇子，可他显然会偶尔从家里跑出来转转。

"不，警长先生。"谢迪脱下帽子，紧张地拍拍大腿，"出来透透气是不错，可我们这是，呃……你瞧，我们……"

"我们这是在做慈善呢。"金克斯答道。

"做慈善，嗯？"迪恩警长保持着一段自认为安全的距离，盯着独轮车，"做慈善可不包括弄点酒发一发，啊？"

"没错，先生。"金克斯伸手从独轮车上抽出那个老妇人给他的红手帕包，"是芥菜籽。"他摇摇里面沙沙作响的颗粒，"威尔玛·T.弄了些热敷的袋子帮大家清肺，她叫我们帮忙找点植物种子给她。不信你自己检查。"金克斯递过手帕包，"有些芥菜籽敷袋已经帮助一些人出汗，治好发烧和寒战了呢。"

迪恩警长靠回木桩上，显然一点都不想冒险去碰那个沾了汗渍的芥菜籽敷袋。他抱起双手，搭在肚子上，眯缝眼睛看着金克斯说："知道不？据说有个人在这附近的林子里，就在离我家不远的河边落脚，长相很符合乔普林那边要找的那两个逃犯之一。我远远地看到过他一次，可他溜得很快。唯一的问题就是，逃犯应该是两个人，可现在就他一个。"

金克斯和谢迪没有接话。

"这让我疑心起来，他为什么要跑到曼尼菲斯特来？也许，他是在找他的好搭档。"

"也许吧。"金克斯说。

"要是看到附近有什么陌生人，跟我说一声。"迪恩警长往旁边让了一步，从另一个视角打量着金克斯，"怎么说呢？你自己也算是个陌生人吧？"

金克斯一动不动。

"事实上，"迪恩警长接着说道，用他锋利的小刀削下一层树皮来，"我记得我说过，乔普林那边的警长是我的大舅子，他可没那么聪明，要是他让什么人跑掉了，是他自己的错。"他停止了削树皮，用拇指试着刀刃，然后直直地看着金克斯，"可这里是我的地盘，我说了算。我会盯着你的。"他停了一下，让大家明白他的意思，"你在这镇里越混越熟了，没必要让这流感传到外面去。"

"遵命。"金克斯和谢迪答道。他们等着警长离开，可他

Moon Over Manifest **261**

又靠回篱笆上，继续削起了那木头。金克斯和谢迪只好冲他点了点头，又朝镇里走去。警长紧紧盯着他们，简直是一刻也不放松。

谢迪家点着一支蜡烛，屋里的气氛就和黯淡的烛光一样低沉。一小群人挤在桌子边，等着有人开口。

"现在怎么办？"多纳尔·麦克格里格问道，"迪恩警长盯着我们进进出出的，就没办法再这么神不知鬼不觉地出入镇子了。"

"而且莱斯特·伯顿一天要打两个电话回来，"伊万·德沃尔说，"看看大家是不是好得差不多，可以回去干活了。看到大家光生病不干活，又没看到人死了埋了，他是不会满意的。就这样，他还要扣掉以前的工资来抵。"

金克斯觉得伯顿打电话回来这事很诡异，他想打探些什么呢？这电话又是打给谁的？最重要的是，谁会跟他通话？在这场假流感之前，并没有任何会议之外的人得知底细。大家只是寄希望于镇民们对闷在煤矿里干活已经烦透了，能够顺着这安排行事而已。

"那个男孩呢？"赫尔曼·科弗先生带着一点责备的口气问道，"他还有什么把戏么？"

一瞬间，所有的人都看向金克斯，而他正静静地坐在吧台后面的凳子上。他们的脸庞让金克斯想起迪恩警长的警告，他已被当成了一个陌生人，那种归属感正在渐渐退去。

谢迪又一次掩护了金克斯，这一次是从那些等待下一个奇迹出现的人的众目之下。"我们先继续生产药水，直到想到办法卖出去再说。"他说。

灰蒙蒙的地板上响起一阵不安的椅子拖动的声音，这次是多纳尔·麦克格里格出手了。

"喂，走吧。我看大家总有比整天坐在这里无是生非、大惊小怪更有意义的事要做。行动起来吧。"他像一只母鸡围拢着自己的小鸡那样推着啄着，把他们哄出了门外。

最后，只剩下多纳尔，像个哨兵似的站在门口。

不过金克斯静静地从凳子上滑下来走了出去，任由身后的门板晃动着带上。

过了几天，隔离区传出第一个死亡病例的时候，镇里已经被阴郁的气氛笼罩了。昂德希尔先生准备了一口松木棺材。当多纳尔说他来忙剩下的事情的时候，昂德希尔先生激怒不已。人将被埋在镇外，多纳尔等人说，这是为了防止气味和细菌扩散。

谢迪、金克斯和多纳尔·麦克格里格扛着铁锹，把棺材运出了城外，每个人的肩头都沉甸甸的。

他们来到了离那个废矿坑不远的一片空地上，就在一棵歪脖子老枫树旁边轮流挖了起来。一米八深，一米二宽。夕阳西下，树影爬过这片空地，多纳尔掀起最后一铲子泥土。他擦擦额头，接过谢迪递来的一壶冷水。这时，树丛后面钻出了莱斯特·伯顿。

"听说有人死了。"

"噢，你也听说了？"多纳尔说，"就是隔离着，消息也传得这么快啊。"

"死的是谁？"伯顿唐突的话语表明他就是人们认识的伯顿。他最关心的就是他有没有损失一名矿工。如果有的话，他家还有没有一个十三四岁的强壮小子能来顶班？

"古朗尼。"多纳尔说。

"古朗尼？我不认识。"

"是呀，愿他的灵魂安息。"多纳尔说，"他话不多，住在我家后面的小屋子里，独来独往的。"他深深地吸了一口气，"我对他也不是很了解，只知道他胃口不错，非常能吃。我们都是单身汉，我得多照应着他点儿。说实话，我做菜手艺不怎么样，可从没听他抱怨过。"

谢迪站在敞开的墓穴前，脱下帽子。"到时间了，多纳尔。"

"是的，我们放他下去吧。"

"等等，"伯顿说，"让我看看他。"他的声音里透着一股怀疑，好像古朗尼先生还欠他几个小时的工没做完一样。

"你不是来真的吧？"多纳尔说，"好几天了，不是那么……新鲜了，你明白我的意思吧？"

"我说了让我看看。"

"好吧。"多纳尔朝金克斯点点头,金克斯马上撬开棺材盖板。

匣子里立刻传出一股恶臭,伯顿赶紧捂住鼻子,差点反胃。金克斯放下半开的盖板。

"是噢,"多纳尔说,"有几个人能受得了这种味道呀。我还记得麦克特维格先生年轻时在洛欣弗那边,有一天从酒吧回家,他从巴利诺克林那边抄近路回去,结果被一头野猪拦住了。野猪用獠牙顶了他的腿,差点就将他的腿撕了下来。麦克特维格及时掏出刀子,割断了野猪的喉咙。他在那里躺了三天,那渐渐腐烂的野猪和他自己仍然挑在猪獠牙上的伤口一起发着恶臭。"

多纳尔·麦克格里格慢慢地吸了一口烟,徐徐吐出烟雾,仿佛也在吐出这故事本身。"等到当地的几个小伙子路过他那里的时候,麦克特维格正躺在这一堆化脓发臭的动物尸体旁,费力地挣扎着,已经快要崩溃了。最后伤口感染让他失去了一条腿,可真正把他折磨疯的,是那股死亡的恶臭。"

"不过,"他的语气忽然欢快起来,"你要是想看,就来看看吧。"他把棺材盖板拽了一下,又一股臭味飘荡了出来,"他还没烂透呢。"

伯顿捂住嘴巴,又反胃起来。"快点快点,埋掉他吧。"他掏出一块破破烂烂的大花手帕掩住鼻子,跑开了。

等他走远了,谢迪和金克斯才跳离开那个挖开的墓穴,大口吸着空气。"哎哟喂,多纳尔,你干吗又打开一次?"谢迪嘶哑着说道,"我刚刚才把那阵恶心压下去。"

"嗨,这不是把他赶跑了么,嗯?我可不想让他再回来检查一遍。"多纳尔打开那松木匣子,"啊,斯坦利,愿你安息。"他从松木棺材里面拽出一个小一点的金属盒子,"再没有比它更好的猪了。它受了不少罪,是该好好埋了。"

"你是怎么想出来古朗尼这名字的?"金克斯问。

"马特诺普洛斯跟我说希腊语里的猪就是这个单词,古朗尼。"多纳尔说那个朗字的时候,舌头还打了个卷。然后他朝金克斯摇了摇一根手指。"小伙子,你说得对,得防备着伯顿。可你是怎么发现他知道我们会来这里的?"

谢迪和金克斯还在屏着呼吸。"多纳尔,拜托,快点把它弄到树林里埋了吧。"谢迪说,"这股味道在这里,谁也不会靠近我们了。"

多纳尔拎着那一盒子烂猪肉走了,那味道也渐渐地随着他远去。

"看来你是对的。"谢迪说着,像一只泄了气的皮球似的坐在棺材边,"你是怎么说的来着?"

"内鬼。"

"内鬼。"谢迪重复着,摸摸自己的胡子,"这么说,在曼尼菲斯特,在我们中间,有个人一直在给伯顿通风报信。我简直不能相信。"

两人坐在那里，陷入沉思，分析着谁会是这个内鬼。

接着谢迪站起身来说道："呃，我们坐在这里也想不出来。帮我一把，弄弄这个盖子。"

谢迪和金克斯打开棺材，检查了一下里面的几十瓶药水，它们裹在厚厚的稻草里，以免哐啷哐啷撞在一起。

"既然挖了这个坑，不妨就用一用。"谢迪说，"这样这些东西就不会那么引人注目了，要防还有人意外经过这里。"

金克斯爬到坑里，帮着放下了这松木匣子。谢迪也跟着下来了。两个人像战壕里的战士那样盘坐在那里，背抵着坑壁，黑暗中尘土落了下来。

金克斯打破了沉默："你觉得，会有人发现我们在这里吗？"

谢迪坚定地回答："总会发现的。"

又过了一会儿，金克斯再次开口。

"谢迪？"

"嗯。"

"你觉得，人会被诅咒吗？"

"什么意思？"

"被诅咒。比如说一个人，他并不想那样，可总有倒霉的事像影子似的跟着他，甩也甩不掉。"

"呃，我不是很清楚。"谢迪答着，那语气好像自己身后也有一段阴影似的，"这种事情嘛，我想要么跑快点甩掉那影

Moon Over Manifest **267**

子，要么在日光下把它给灭了。"

"把它给灭了，噢？说得倒容易。"

谢迪摇摇头，重重地吐出一口气。"没说那么容易，可也甭听别人说得那么绝望。"

两人静静地坐在那里，直到一个人影从树林那边出现。然后又是一个，又是一个。警长和伯顿在附近的时候，他们知道要躲得远远的，而现在，这些老弱病残又回来了。

谢迪和金克斯就待在那敞开的墓穴里，一瓶一瓶地掏出药水，有序地分发着。这场景不禁叫人害怕——谢迪和金克斯从地下伸出胳膊来，好似死者能够给生者带来某种安慰。

列兵内德·吉伦信函

亲爱的金克斯：

阿克森家还养着那只喜乐蒂牧羊犬吗，就是那只能单枪匹马赶一群奶牛，还能使它们排成一长溜的狗？难怪我们的军士长外号叫喜乐蒂呢。另一个营的人叫他第一警官丹尼尔，在我们营他的绰号就是老喜。

他昨天被迫击炮打中了。我们这些人围坐在一起，像一群惊慌失措的小孩。哎，别看我们平时神气活现的，可他就像我们的父亲，我们就是他的孩子。我们爱他，他叫我们去捅蜂窝我们都会干的。

可这次是他自己捅了蜂窝。我听说阵地上打得很激烈，汉克·特纳腿上中了一枪，滞留在了中间地带。老喜吼着叫别的人留在原地，然后自己跑去救他。他拖着汉克走了三十多米，把他推进了一个散兵坑，自己却被迫击炮打中了。

上次我见到老喜的时候，正要去六十三营跑一趟腿。当然，我没跟他敬礼。在这战火前线，士兵都不跟军官敬礼了，否则德国佬就知道我们这边谁是负责的了。不过我们这些人有自己的暗号来向军士长致意，就是一声轻快的蟋蟀叫。昨天我去跑腿的时候，还跟老喜这样叫了一声。他拿一只松果砸在了我的后脑勺上，不过我们是他的孩子，我们心里清楚这一点，他也清楚。

昨晚我回去了，不知道树林里正在发生什么，仿佛有一群蟋蟀在歌唱，歌声直上云霄。我也加入其中，而后我才意识到，这是我们最后一次向老喜致敬了。那声音真美妙，真美妙。

内德

1918 年 9 月 12 日

又及：嘿，兄弟，能帮我个忙吗？要是可以，我一定就自己做了，可我不在，而且我想一字一句地大声说出来。告诉老爹，我爱他。

最后一口气

1936 年 8 月 7 日

"就快要开学了,我们暑假的找间谍行动还是没什么收获啊。"我们沿着摇摇晃晃的绳梯攀爬进树屋后,莱蒂说道,她手里拿着一罐脱脂饼干做下午茶的点心,"说实话,要不是在树干上发现了那张纸条,我肯定就以为那个响尾蛇早就死了。"莱蒂睁大了眼睛,"对了,我知道了。也许那个响尾蛇早就死了埋了,但还是给我们留了那张纸条——还记得卢浮舅舅说的,树林里那个飘动的鬼影么?"

"老天啊,莱蒂,那字条可是实实在在的,我们都看到、都读过了。"

"我还收在雪茄盒子里呢。"我说。

"那些字还在上面?还是消失了?"莱蒂问。

露丝安翻了个白眼。

我从盒子里拿出那张皱巴巴的纸条,惊奇地瞪大了眼睛。"没了。一片空白!"

"什么?"露丝安从我手里夺过纸条,不相信地盯着那一片空白,然后她把纸片翻了过来,"噢,真好笑,在背面。"

我和莱蒂大笑起来,露丝安却并不觉得好笑。

"别发火呀,露丝安,天都这么热了。"

纸条躺在我们中间的地板上。我们盯着那四个单词,每个单词开头的字母都用了大写:见好就收。它嘲笑着我们,挑衅着我们。

"我们得想个办法出来,"露丝安说,"想个聪明点儿、鬼点儿的,好把写这张纸条的人揪出来。"

"是啊,可要是这个人是个很危险的家伙呢,就像是《人民公敌》里的那个詹姆斯·卡格尼?"莱蒂说,"还记得他把一个葡萄柚砸在麦伊·克拉克的脸上吗?当然啦,在《执法铁汉》那部电影里,他演的布里克·戴维斯就是执法者了。你觉得他会怎么做?"

"他会用冲锋枪,最后整个镇子的人不是死了就是坐牢去了。"露丝安说,"不,他的做法肯定是鬼鬼祟祟的,不会这么吓人。"她转向我,"金克斯会怎么做呢,阿比琳?"

好奇怪,我也正在想这个问题。答案很简单。"他肯定能想出什么妙法子,叫那个响尾蛇自投罗网。你们知道的,设一个局。"

"比如？"莱蒂和露丝安一齐问道。

"呃，我想想。"我感觉自己已经足够了解金克斯，能够像他那样思考问题了。他会怎么办呢？我想着想着便笑了。"这有点像占卜。有什么信物吗？"我学着萨蒂小姐的匈牙利口音说，尽量使声音沙哑厚重。

莱蒂和露丝安疑惑地瞪着我。

"一件传家宝或者什么小东西，属于我们提到的这个人的。"我把"提到"的"提"发音发得很重，像是在说"迪到"。

莱蒂兴奋地跳了起来。"纸条，喏，就用这纸条。"

我接过纸条来，夸张地做了一番抚平树屋地板上的木纹的表演，然后深深地吸了一口气，对着纸条沉思起来。

"怎么了，你看到什么了？"莱蒂问。

"她看见了一个对什么都轻信的女孩。"露丝安翻着白眼说。

"喂，老天，露丝安，我知道她这是在故弄玄虚。不过我也可以配合一下，是不？"莱蒂说。

"安静。"我举起手来，"魂灵正在思考。"

我专注地看着那纸条，把它举起来对着光，好像它能喊出一个答案来给我似的。结果还真有了。

"嗨，"我恢复了平常的语调，"这字体。"

"怎么说？"露丝安问。

"我以前在伊利诺伊州的斯普林菲尔德认识一位丽兹女

士,她能根据人家在电报机上打字的习惯,判断出对方的性格。"我说。

"那你也只要看看这字体,就能认出来谁是响尾蛇了?"莱蒂问。

"不能。不过,就像每个人打电报的风格都不同一样,每个人的字体也不同。瞧见这个没?"我指着纸条,"看这些字母都写得直直地垂下来,拖到纸下面来了。还有你看,每个单词的结尾,最后一个字母都拖得越来越淡,就像是在吐出临死前的最后一口气。"

"嘿,你说得对。"莱蒂钦佩地说道,"那我们挨家挨户去调查谁的字体跟这上面的一样,就能知道这人是谁了。"莱蒂停了一下,"可我们怎么去叫人家写字给我们看呢?"

没等露丝安跳到莱蒂身上,我就做出了回答:"我们没必要让他们写这些句子,可以写一些别的。"我的大脑飞快地转动着,"今天有人见到比利·克莱顿了吗?"

"他在学校操场那边。他骑自行车撞坏了篱笆,雷登普塔嬷嬷叫他去修来着。"露丝安扬起一条眉毛,"怎么了?"

"哈蒂·梅将有一场比赛要举办,只不过,她自己还不知道。"

哈蒂·梅每周轶闻

1936 年 8 月 9 日

致"哈蒂·梅每周轶闻"的忠实读者，今天的内容首先是一则说明，然后是一则通告。

我为上周的混乱而道歉，亨利叔叔整理出一堆旧报纸（确切地说，是从 1918 年开始的报纸），要收在后面的棚子里，我们都知道他是那种一分钱或一张纸都舍不得扔掉的人。

总之呢，弗雷德才把那些报纸搬到后门那里，腰疼就犯了。当然啦，我只好把他弄回家躺着，虽然我自己的膝盖最近也不是很争气。弗雷德一生病就大呼小叫的，可是婚礼誓词中说夫妻要"患难与共"呀，是吧，妇女同胞们？

呃，我想，要求报童比利·克莱顿把自己送的报纸都读一遍，这太苛刻了。他经常撞到灌木丛啦、屋顶啦或者我们家的门廊上，我估计他大概眼神不大好。

至于你们有些人认为我们又回到了和德国佬打仗的时候，伍德罗·威尔逊又要当我们的总统了，以及十四块钱就能买到一台洗衣机。请你们醒醒吧，看看这大萧条的世道。

当然，想到带帽檐的帽子曾是女装帽业界的潮流不禁叫人咋舌。但你们还记得那些男装的样式吗？脖子周围一圈硬硬的赛璐珞领子，还有脚脖子上的鞋罩，还有我们女人以前穿的那种带花边的靴子……上帝啊，可真别提了。

还记得曼尼菲斯特那时候挤满了二十个不同国家、种族的人吗？走过主街，闻到的是圣东尼大妈热热的面包香味，而不是这股风和尘土？那时还听着留声机里传来卡卢索唱的《蓝眼睛》？还有我们都去买自由公债，支持我们在"那儿"的勇敢士兵？

这就要提到下面的一则通告了。由于弗雷德受伤以及他母亲要从斯普林菲尔德过来帮忙，我要从"哈蒂·梅每周轶闻"的岗位上休几天假了。

不过呢，我们有些年轻的读者想要知道我们亲爱的小镇更多的历史，因此在他们的提议下，我们将举办一次"曼尼菲斯特先驱报忆往昔"比赛。请尽最大的努力，手写下自1918年以来你最珍惜的一段回忆，在8月23日星期五之前寄给曼尼菲斯特先驱报报社。参与者越多越好，而胜出者将获得5美元现金。我原本跟亨利叔叔要求10块钱来着，不过……参见上文。

祝大家好运，并同以往一样，欲知所有人物、事件、时间、地点及缘由，以及所有你在这份一毛五的报纸上其他地方找不到的信息，敬请参阅"哈蒂·梅每周轶闻"。

本镇记者　哈蒂·梅·麦基

萨蒂小姐的屋子

1936 年 8 月 11 日

镇里因为发错报纸的混乱事件而议论纷纷。比利·克莱顿还挺喜欢这恶作剧的,很乐意把那些还没送去地下室的旧报纸分送出去。

他说,反正现如今的报纸也没什么可读的,人人都知道眼下没什么新闻了,就算有也没几件好事。那么,现在,我们就等着有谁来参加这次比赛了。

哈蒂·梅对这个主意很是兴奋。话说回来,我们的确对曼尼菲斯特的历史很感兴趣,只是我们连哈蒂·梅都没有告诉,我们更感兴趣的是谁的字体会符合那张写着"见好就收"的纸条。

我站在萨蒂小姐家逼仄的厨房里的水池边,用一块破布包着一堆稀奇古怪的茶叶。我在布的收口处打了个结,做成一个茶包扔进茶壶，然后把茶壶放到炉子上。等着水烧开的工夫里，我朝窗外凝神望去，看着云朵高高地翻滚在萨蒂小姐花园里那一排排齐整的地垄上空，我渐渐感觉这花园也像是属于我的了。那各种各样的种子——胡萝卜、豌豆、西葫芦、南瓜和洋葱——就埋在地里。我亲手抚摸过每一粒，并把它们一排一排地种下。我移动、翻整过每一小块泥土，期望它们能够在这里生根。

那些种子，我的种子，也许它们也在思虑，像我一样，想着今天会不会下雨。

我看着花园里漆黑一片的园丁棚屋，它还是锁着的。茶壶里用来沏茶的水热了起来，我意识到自己在盘算，萨蒂小姐今天会不会把她自己肚子里正煮着的那壶茶斟出来。

这时我意识到她就在我身后。最近我们之间的寒暄越来越少了，好像她没什么话要说了，除了讲故事。我拉出一张凳子给她，她坐了下来，一只胳膊支在柜子上。

我有好多好多话想问她。我想给故事要一个结局。我想要知道关于那把万能钥匙的事，那个雪茄盒里剩下的最后一件纪念品。我想要知道吉登在这个故事的哪个部分，为什么她的故事里从来没有提到过他。可根据以往的经验，我知道萨蒂小姐都是自己想什么时候讲就什么时候讲，想怎么讲就怎么讲的。恐怕她心中还有一些故事碎片的余光，不愿拿出来与我分享。

Moon Over Manifest 277

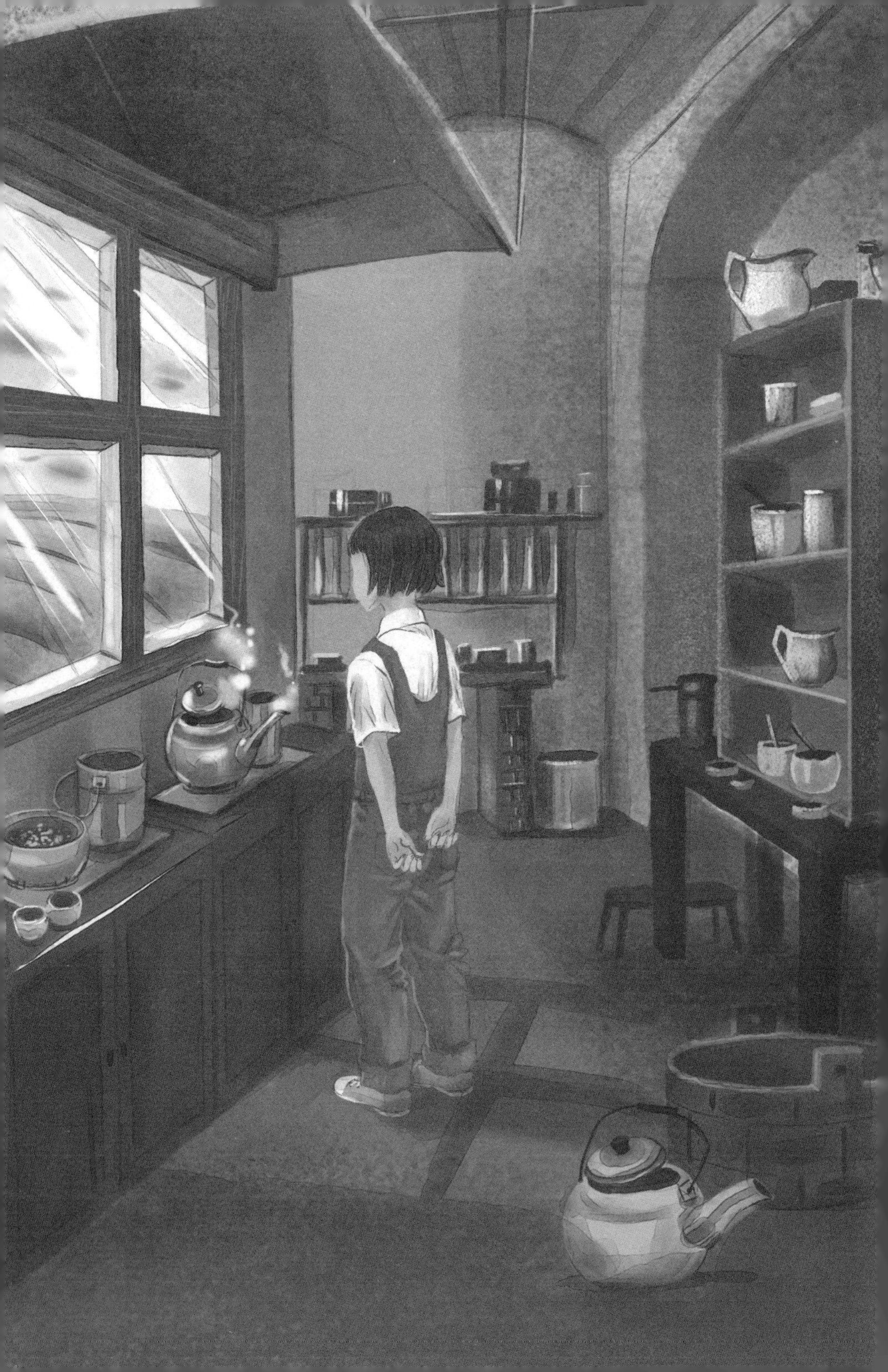

在萨蒂小姐寂静的厨房中,我想到吉登。不知道他有怎样的故事,为何要这般讳莫如深,让我可望而不可即。为什么我腿上割破了一块,会让他如此大惊小怪?是的,我是大病了一场,可我不是好了吗?我还记得他看我的眼神。那时我刚满十二岁,他说我已经长成一个小淑女了。"小淑女"可不是生活在铁路上,成天流浪打游击过日子的人用的词。可难道不是我们在一起才最重要吗?我不知道吉登现在在哪里,什么时候会回来,如果他还会回来的话。

萨蒂小姐端详着我,似乎想要看出我的思绪。我尽量压抑着。她有她的秘密,我也有我的。

忽然,茶壶的哨子响了。有那么一瞬间,我觉得这是火车的汽笛声正在远处响起。

萨蒂小姐开始用沙哑的声音说话:

"圣菲铁路线上的火车哐当哐当地开进了镇里——提前了三天……"

结算日

1918 年 9 月 28 日

人们小心地从家里出来,朝火车站走去。当看到亚瑟·德夫林携同莱斯特·伯顿和郡医检官鱼贯踏出第一节车厢的时候,他们知道隔离结束了。可这到底是怎么回事呢?

德夫林在空中挥了一圈胳膊。"瞧,哈斯克尔医生,大家全都健康着呢,你看呢?"

哈斯克尔医生推推鼻梁上的眼镜,眯起眼睛看着眼前的人群。谢迪,哈德利,圣东尼大妈,拉金太太,还有其他人。"呃,要正式结束隔离,我还要给他们做检查,并且——"

"一旦你宣布我的工人们身心健康,我希望他们能在一个小时之内回到工作岗位上。"

德夫林作势拍拍他西服上并不存在的灰尘。"哎呀,尤朵拉,要你经受这一切真是难过死了。我说你要是早知道,肯定不会夹在这一场闹剧里的。现在可算结束了，今晚你会赏光跟我去匹兹堡吃顿饭吧？"

拉金太太被德夫林的关注和人群里猜疑的目光弄得难得地窘迫起来。"呃，亚瑟，我——"

"喂，尤朵拉，多少年前你已经拒绝过我了，还没得到教训啊？我不想提了，可你老公实在是个蠢货，就知道埋头在书本和数字上。这过的叫什么日子？尤朵拉，你我心里都清楚，我们都是要享受生活的。"德夫林说。

"妈！"珀尔·安·拉金叫着踏出火车，冲了过来，张开胳膊围住母亲，"堪萨斯大学里的人全都在议论曼尼菲斯特，我一发现火车通车了，就赶紧奔了回来。"

德夫林很不满自己的话被打断了，不过还是抬起拉金太太的手吻了一下说："看来你正忙，下次再说吧。"

他要求工人们都回来连上两班，没有人能例外，要么就走人。自然，这就意味着万灵药水的生产停工了。几十只满满的瓶子还放在那个废矿坑里，没人有空去卖了。迪恩警长一边盯着谢迪，一边也没放松金克斯，像是等着老鼠偷奶酪的猫，就等贼赃并获了。

10月1日，是结算的日子了，一群乡民聚集在谢迪家：谢迪、金克斯、多纳尔·麦克格里格、哈德利·吉伦、卡里斯忒·马特诺普洛斯、欧拉夫·阿克森，还有卡西米尔·齐布尔斯基。总爱四处打探的拉金太太却明显缺席了。到场的人全都盯着吧台桌子上散落开的一堆钞票。"折腾这些全白费了。"多纳尔说,"这镇里有个内鬼,一直在给伯顿和德夫林通风报信,我说,是时候把他给揪出来了。"

"我们都想知道是谁,"谢迪说,"可眼下还有更要紧的问题。"哈德利先把钱数了一遍,然后是谢迪,最后是多纳尔。不管是谁,数出来都是七百四十块。

大家盯着钱,好似能赶在下午开庭之前,用意念再给加上二百六十块。这时外面传来停车的声音,谢迪敏捷地一移,提起一个栓子,吧台的台板连同那些钱就落了下去,被另一块一模一样的、闪亮的木头覆盖了,同桌面的其他部分严丝合缝。几乎与此同时,莱斯特·伯顿走了进来,大家全都不作声。

说他大摇大摆闯进来可能更适合一些,他搞得好像自己是这里的主人似的。"你们知道了吧?大家都会怪你们的,"伯顿说,"又是连上两班又是扣工资,全都因为你们这个了不起的计划。你们倒好,还在这里舒舒服服地坐着,说不定还在数钱。"

大家惊讶地抬头看着他。

"噢,你们还不知道我什么都知道啊?什么所谓的万灵药水,晚上偷偷出去卖之类的。我是花了点时间,不过只要出个好价钱,总有人肯开口。实际上,还能弄点消息散播出去,让大家以为是你们当中的一个给我报的料——这样你才能拿到钱。我想，这下你们弄不好会落得挂牌子游街了。"

"谁有空去做什么牌子啊。"金克斯对谢迪嘟囔着。

"小子，说什么呢？"伯顿问。

金克斯没答话。

就在这时，走进来一个陌生人，拎着一只公文包，一脸的拘束。伯顿恢复了镇定，靠在吧台上说："谢迪，既然我来了，就给我喝上一杯好的吧。自然啦，这是为了治病嘛。"

谢迪倒了一杯给他，在吧台上推了过去。

那个陌生的年轻人穿着一套黑西装，白衬衫，还打着领结。他把公文包放在吧台上，问谢迪要一杯水。

"水？"伯顿嗤之以鼻，"喂，你没听说过那种神奇的威士忌就出在曼尼菲斯特这里？干一杯吧，小伙子。你来这里是找什么乐子的？"

那个人用一条干净的白手帕擦擦额头。"我听说了。但我来这里是办公事的，不是来找乐子的。"

谢迪递给他一杯水，这人接过来看着，好像是要检查这杯水是否达标。接着，这陌生人打开公文包，掏出一支装着白色粉末的玻璃管。在大家和金克斯好奇的注视下，他把粉末倒进水杯里，水上嗞嗞地泛起了泡沫。他举起杯子对着从窗户外射进来的光线，聚精会神地看着。又从夹克口袋里掏出一本小记事簿，匆匆记下点什么，不时地看看记事本，又看看这杯水。

"你这水是从哪里来的?"他用一副权威的口气问谢迪。

"请问您是?"谢迪以酒贩子的怀疑口气回道。

"是从这里往西四十五米的泉水那里来的,对不?"

谢迪这下泄了气了。如果这个陌生人已经去过泉水那边了,那他离那个威士忌加工点就不是一般的近了。他们本打算在隔离结束之前拆除蒸馏器来着,可还没来得及。

"就是那里。"

伯顿饶有兴趣地看着那人。"小伙子,你办什么公事来的?"

"政府的事。"他答得很简洁,好似没必要对莱斯特·伯顿这种人解释。

"喂,你要想这么四处打探下去的话,我们总得知道是怎么回事吧?"

"哟,那你去问州卫生署的人吧。消息都传到托皮卡了,说这里的泉水很有意思。"他从杯子里倒了一点水到那支空空的玻璃管里,盖上橡皮塞,又把玻璃管对着光举起来,用手指弹了两下。他研究着那白蒙蒙的水,又在小本子上记了点东西。"唔,"那陌生人沉思着,"很有意思。"

"什么有意思?"伯顿问。

"这附近是不是有矿?那种产金属矿石的矿脉?"

"是的,就在比泉水还要往西边去一点的地方。"伯顿答道。

"那就说得通了。我听说,你们这里有不少病人都恢复了?"

说起煤矿,伯顿的好奇心又上来了。"不巧我就是那煤矿的小业主，我有权知道这是怎么一回事。政府为什么想要知道泉水里是不是有金属？"

"这泉是你的吗？这位……怎么称呼来着？"年轻人问。

"伯顿。不是我的，不过——"

"那就不关你的事了。"那人把玻璃管放进公文包，锁了起来。

"我就知道那矿会害死我们，不是这个原因就是那个原因。"马特诺普洛斯先生哀叹道，"不管是那黑烟进了我们的肺里，还是污染了我们的水，反正到头来总会把我们给害了。"

他的话沉甸甸的，像煤矿坑道一样又黑又冷地逼向大家，屋子里顿时一片静默。马特诺普洛斯先生和其他人都沉浸在阴霾中，似乎只有伯顿一个人注意到，那个年轻人喝下了半杯混浊的水。

"怎么样？"伯顿问。

"这个，"那人从他的小本子上撕下一页纸，放进一个棕色信封，插进夹克的内口袋里，"到了法院那里我有一些很重要的东西要递交。"他把西装外套搭在胳膊上，举起杯子致意，"祝好。"

伯顿压低了嗓子，不想让其他人听见。"喂，小伙子，等等。别这么冷漠呀。那水里要是有什么问题，像你这么机灵的小伙子，是不会喝的。"他带着一丝微笑说道，"嘿，我猜这水里是有点什么特别的东西。是不是跟阿肯色和科罗拉多的治

Moon Over Manifest 285

病泉水里差不多的东西？各地的人们都去买那水，治病之水，他们是这么说的。"

"呃，这我可不好说。伯顿先生，我没去过那些地方。"年轻人说着一口喝干了剩下的半杯浑水，"我只能说，我眼下已经感觉好不少了，这是事实。"他把杯子放在吧台上，冲伯顿眨了眨眼，走了出去。

卡尔森法官敲了敲木槌。"肃静。"法庭里的人群安静了下来。每月的开庭日总是人头攒动，这里是大家解决各种纠纷、执行法律交易以及举行公开拍卖的地方。

今天这一次，则显得尤其拥挤。全镇各路人马都到齐了。莱斯特·伯顿坐在前排，自信地微笑着。谢迪和金克斯坐在和他隔了一条过道的地方。亚瑟·德夫林坐在几排之后，挂着他的金头手杖，一条腿伸到过道上来了。那个州卫生署来的人挤到了第二排，腿上放着他的公文包。他左边坐的是挺着大肚子的齐布尔斯基太太，右边是哈蒂·梅。就连雷登普塔嬷嬷也从后门溜了进来，站在屋子左边，那个匈牙利女人则站在右边。

哈蒂·梅手里拿着纸笔，准备记录下一切的人物、事件、时间、地点及缘由，尽量不去注意身旁这位帅小伙子，而他则毫无顾忌地对她频送秋波。

"女士们先生们，今天的议程排得很满，我们这就一项一项进行吧。"卡尔森法官透过单片眼镜，眯起眼睛看了看议程表，好似还不能完全确定第一项是什么。

"首先，我们要——"

"阁下，"拉金太太打断了他的话，她坐在用作额外座位的陪审席上，"有件急事，我坚持认为需要立刻解决。"她站了起来，"我发现谢迪·霍华德在公共属地上生产一些非法物品。"

法庭里有一半的人对她怒目而视。虽然人们看到过很多次她在邮局打电话、发电报，把谁知道什么消息都透漏给了亚瑟·德夫林，大家还是没想到她会在这个时候，给谢迪背上再捅一刀。

"拉金太太，"卡尔森法官揉揉额头，好像这才是一个漫长下午的开始，"我保证等一下会处理你的投诉，可议程表上的第一项是寡妇凯因的财产归属问题。"

拉金太太坐了下来，暂且闭上了嘴巴。

卡尔森法官接着说道："按照规定，曼尼菲斯特镇公会有优先付清地皮费和补缴税——总共一千块——并获得这块土地的权利。"

谢迪站起来代表大家讲话："阁下，我们没有一千块那么多，我们要求延期来筹余款。"

尊敬的卡尔森法官是这样一种人：他值得尊敬，是周围少数不买亚瑟·德夫林账的官员之一。他始终站在法律这边，不管会面临什么后果。可他的声音掩饰不了接下来他话语中的沉重。卡尔森法官摇了摇头。"抱歉,谢迪。规定得很清楚了,在10月1日之前,要是镇上不能买下这土地,就要公开拍卖了。"

"可是,阁下,我们可以先支付手头已经筹到的部分,然后——"

莱斯特·伯顿站了起来。"阁下,这些滑头把大家耍得够久了。非法酿酒,还说是什么万灵药水,以便攒钱来买地。要我说,是时候把地拿出来卖了。"

卡尔森法官挥了挥小木槌。"好,那就开始吧。既然镇上拿不出钱来一次性付清,那么根据公开规定,上述那块土地,现在就开始公开竞拍。"

莱斯特·伯顿四下里看看,瞧谁敢跟他竞价。人们依旧沉默着。"阁下,没有规定这土地必须整片拍卖吧?我想先竞拍从铁轨到小溪,就是包括泉水的那一段。"

人群中响起一阵窃窃私语的嗡嗡声。卡尔森法官敲下小木槌说:"我以为矿上想要买下整块土地。"

"我想要的这块不包括矿脉——那是矿上的事。现在我是在代表我自己竞拍,我是为自己拍下的,我只对那泉水感兴趣。就从五十块开始出价吧。"伯顿说。

谢迪使劲琢磨着伯顿在搞什么鬼。金克斯偷瞥了一眼坐在第二排的那个政府官员。"谢迪,托皮卡来的那个家伙没说过那水是被污染了,他就问附近是不是有个矿。"金克斯低声说道。

"嗯?"

"要是这是个好事呢?要是大家就是因为这水病才好起来的呢?"

"你是说,它有可能是治病之水?"谢迪思考着这个念头,"就像阿肯色和科罗拉多的那样?"

"嗯,人家从老远的地方跑去喝那个水,还在里面洗澡……伯顿就要发财了。"

"第一次……"卡尔森法官环顾着法庭。

"不能就这么让他买了。"金克斯低语。

"可这是镇上的钱。"

"买下来那泉就是镇上的了,大家就还有机会摆脱伯顿和煤矿。"金克斯催促道。

"第二次……"小木槌举了起来。

"一百块。"谢迪轻声说道。

"什么?"卡尔森法官问道,想要知道是谁在出价。

谢迪站起来说:"一百块。"

伯顿转向谢迪。"谢迪,你不是真要买吧?"

"我是要买。"

"两百。"伯顿再出价。

"三百。"

价格就这样一路你来我往,一次加一百,直至加到了七百。莱斯特·伯顿知道自己离胜利不远了。

轮到谢迪出价了。"七百二十。"

"七百三十。"

谢迪的手颤抖了,他那样子就好像打算花七百块钱买一杯烈性酒喝醉拉倒一样。"七百四十。"

法庭上一片寂静,连呼吸声都听不见。大家都知道他尽力了,也都知道钱不够了。

"七百四十一。"伯顿等着,知道再也不会有出价了。

卡尔森法官举起小木槌,像是帮助饱受病痛折磨的动物得到解脱。"第一次,第二次,成交。"他轻轻地敲下木槌。"伯顿先生,请你去和郡秘书签好这些文件。下面开始拍卖寡妇凯因剩余的土地。"伯顿即刻掏出钢笔,得意地笑着签好了文件。

"阁下,"拉金太太又说话了,"那土地……"

"是的,拉金太太,我知道,"卡尔森法官说,"我保证到时候就来处理你的问题,现在请坐好。"

"可是阁下,"拉金太太从陪审席那里走出来,"我的丈夫,已故的尤金·拉金,曾是郡物价官,我看过他那些郡里用的关于公共和私人土地的地图。伯顿先生刚才买的这块土地……"没有得到法官叫她上前来的指示,拉金太太就擅自拿出一张地图,铺在卡尔森法官的桌子上,"瞧见没?是在东北角这里。"

"是的，我看到了。不管怎么说，无论谢迪在哪里做那个混合物，也不能改变这块土地公开拍卖的事实。因此，请你回到座位上……"

"噢，怎么没改变呢，阁下？"拉金太太争辩道，"您看，现在伯顿先生买下了这块土地，那么剩下的土地的地皮费和补缴税就变少了。而且，伯顿先生还差一笔补缴税没交。"

众人纷纷迷惑地盯着拉金太太，就连卡尔森法官一时也不知如何作答。

莱斯特·伯顿首先反应过来。"这有什么区别？他们反正是出不起钱，接着拍卖吧。"他显然被自己接近毁灭性的错误弄得神志不清了。

拉金太太接着说："事实上，阁下，还有呢。"

"当然，你说。"卡尔森法官靠在椅子上，双手抱在胸前。

"伯顿先生买下的土地里包括了一眼泉水，而泉水属于公共财产，这就是说，这片地的税款是要交给最近的镇公会，在此就是，曼尼菲斯特镇公会。"

"意思是？"卡尔森法官带着真诚的兴趣问道。

"意思就是，事实上，曼尼菲斯特镇公会已经筹集到了七百四十块钱——不管是用什么违法乱纪的手段吧，"她透过眼镜看了一眼谢迪和金克斯，"因为伯顿先生买下泉水要付税款，他们就有足够的钱来买下寡妇凯因剩余的地皮了，

Moon Over Manifest 291

还能多出八块钱来。郡秘书可以查证。"她把地图和算式递给了秘书。

"真荒唐！"伯顿脱口叫道，"已经给过他们机会买了，现在只能拿出来拍卖了。"

亚瑟·德夫林从座位上站起来，脸气得一鼓一鼓的。"伯顿，你给我坐下！"他吼道，"你还嫌不够添乱啊？卡尔森，我出五千块买剩下的地，这事就这么结束了。"

"德夫林先生，"卡尔森法官朝前倾了倾身子，语调平静地说，"这里很嘈杂，我想你可能有点糊涂了。你看，我们现在不是在你的矿上，而你是在我的法庭里，你最好称呼我为法官或者阁下。"

亚瑟·德夫林眯着眼睛，一屁股坐了回去。

"现在，"卡尔森法官把眼镜往下移了移，"大家请记住，程序的第一步不是拍卖。规定上说得很清楚，就所提及的土地，曼尼菲斯特镇公会只要能在10月1日前付清地皮费和补缴税款，就有优先权。否则，土地才会拿出来公开拍卖。德夫林先生，就我的日历上看来，现在还是10月1日，要是拉金太太说的这些都核实无误的话，"他看了一眼郡秘书，后者点点头，"那么，既然您的伯顿先生慷慨地对曼尼菲斯特镇施以意外的援手，根据法律，镇公会仍有权优先购买剩余的土地，包括那条矿脉。"

德夫林把手里的雪茄碾碎了。到底是个完完全全的生意人，他知道自己是输了。他嘴里迸出几个字来："伯顿，你被炒了。"

"无所谓，"伯顿说，"到时候你们个个都会来我的治病之泉。价格保准不会便宜噢。"

人们议论开来。他这话是什么意思？谢迪就是为这个才要竞拍那眼泉水的？

"是啦是啦，乡亲们，"伯顿说，"问问我们这位从托皮卡来的政府好官员吧。他已经写好了关于这水的高矿物质含量和治疗性的报告了。来吧，小伙子，说给大家听听。"

所有人都望向坐在第二排的这个年轻人。

这时，哈蒂·梅才正面打量起他来。她抬起笔，做好记录的架势。那人挥挥手说："这种时候，我看还是别——"

伯顿怒道："你不是大老远跑来曼尼菲斯特要传达重要消息的吗，是不是？"

"是的，可——"

"那我看法官不会介意把你的事加入议程。"

那人看着卡尔森法官。

"来吧，让惊喜一次来个够吧。"卡尔森法官朝他招招手。

"好吧。"年轻人从夹克口袋里拿出那个麻纸信封交给法警，后者把它递给卡尔森法官。

卡尔森法官打开来，饶有兴致地检视着。"这东西挺诱人的，年轻人，可我看不出来南瓜派和黑莓柑橘酱的食谱，跟我们法庭上的这些事情有什么关系。你能详细地给我们讲清楚么,这位……"

"麦基,我叫弗雷德·麦基。这些食谱是带给我的尤朵拉阿姨的。"

哈蒂·梅,这位极为专业的记者手中的笔掉了下来,抬头注视着那人。他冲她咧嘴一笑,眨了眨眼睛。

"可是……"伯顿意识到大事不妙了,难以置信地嚷嚷着,"这太可怕了,法官。我要求撤回我的竞拍!我是受害者,他们设了个局来坑我的!这个男人是个大骗子,他跟我说他在政府工作。"

拉金太太站了出来。"莱斯特,他是在政府工作,我都拿他吹了一百万次的牛了。这就是我姐姐的儿子,在州长办公室工作的那个……助理的助理。"说完她骄傲地把手搭在他肩膀上。

"可是那水……"伯顿还在说,"你检查了那水,搞得它起了反应,然后喝了下去……那明明是治病之水。"

弗雷德扬起眉毛。"那粉末?噢,那就是苏打粉,我胃不太好。"他瞥了一眼金克斯。

尤朵拉·拉金声援他来了。"我外甥是不会说谎的,他就像这青天白日一样诚实。莱斯特,你也许是有什么误会了,"她边说边眯起眼睛,"或者是你的贪婪阻碍了你作出正确的判断。"她又转向自己的外甥,"弗雷德,替我向你妈妈问好,说谢谢她的这些食谱。"

"我会的，尤朵拉阿姨。谢谢你请我来这里跑一趟。"他冲哈蒂·梅迷人地一笑，"我想镇外的那块牌子上说得没错，曼尼菲斯特的确像是个前途无量的镇子。"

哈蒂·梅还没捡起笔来。

伯顿目瞪口呆地看着尤朵拉·拉金，跌坐回椅子上。

德夫林走到过道上，径直对拉金太太说道："我说过的，你老公在中学就是个蠢货，你本可以有更好的选择。"

拉金太太挺直了身子，眯起眼睛，说："亚瑟·德夫林，你或许曾和我先生在同一个班级，可你们永远不在同一个等级。"

亚瑟·德夫林呆呆地站在那里。卡尔森法官拿起木槌，还没等敲下，伯顿和德夫林就已经从法庭消失了。

谢迪朝金克斯那边侧身问道："这一切究竟是怎么回事？你也插了一脚，是吧？"

金克斯笑了。"是我跟拉金太太进行那些礼貌交谈的时候想出来的。听到别人对已故的尤金·拉金不敬，她可真是火了。"

"你可以跟我通个气啊，这样大家都会好过一点儿。"

金克斯显得有点惭愧地说："呃，谢迪，你不具备那种扑克脸，老是把什么都写在脸上，我们怕伯顿还没拍那眼泉水，你就已经泄密了。"

Moon Over Manifest 295

"这跟我有没有扑克脸有什么关系——"

卡尔森法官又敲了一下木槌,并揉揉太阳穴。"今天要是能弄完这一切,真是个奇迹。谢迪,你怎么说?还想要买前面提到的,这块属于已故寡妇凯因的土地吗?"

谢迪站起来,竭力让握住帽子的双手不再颤抖。"阁下,我得说,我还没弄清楚这一切都是怎么回事。"说完他盯着拉金太太,好像她忽然变成了另外一个人,"可如果钱够的话,我们还想买这块地。"

"你是在代表曼尼菲斯特镇说话吗?"

谢迪环顾四周,一个接一个地,大家站了起来。多纳尔·麦克格里格、哈德利·吉伦、圣东尼大妈、阿克森一家、齐布尔斯基一家、马特诺普洛斯先生、科弗先生、威尔玛·T.、哈蒂·梅和拉金太太,还有法庭上所有其他的人。

最后,谢迪答道:"不,阁下,曼尼菲斯特镇自己代表它自己。"

哈蒂·梅每周轶闻

1918年10月2日

昨天在法院,形势是多么的峰回路转啊。我在这里就不详加总结了,我想几乎所有的曼尼菲斯特居民都在现场亲眼目睹了这一切。

然而,自那之后也发生了不少事情。笔者本人参加了新成立的曼尼菲斯特镇委会的第一次会议,每个兄弟会组织都有一名成员列席。他们的第一项议题是关于可敬的亚瑟·德夫林的,大家要与他协商矿工们的新的工作条例以及报酬安排,以归本镇所有的那片土地上的矿脉权为筹码。对所有人来说,这都是骄傲而激动人心的一天。

在此,我也很高兴地宣布一下,关于第一届曼尼菲斯特返校节庆典的有关安排。庆祝活动将在三个星期后的周日举行,地点就在前寡妇凯因的地产,现属于本镇的那片地头上——包括泉水,还有其他的一切地皮!你们中间也许有人还不知道,莱斯特·伯顿发现自己花大价钱买了一眼普普通通的老泉之后,就接受了镇上的提议,以只抵得上原价一个零头的钱把那眼泉水卖给了镇里。

各个兄弟会组织齐心协力,正在布置泉水边的会场。他们弄了花床和长椅来,还要搞一个特别的喷泉,让人人都来分享。虽然没有人能证实这泉水含有什么特殊物质,但那万灵药水的确是用它造的,而且好像也帮助不少人抵抗了那仍在曼尼菲斯特外面肆虐的疾病。也许它真的是什么治病之水呢。

至于海外的消息呢,昨天我在考斯基家的餐馆里跟弗雷德先生喝了点下午茶——纯属公事会晤——他说在托皮卡的州政府大楼里——他就是在那里当助理的助理的——流传着不少关于停战的议论,欧洲的战争可能就要停止了。

谁知道呢?也许我们的祈祷就要实现了,我们年轻的士兵就快要回家了。

记住,欲知所有人物、事件、时间、地点及缘由,以及所有你甚至不明白那是你理当知道的事情,敬请参阅"哈蒂·梅每周轶闻"。

本镇记者 哈蒂·梅·哈珀

列兵内德·吉伦信函

亲爱的金克斯：

　　小子，曼尼菲斯特最近是什么情况？你那里晚上升起了大大的橘红色丰收之月了吗？这里最近总下雨，天阴沉沉的。夜晚袭来的阵阵凉气，才让我感觉这是到了10月了。我已经数不清日子了。

　　最近过得挺艰难的，我们营已经失去了一半的战斗力，这可怕的战争让我们营也难免伤亡。可是同样多的人得了痢疾和流感，身体已经不堪一击，往往生了一个小病，就一天天地恶化下去，直到死去。我和海克、霍勒都不知道自己是怎么熬到现在的。威尔玛·T.的药水早就喝完了。也许是因为我们跑得快，倒霉还没能追得上我们。反正我们乐得这么想。

　　此刻在这里，我想家了。我们困在战壕里。"困"的意思是，到处都是泥泞，我连拔都拔不出来。雨现在小了，可衣服是湿的，毯子也是湿的，还不如一直下着算了。总比一阵风扫过来，吹得骨头都发冷要好。

　　哎，你一定在奇怪我怎么会在这样的情境下想家吧？这是跟家乡最不搭界的一件事了。

泥巴都快淹到脖子了的内德

于勃朗峰

1918年10月4日

又及：我们今天跟指挥官见了个面，现在要赶回营地去。还有几公里路要赶。我背着一包带给大家的豆子罐头，穿过树丛，尽量走在阴暗处。一根树枝勾到了背包，把它划开来了，罐头都掉到了地上。兄弟们几天没吃东西了，我可不能就这样空着手回去。我捡到一半的时候，看见他了：一个德国步兵，就在两米之外，正端着枪瞄准我。我们之间除了彼此呼出的白气，什么阻拦都没有。我死定了。无论如何，我能想起来说的德语只有一句："放下武器。"但我知道说这话没用。我也没什么好失去的了，除了那些豆子罐头。于是我继续捡着，慢慢地，一个接着一个。德国老兵放下枪，用德语说了两个字就走开了。两个字，金克斯，"Zuhause gehst"——回家。

我哪不想回家呢，伙计，我哪不想。

10月下旬

丛林

1936 年 8 月 11 日

　　那夜的空气潮湿溽热,团聚在我的房间里。腿上的汗粘住了床单,我索性掀起床单,揉成一团扔到了床脚。连我看了无数遍的内德的信,也氤氲着湿湿的热气。我关上灯,撩开软不拉叽的窗帘,想着内德,抬头去找他写到的那橘红色的丰收之月。可窗外只有一轮银色的月亮。

　　窗台上摆着的纪念品越来越多了,我常常把玩它们,渐渐地,它们好像变成了我的私人珍藏。那是来自故事中的念想:软木塞、迷惑之王鱼钩、自由女神头像银币,还有小伊娃·齐布尔斯基那个小小的木头套娃。

　　我从幸运比尔雪茄盒里拿出剩下的最后一样东西——那把万能钥匙。萨蒂小姐至今还没提到过它。它是用来开哪里的锁的呢?我思索着。或者说,难道它身后藏着什么样的丑闻吗？

我迷迷糊糊地快要睡着了，那钥匙唤出了我脑海里埋藏着的画面。有乐声在这些画面里流动，是口琴的乐声。

那乐声似乎在召唤着我，邀请着我。我坐了起来，套上鞋子，穿着睡衣走了出去，一路跟着这甜美魅惑的声音。外面漆黑一片，树枝和荆棘划过我的身体，我拐进铁轨附近的弯路那里，乐声变大了，篝火的温暖散发过来，火光照亮了一些沧桑的脸庞。我知道这是什么地方。那些四海为家的人称之为：丛林。

吉登说，流浪的灵魂总会走上相同的道路。对于全国各地的流浪者来说，路上总有这样的地方。那些没有家、没有钱、没有希望的人聚集在这里，过上一夜，分享一堆篝火，或者还有一些豆子和咖啡。树后面还有人留下镜子和剃刀，好让后来者能简单地刮上个胡子。在这里，人们或许暂时会觉得没有那么孤独。

谢迪就坐在他们中间，吹着口琴，让音符像催眠曲一样飘浮在他们之中。停下来的时候，他说："还有谁要再来一杯咖啡吗？先生们，咖啡还多着呢。"他们举起杯子来，谢迪就给他们倒上。

我从灌木丛后面看了一会儿，明白自己以前是误解谢迪了。我总以为他晚上出去酗酒，却原来，他早上回到屋子里时布满红血丝的眼睛，是因为这样不眠的夜晚和烟熏火燎。

他没有刮胡子,是因为把剃刀留给别人用了。他需要躺上那么一会儿,然后再起身去收集针头线脑之类的零碎东西,给这些人路上用。

不知怎的,我没法移开目光。那些人把这里当成家了吗?最后,我还是回到了谢迪家,又一次地望向窗外银色的月光。我又一次想起了内德的那封信,想起他在战壕里度过的寒冷夜晚,潮湿而孤寂。想起他说想回家。我想起了吉登,不知道今夜他在哪里。他有没有和一群人一起盘腿坐在火边,有没有热热地吃上一顿豆子和咖啡,有没有想起我?

我哪不想呢,伙计,我哪不想。

忆往昔

1936 年 8 月 12 日

"忆往昔"比赛得到的反响超出了我们的预期。镇上好多人都寄来了他们的回忆,写在记事纸上、收据上、餐巾纸上,甚至卫生纸上都有。好像人人都有一件轶闻要分享,或者有一段关于所爱的人的感人回忆。

哈蒂·梅说既然这个比赛是我们出的主意,我们可以帮忙裁判。于是我和莱蒂、露丝安聚集在曼尼菲斯特先驱报社的收发室里,倒出成堆的信件来读。不过,我们常常入迷地读着故事,都忘记了我们的目的是研究笔迹,结果又不得不重头再看一遍。

在比赛结果公布之前,哈蒂·梅尽量多地把投稿在报纸上刊登出来。

忆往昔……

……那时候在尼克帝国看一场电影只要五分钱，能看到玛丽·毕克馥、道格拉斯·范朋克还有查理·卓别林……圣东尼大妈在一旁弹奏管风琴，在看《诅咒之眼》时，她那吓人的音乐把我弄得紧张死了，害得我把柠檬汽水打翻了，大家都误以为我被吓尿裤子了。

——罗莎·（圣东尼）·麦金太尔

……德夫林先生买了镇上第一辆福特T型车。一个星期之后，德夫林太太在从妇女禁酒会喝茶回来的路上，把这辆铁皮福特开进了博纳湖里。那可真是一杯好茶！

——安卓·马特诺普洛斯

……那时候我们小孩子喜欢在镇里游行，唱着"一二一，一二一，男孩们在游行。我在门口看见恺撒皇帝，我们人人都有一只柠檬派饼，全都砸进他的眼里。这里再也没有什么恺撒皇帝。"

——斯塔克·齐布尔斯基

……禁酒法案通过了，堪萨斯境内一切酒精饮料均属违法……我们很多人已经不记得那时候了。

——匿名

……雷登普塔嬷嬷有一天一连接生了三个小孩，我是第三个。希望明年3月我孩子出生的时候，她还有空！

——贝蒂·娄（卡尔森）·梅伊斯

……昂德希尔先生给牛奶工普罗基·耐世做了一面墓碑。生日年份1862年写对了，但是名字得重做。因为除了昂德希尔先生，大家都知道，普罗基是坚定的废奴主张者的后代，他这个名字是"解放黑人奴隶宣言"的缩写。

——葛蒂（葛底斯堡[①]的缩写）·耐世

……还记得那次奥提斯·阿克森从马上摔下来，一头栽进齐布尔斯基家的猪圈里的事吗？

——哈里·阿克森

……是啦，呃，要不是哈里·阿克森在一旁骑着自行车丁零零地打着车铃，吓坏了我的马，哪会有这事。记得不？

——奥提斯·阿克森

这些名字尤其吸引我。我认识这些人。通过萨蒂小姐的故事，这些名字对我来说已经变得跟朋友般熟悉了。甚至那

[①] 葛底斯堡：美国南北战争中著名的战役地点，也是林肯发表《葛底斯堡演讲》的地方。——译者注

个美容院的贝蒂·娄·梅伊斯,她去萨蒂小姐家的时候我认出了她,可那时还不知道她娘家姓是卡尔森。她一定是海克和霍勒的妹妹,并且,她到底还是怀上了孩子!

这就好像拼凑出了一幅大大的家谱图,虽然他们讲的这些我并不熟悉,可我感觉自己不仅仅是在读着故事,而更像是在忆起什么,他们的回忆好像也变成了我的。

"来,看看这个。"莱蒂说着,递给我一张丹尼斯·莫纳汉诊所里的处方纸。

还记得当时玛格丽特·伊万斯和我竞选高三年级主席的事吗?我们最后抽签决定的。我很想选上,不过她更好。

——多克·莫纳汉

悲伤和甜蜜交织在一起,我的心里升起一股暖意。会不会有一张是关于吉登的呢?

我又抽出了一张。这张是从南达科他州苏瀑市那么远的地方寄来的。

还记得那次内德·吉伦在州径赛上得了第一名吗?那小子跑得比什么都快——是得跑那么快,也不看看他是在和谁比赛。

——霍勒·卡尔森

那几天一直是这样，越来越多的回忆投递过来。最后，到了截止日那天，德沃尔先生又送来一沓信封。我和莱蒂、露丝安才刚开工，莱蒂就发出一声惊叫。她脸色有点发白，一言不发地把纸条递给露丝安。

"哎呀，我的妈呀。"露丝安又把字条递给我，上面的字母横冲直撞的，像是要穿透纸背，"我们找到了！"

> 致有关人士：
> 我读了你们最近刊登的一些关于镇上往事的专栏。我认为你们既然办这样一份称做报纸的东西，就应该对时发表出来的信息更加负责才对。我从来不记得自己曾经在哪块墓碑上刻错过名字，更不要说是"菁贾基"这么搞笑的名字了。
> 再者，要是有谁用《解放黑人奴隶宣言》给自己的狗起名字，那将来有什么出错的地方也是他们自己的责任。
>
> 昂德希尔先生

"这么说，昂德希尔先生就是响尾蛇？"我难以置信地问道，"他是挺诡异的，可总不像是响尾蛇那种人。"

"是的，他更像是蜥蜴或者癞蛤蟆什么的。"莱蒂附和道。

"可这白纸黑字写得清清楚楚，"露丝安说，"就是和树屋上那张叫我们"见好就收"的字条一模一样的笔迹。"

我们一齐盯着这纸条。就是他这个笔迹，最后一个字母拖得快没有了……像是临死前的最后一口气。

萨蒂小姐的屋子

1936 年 8 月 23 日

揣着这么重要的新闻,我兴奋地一路直奔回谢迪家。我要告诉他所有的事情,这一整个夏天我们是如何在找响尾蛇以及终于找到了的事。结果发现他不在家,我自然很失望了。尽管并不能说很意外,因为我现在知道他时不时地都是去忙些什么了。

然而,我还是憋不住要找个人说说,于是转头朝萨蒂小姐家跑去,踏上台阶奔进屋子。

"萨蒂小姐,你猜怎么着?"我叫道,"萨蒂小姐?"我又喊了一声,然后先在屋子里找了找,又去了厨房。我从厨房窗子里看见她坐在屋后的门廊上。"萨蒂小姐,"我说着跳到屋外,"你都想不到发生了什么。我们查出响尾蛇是谁了。至少,我们认为他就是响尾蛇。是昂德希尔先生,他在树屋上留了个条子，我们搞了个比赛——"

萨蒂小姐看都没看我一眼，只是在那里摇着摇椅。她的头发披散在肩膀上，没有梳理，脸色阴沉沉的。我想大概是她的腿让她难受得很，那里好像比以前更红、肿胀得更厉害了。

我朝她走近了一点。"我去给你拿点凉水和药膏来好吗？萨蒂小姐，要不要呢？"我轻声说。

"药膏没有用。里面坏得太多了，化脓了。"

我还是去拿了药和一杯水来，虽然我知道她说得没错。我腿上那个伤口恶化、搞得我发烧的时候，医生是把它割开来放脓的。

我轻柔地给她敷上药，跟她说着昂德希尔先生的事。她点点头，眼神却仍旧涣散。她说："事情并不总是眼睛看到的那样。"

"什么意思？你不认为是他？"

"真相和故事之间的界限有时候很难分辨。"她的声音变得沉重起来，摇椅摇得更有节奏了，我知道她的故事又要开始了，"我们越希望它是真的，它就越只是一个故事。"

她在说什么？什么是一个故事？我心里一紧，不确定自己要不要听下去。

可她说了下去。"谁敢奢望一个漂泊无依的人能找到一个家？谁能保证尽情去爱而不被这爱的重量压倒？谁敢恳求一种治愈伤痛的奇迹之药？哼，是什么让我们期望这一切都会成真？然而我们所有人，还是走进了这故事里，我们创造了它，保守着它。"

萨蒂小姐的声音在这故事的沉重之下，显得愈发低沉了。

"而最糟糕的是——我们相信了。最终，我们又被它击倒了……"

返校节

1918 年 10 月 27 日

返校节庆典活动的前一天是星期六,这一天天气阴冷,可似乎谁也不在乎,人人都忙着为这盛大的活动做准备。

树叶换过了颜色,曼尼菲斯特镇民的心中也注入了一股新的活力。男人们支起棚子,拉起一串串彩灯,给新凉亭刷上最后一道漆。这将是一件盛事,届时会有理发店四重唱、骑小马活动、焦糖苹果、烤饼比赛、地滚球锦标赛以及夜晚星空下的漫步。女人们忙着揉面、烘焙,炖着拿手好菜。不管是做希腊蜜糖果仁千层酥的、做法式格雷派饼的、做意大利面包的,还是做德国肉酥饼的,人人都想吸引别人的眼球。

有消息说齐布尔斯基太太临产了,人人都把这当成个好兆头,认为它预示着第一届年度返校节庆典也将迎来一个新生。人们甚至大胆地期望,孩子们也就要从战场上回来了。

金克斯走过小棚子，穿过谢迪家附近的空地，看到鲍里埃·圣东尼在跟一群年轻人解释地滚球的规则。鲍里埃手里拿着一只大桑橙说："那么，你们首先要明白的是，是我们意大利人，发明了这个游戏。"

"这不是弹珠游戏的一个变种吗？"一个法国小伙子叫道。

鲍里埃咧了咧嘴。"不，地滚球需要真正的技巧和常年的练习。听我说，"他拿桑橙演示着，"就把这个当成地滚球。你把球滚过去，要试着让它碰到圆圈中间的那个目标球。"他把桑橙轻轻地在手里掂着，"这球，讲究的是技术和手腕，你们晓得，就像女人一样。所以我们意大利人擅长玩地滚球。瞧着，不能把她撞飞，稍微扫过她的脸颊。"他把桑橙从身后扬起来，然后稍微使了点劲掷出去，把那个小一点的目标球撞得飞出了圈外。

其他的年轻人——法国人、德国人、瑞典人、希腊人——全都笑了。一个吵吵嚷嚷的苏格兰人喊道："可不是嘛，这是爱[①]呀。"

金克斯用眼角的余光看到迪恩警长正盯着他。好像这还不够叫他不自在似的，他还有一种挥之不去的感觉，觉得还有一个人在盯着他。暗处有一个人。

就在这时，金克斯碰上了谢迪，但他的眼神越过谢迪，仍瞥着警长。谢迪递给他一个椒盐饼，自己则拿着一根香肠。

[①] 此处"爱"的原文为意大利语 amore。——译者注

"来自阿克森太太的馈赠。"说完他顺着金克斯的视线望去，"你好像带了条盯梢狗。"

金克斯咬了一口饼，含着一嘴的食物嘟囔道："嗯，他盯着我的一举一动，就等着我干点什么好抓起来。"

"曼尼菲斯特里里外外都有传言，说你是个了不得的骗子。"谢迪评论道，"不过警长好像觉得你不止是个骗子这么简单。"

金克斯沉默了一会儿。"谢迪，你对我真不错。我想你应该知道我有一点不怎么光彩的历史。"

谢迪从口袋里掏出一把小刀，切下一截香肠，眯起眼睛看着空地对面的迪恩警长。"嗯，"他把香肠扔进嘴里，"我们扔块骨头给警长怎么样？"

金克斯笑了。"你有什么主意？"

"跟我在卖药水的那棵大枫树旁边的空地上碰头。要表现得像是有什么事的样子，确保警长跟着你。"

几分钟之后，金克斯拉低了帽子，鬼鬼祟祟地四下看着，朝大枫树那边走去。他走得很慢，还时不时停下来，确定能听到警长的脚步声在他后面。

走到那片茂盛的草地上时，金克斯看见谢迪弯腰进了那个自隔离结束之后再也没有填上过的墓穴。

"谢迪。"金克斯低声叫着，声音却不小。

"这里。"谢迪也用同样大的声音回答。

"喏,"谢迪递给金克斯一个四升那么大的壶,上面塞着软木塞,"在警长发现之前,我们得处理掉这个。"

"太迟啦。"警长说着,朝下瞅着谢迪。

谢迪挠着脖子,仿佛被逮了个正着。"这里只剩两壶了,警长,你我平分怎么样?"

迪恩警长摇摇头。"喂,谢迪,我还以为你洗手不干了呢。"他拎起一壶,又去拿另一壶,"我想,最好还是由我来保管所有的这些。"迪恩警长拔开一只木塞,闻了一下,"这个,就是那两份酒精一份药水兑出来的东西?闻着怪有趣的,不过喝上几口之后,谁还分得出来呀?"

他塞上木塞,转身要走,又回过头来说:"小子,可别以为我这就放过你了。"

等警长走了,金克斯拍了谢迪一巴掌。"我想我已经把剩下的所有瓶子都转移了。我都照你说的把它们好好地锁起来了。刚才那壶里装的是什么?"

"一种新的灵药。"谢迪往嘴里塞了一根雪茄。"一份酒精,两份通便的西梅汁。"

那天晚上,人人都在忙着为返校节的场地做最后的布置,没人注意到一辆破破烂烂的摩托车哐当哐当开进了镇里,在监狱门口吐出了一长溜的烟雾。一个瘦削的男人从车上跨了下来,仿佛跨下忠实的战马。他摘下防风镜,整张脸上全是烟尘,只有眼睛周围一圈是白白的,像只浣熊。

迪恩警长站在监狱门口,品着一大杯谢迪的饮料。"喂,纳盖尔曼警长,什么风把你吹到我们这破地方来了?我没记错的话,堪萨斯这一片可不归你们密苏里州管。"

"别扯了,埃德。没时间跟你废话,那孩子在哪里?"

"哎,雷纳德,你就是这么跟你姐夫我打招呼的?"

纳盖尔曼点起一支烟,意识到迪恩警长没那么好催促。

"大城市的日子怎么样啊?"迪恩警长问道。

"花花世界呗。"纳盖尔曼弹了弹烟灰,"喂,聊得差不多了吧。该交出你这镇里藏着的那个小恶棍了,我那儿有牢房和绞索在等着他呢。"

迪恩警长又喝了一口饮料。"你凭什么认定那个小子,金克斯,就是你要找的?再说了,你不是要找一对搭档么?"

"上个星期,有个老朋友路过这里的时候,说他看到了那个在布道棚被'治好了'的男孩。我要是抓到他,就能把另一个钓出来了。露易丝·哈斯克尔成天叫着要我把害她侄子朱尼尔的人找出来。我总得交个人出来,他也不错。"

"你们那个老教友怎么不向我汇报?说到底我才是这一片的警长。"

"他说没找到什么警长,"纳盖尔曼看看迪恩警长手里的大杯子和他脚边那只壶,"你肯定忙别的去了。话又说回来,谁能指望在这种不知名的小镇子里,找到什么不知名的警长呢?"纳盖尔曼警长吐出最后一口烟,用脚碾碎了烟头,"好了,可以走了吧?"

迪恩警长想了一会儿,喝下最后一口。"走吧,跟我来。"

金克斯在帮圣东尼大妈和小罗莎把一只大黑罐子吊在火堆上,好为第二天的炖茄汁做准备,这时他看到了迪恩警长和那个戴防风镜的人,他认出那人是乔普林那边的警长。

"好了,去我家吃饭吧。"弄好了这些,大妈竭力邀请着。

"现在不行,我得走了,不过谢谢了。"金克斯说着就走了。他从庆典场地上跑开,跑进树林里,恐惧在心中升起。也许他躲起来就行了,纳盖尔曼警长找不到他就会回乔普林去的。快跑到溪边的空地上时,他猛地停住了。

一个男人站在面前,挡住了他的路。

"忙得很啊,是不,小子?"

金克斯定定地站在那里,眼睛四处瞟着,看有没有机会逃开。

"怎么了?没什么想跟费恩叔叔说的吗?"

"我们不是各走各的路了么?"

"我看你倒是想这样,既然你在这里过得很舒服的。以为给自己找着个家了,是不?"金克斯慢慢地从树丛中蹭了出来,费恩向前凑近了一步,"我看到镇外的牌子了,怎么说的来着?'曼尼菲斯特——一个历史悠久、前途无量的城镇。'我

Moon Over Manifest 317

在那些字上打了几个洞眼。"费恩从夹克里抽出一支枪来，欣赏着闪亮的枪身，"我一直在盯着你，看着你跟这里的人混在一起。"

金克斯想起那天夜里，在那个废矿坑里他感觉自己看到了费恩。还有其他几次，他总觉得在看不见的地方有人在盯着他。

费恩摇摇脑袋。"你跟他们不一样，小子。我照顾你，你妈妈——"

"你从来就没帮过我妈妈。"金克斯的脸上涨满了愤怒，"你只是一直在利用我，等着我妈死掉。费恩，我不会跟你走的。这些人现在是我的家人。"

费恩的笑容消失了，脸上扭曲着。"这些人甚至都不知道你是谁。你告诉过他们你是个扫把星，尽克死吗？他们知道你走到哪里身上都带着晦气，知道你身边的人不是倒霉就是死掉了吗？先是你爸，然后是你妈，接下来是朱尼尔。真奇怪，这里还没有人被你带衰呢，不过也是迟早的事啦。你说是不是，金克斯？"

被费恩的话戳到了痛处，金克斯犹疑了。

"这就对了，"费恩接着说道，"我是唯一一个没被你的衰运沾到的人，你倒还想像蜕蛇皮似的甩掉我。我跟你说吧，孩子，血浓于水，我是你唯一的亲人了。"

金克斯摇摇头，不想再听费恩说下去了。"我妈妈那时已病得神智不清了，否则她不会愿意叫我跟着你的。你不过就是想要个帮手，骗子都需要唱双簧的，是不是？嗯，我退出了，你自己干吧。"

金克斯和费恩站在这空地上，周围那一圈树和灌木丛把他们和镇子，和谢迪家，和一切的救援隔开。树叶沙沙地响着，远处传来树枝折断的声响，可没有人来。一定是浣熊或者獾什么的落入了猎人的陷阱。每个动物都有逃生的本能，可这个小家伙却无路可逃了。

金克斯燃起了求生的本能，他知道自己是不会再跟费恩回去了。"我去跟他们说，我去自首，告诉他们那是个意外。我还要跟他们说，你在这里。"

费恩点点头。有那么一瞬间，金克斯以为他这就会走开了。然而，费恩轻巧地一动，就抓住了金克斯，反剪着他的双手，把枪抵在他背上。"呵呵，那你就是说谎了，那事不是什么意外。"

"你什么意思？"

"我的意思是，是我做的。然后我把刀塞在你手里，你一醒来就那样了。小子，你该知道自己没干过，你没那胆子。"

金克斯的心中一阵解脱，随之而来的是愤怒。"放开我。"

"那可不行。朱尼尔企图威胁我，落了个那样的下场。现在你又来威胁我。这次就简单了。我会去告诉警长，是你，我正要去告发你的时候，我俩打了起来，然后——"费恩扣

Moon Over Manifest 319

起了扳机,"嗯,接下来你马上就会知道结局了。进树林子里去。"

金克斯挣扎着想要逃脱,可费恩抓得牢牢的。两个人进入了包围着空地的漆黑茂密的树林里。金克斯朝前走了几步,就停了下来。他看不见前方的情况,不知道要往哪里走。这时他感觉到前面有一阵动静。从身后费恩突然紧绷的身体上,他知道费恩也听到了什么。

他俩都往后退了一步,又退了一步。与此同时,一个黑影朝他们走了过来。随着一阵轻微的声音,那黑影小心而轻盈地移动着,一直把他们逼退到那空地上。

金克斯感觉到费恩抓着他的手松了,接着就听见了一声大大的咔嚓声。他自由了,他可以逃跑了。可就在他转身的时候,枪响了。刹那间,金克斯只感到一阵疼痛穿过身体,他倒下了,整个世界陷入了一片黑暗。

那天下午天气暖洋洋的,秋天的枝头飘着橙色、红色、黄色的树叶。大多数曼尼菲斯特镇民都在返校节庆典的活动场地上走动着,享受着这秋老虎的滋味。不过大家都知道秋老虎就剩这点尾巴了,很多事情都是这样不长久。那天下午,还有三个男人站在一个敞开的墓穴前,就是那个前一天金克斯和谢迪用来捉弄迪恩警长的墓穴。谢迪、多纳尔·麦克格里格和哈德利·吉伦把一副小棺材放下了两米深。

迪恩警长和纳盖尔曼警长赶到墓穴边的时候,谢迪正在念着悼词的结束语:"我们祈求你赐福于这灵魂,他和我们一起度过了这短短的一段时间。愿他的灵魂安息。"

多纳尔提起铁锹开始往墓穴里填土。

萨蒂小姐的屋子

1936 年 8 月 23 日

"什么？"我叫道，"这不对，你的故事讲错了！"热泪涌上我的眼眶，我又生气又伤心，语无伦次地说着，像是热铁锅里嗞嗞冒泡的开水，"金克斯没有死。他长大了，有了自己的生活。"还有了个女儿，就是我。这最后一句我没有大声说出来，可这是我整个夏天都在编织的一条线索。我渐渐了解了金克斯，甚至对自己远在天边的父亲都没有过这样的了解。沉浸在金克斯的故事里，于我是一种莫大的慰藉。我渐渐地爱着他，关心着他，期望也许他长大了就是我的爸爸。他是这样地忠诚而真实，从来不曾丢下过他的女儿。

可如果金克斯死了，那他就不是吉登，这就意味着我又一次失去了吉登，我又是孤身一人了。

萨蒂小姐还在摇椅上摇着，等着我自己理清思绪。她之前说什么来着？"真相和故事之间的界限有时候很难分辨。"这一切就是这个意思？就是一个故事？就是一个很久之前的故事，跟我毫无关系？

我知道自己可以选择。我可以立刻走出这间占卜屋，当做故事已全部结束。我可以丢下萨蒂小姐，再也不回到这里来。可我已经认识了这些人，金克斯、内德、威尔玛·T.、谢迪和哈蒂·梅，甚至还有拉金太太。他们已经成为我生命中的一部分，而且我爱他们。萨蒂小姐还说了什么来着？"谁能保证尽情去爱而不被这爱的重量压倒呢？"

我挺直了背，直直地坐在那里。这是关于那些曾活过、爱过的真实的人的故事，我通过某种方式进入了他们的世界，而他们欢迎了我。我唯一能回报的就是忠于这故事，把它听完。我会做到的，哪怕被压倒。

萨蒂小姐感觉到了我的决心，又拾起了话头。

"多纳尔提起铁锹开始往墓穴里填土……"

圣·狄斯尔

1918 年 10 月 27 日

"等等，"纳盖尔曼说着伸手拦住，他看着平放在地面上的那块墓碑，"这不是他的名字。"

谢迪开口了："是的。谁一生下来就取名叫金克斯呀。"

纳盖尔曼警长怀疑地看着，然后朝迪恩警长示意："你来确认一下是不是那孩子。"

这位曼尼菲斯特的警长从多纳尔手中拿过铁锹，撬开棺材盖。他专注地朝里面看了一会儿，直直地看着费恩·本奈特的脸，心里疑惑着他怎么少了一只脚。

谢迪、多纳尔和哈德利沮丧地面面相觑。他们没料到还有开棺这一出。

迪恩警长的牙关紧咬着一根牙签。他揉揉胡子，审视着这尸体。最后他盖上盖板，把铁锹递还给多纳尔，肯定地说：

"就是他。"

"那就行。"纳盖尔曼警长说着搓搓手，好像碰到了什么脏东西，接着朝迪恩警长伸出一只手，"我看这样是最好不过了。"

"我看也是。"迪恩警长抱着胳膊答道。

"好吧。"纳盖尔曼警长收回没有得到回应的手，离开了。

一直看着纳盖尔曼警长走远了，谢迪、哈德利和多纳尔才长长地舒了一口气。而后，他们全都不解地望着迪恩警长。

"那孩子去哪里了？"迪恩警长问道。

"他在我屋里，休息着。"谢迪说，"那一枪穿过了肩膀，他一下子昏了过去。有人好生照料着他呢，应该没事了。"

迪恩警长指指棺材问："这里面躺的又是谁？"

"他才是那个在乔普林犯案的真凶，还想栽赃给金克斯。他跟着这孩子来了，然后被什么东西吓着了，一脚踩进了卢浮·汤普森捉浣熊的陷阱里，掉下去又一头撞在石头上。我也不希望有人落得这个下场，不过这人是个坏胚子。"

迪恩警长想了一会儿，说道："难怪他少了一只脚，我想应该还在陷阱里吧？"

谢迪、哈德利和多纳尔迷惑不解地盯着警长。

警长似乎很享受看到大家这么困惑，最后，他从嘴里取出牙签。"我可能不是什么正直严厉的好警长，可我好歹是这镇上唯一的警长。城里随便跑来的一个什么了不起的警长，可不能在我的地盘上撒野。"他又把牙签放回嘴里,"我得走了。谢迪,昨天你给我的那玩意跟我有点八字不合。"他说着走开了。

这三人看着警长走开,然后又互相看看,足足有一分钟。多纳尔摇摇头说:"哎,我可真没想到。"

另外两人齐声回答:"做梦也没想到。"

多纳尔开始往墓穴里铲土,谢迪则大声地念着墓碑上刻着的铭文。

第一届年度返校节庆典顺利开始了。大多数人对那个夜间的闹剧或是那天发生的那场不同寻常的安葬都一无所知。人们从一个摊位逛到另一个摊位,品尝着人家上好的食物,为套袋跑比赛、扔鸡蛋和地滚球锦标赛鼓掌喝彩。地滚球锦标赛最后由意大利人和苏格兰人抽签决胜负,因为桑橙总是一扔就裂开了。

天色渐晚,轻柔的音乐奏起来了,曼尼菲斯特镇的男士们牵起女士们的手,领着她们走向拉满彩灯的露天舞池。

金克斯坐在舞池的一边,肩膀上吊着绷带。谢迪给他拿来一杯宾治酒,两人一起看着舞池边脸上泛着光的孩子们嬉笑奔跑着,最后一头闯进母亲的怀抱。伊万·德沃尔偷偷地瞥着舞池对面的威尔玛·T.,积攒着勇气想邀她共舞。哈德利·吉伦站在舞台上,他是乐队里的首席小号手。哈蒂·梅这回手里没拿笔或纸了，穿着一件粉红色的雪纺长裙，正神采飞扬地和弗雷德·麦基先生跳着一支华尔兹。

从大学回来的珀尔·安正在给大家准备宾治酒，拉金太太则和一群女人聚在一起。这些女人围着拉金太太，聚精会神地听她讲述她是怎么和金克斯那孩子商量出那个妙计，去误导莱斯特·伯顿去买那处泉水的。并且，是她提议说不要把他们的计划告诉任何人，包括谢迪。拉金太太在高中的时候演过戏剧，她还曾是高三的班级剧《一切为了波利》的主角呢。她很自信能演好自己的角色，不过她还是觉得，如果瞒着谢迪的话，整出剧的效果会更好。

人人都在笑着，尤其是齐布尔斯基太太，她坐在舞池的一边，怀里抱着一个健康的新生男婴。整个镇子都充满了希望和憧憬，期望坏日子就这么过去了。

直到一辆军用卡车开了进来。

起先人们以为这车只是赶来参加舞会的。可是当一个穿着整洁的棕色军装的年轻人从车上走下来时，他们知道情况不对了。音乐拖着痛苦的尾音停住了，那个士兵挤进人群中来。他把一张纸递给马特诺普洛斯先生，后者朝乐队席那边招招手。

哈德利站了起来，等着有什么消息。

"你是哈德利·吉伦先生吗？"那士兵问道。

哈德利点点头。

那人轻轻地说了几个字，递给哈德利一个信封。哈德利把信封拿在手里握了一会儿，又递给谢迪。"读吧，谢迪，给我们大家读读。"

谢迪读了起来：

"很遗憾地通知您，逗号，您的儿子内德·吉伦在10月8日的一场战役中牺牲了，句号。尸体在法国南部的阿尔贡地区找到，逗号，埋葬在圣·狄斯尔，句号。以下是随身物品，句号。"

一阵死一般的寂静久久地回荡着。曼尼菲斯特全镇的人都爱内德·吉伦。而此刻，曼尼菲斯特全镇都被这爱的重量压倒了。

而那孩子，金克斯，则被淹没了。

列兵内德·吉伦信函

亲爱的金克斯：

昨天一片弹片飞到我的胳膊上了，我都没注意到，但那只不过是个擦伤罢了，别担心。今天天气不错，只要不用跑腿，或者停那么一段时间不开火，让我们能四处看看，法国就变成一个美丽的地方了。最近我们成天看到的就只有自己沾满泥巴的绿军装，因此眼下这明亮的落叶就像一支色彩缤纷的万花筒了。

今天我们在路边停留了一阵子，看到一群新兵从身边走过。说起颜色，他们真是青涩得不能再青了。那些容光焕发的小伙子们，信心满满地朝前走着。海克、霍勒和我坐在那里，这些孩子让我们想起了什么人。是我们的家乡吗？还有家这样一个地方吗？然后我们意识到，我们看到的正是6月时候的自己。"我们也曾这样吗？"我问。海克答道："是呀，读六年级的时候。"然后，就像他的名字那样，霍勒豁开了嗓子叫道："女士，你急什么呢？毕业舞会上个星期就开过了。"在从前，我们会为这样一些事大笑个不停，笑到最后都忘记是什么事这么搞笑了。而现在，这欢乐再也不在了。

我们步行爬了两天，运气还不错，路过了一些已经挖好的战壕。从一个人挖的战壕能看出许多事情，有的挖得浅浅的、坑坑洼洼的，还有些挖得很好，空间大得能容下两个人。这感觉有点像在别人的床铺上过了一夜，我总觉得对挖了这战壕的人欠了一份情。有趣的是，这让我自己挖的时候总是格外细心，心里想着，这也许就是下一个路过这里的人的休息之所呢。

我想起高中的时候读过的一本书上的句子："那是地图上没有的地方，好地方从来不上地图。"我可以负责任地告诉你，战争结束之后，什么地图上也找不到这些散兵坑。而眼下，对我来说，家就是每天晚上我和弟兄们仰面躺下来的地方，是我们每天睡前祈祷第二天早晨仍能在此醒来的地方。

Moon Over Manifest　329

最近有一些关于和平的传言——停战，他们这么称呼来着。近来我们已经不去想什么希望了。有些人像对抗流感一样竭力摆脱希望，而其他人则把希望当做毯子裹在身上。对我来说呢？它静静地溜进我的梦中，看上去像老爹，还有你，还有家乡。

Vive la nuit（法语：愿长夜无边）①

内德

1918年10月6日

---

① 字面意思："长夜万岁！"可能是因喜爱夜间的安宁而言。——编者注

死亡的阴影

1936 年 8 月 23 日

萨蒂小姐凝视着前方。这一次，她讲完了故事，自己还沉浸在其中，好似在等待一个不同的结局。

虽然她还没有让我离开，我已站起身来，朝门外走去。走到门口，我又转过身来，从钩子上取下在那里挂了一个夏天的罗盘。我的工作已经完成了，我俩好像都已经承受了够多的了。

我走下门廊台阶的时候，说不出自己想去哪里，只是沿着终结之路走着。我知道走到尽头就再无路可走了。我兜了一圈，最后居然找到了那天和莱蒂、露丝安去捉青蛙时，我碰到却没来得及看的那块墓碑，那块孤零零地躺在一棵盘根错节的老枫树旁的、空地上的墓碑。

我盯着墓碑上的字，让它们自己诉说，让一些原本没有

意义的事情显现出它自己的意义来。碑上的字母拼出的是我父亲的名字：吉登·塔克。那就是我的父亲，那个男孩，金克斯。他们就是同一个人，和我长久以来猜测并期望的一样。

我坐了下来，背靠在石头上，从口袋里取出罗盘，打开盖子。那里面的单词，我原先误以为是工匠的名字。现在我知道是什么意思了。"圣·狄斯尔，1918年10月8日"，这是内德的罗盘，吉登在上面刻了内德的忌日和埋葬地。因为对我父亲来说，这是他在死亡的幽谷里徘徊的开始之日。

我坐在那里哀悼着内德，一个年轻的战士，痛惜着一个镇子的死亡，也为我仍在徘徊的父亲祈祷。

谢迪来到我身边的时候，我已经流了好一会儿的泪了。他站在我身旁，拨弄着我的头发。

"谢迪，他觉得这都是他的错，是不是？是他帮内德筹到了二十五块钱，让他瞒报年龄去参军了，然后内德牺牲了。他觉得自己就是个祸害。"

"或许吧。"

"那天夜里后来怎么样了，那封关于内德的电报来了之后？"

谢迪在我旁边坐下。"他走了，再也没回来。内德去世了，我想他是觉得自己做了一件让这个镇子不能原谅他的事情。可其实我们没有怪他，没有。他没有什么需要被原谅的。问题在于，我们不能原谅自己。"

"因为什么？"

"因为我们辜负了自己坚信的东西。我们曾相信曼尼菲斯特有些特别的东西，我们能够克服过往，重新开始。可我们没能做到。"

"那处泉水呢，还有地下的金属矿？"

"有些人开始相信我们自己编出来的故事，相信那或许就是治病之水，神奇之地。可那就是普通的、脏兮兮的水而已。"

"可还有万灵药水,它救过人。"

"它是能让人感觉好点。可几个星期之后,最猛烈的一轮流感袭来了,致命的一波。那之后,再没有什么万灵药水能起作用了。"

我琢磨着他的话,然后站了起来,要求道:"带我看看。"

谢迪牵着我的手,走到离我们坐着的地方不到六米的一个地方,他拨开一些树枝,在一排灌木中间弄了一个口子。就在这里,几十块墓碑被茂密的灌木和野草包围着。这些尸体被隔离在镇公墓之外,因为他们染上的是致命的疾病。这里是无主之地。

我从一块墓碑走到另一块墓碑旁,感受着每一个人的逝去。卡尔森法官、卡利斯忒·马特诺普洛斯、圣东尼大妈,甚至还有小伊娃·齐布尔斯基。没有一个家庭逃得过。多纳尔·麦克格里格和格雷塔·阿克森,还有玛格丽特·伊万斯,1918年高三届主席。谢迪说,她是曼尼菲斯特第一例流感死亡者。这些人都是在1918年11月死的。

还有最令人难以置信的一个名字:尤朵拉·拉金太太。在我的印象里,她是这样生气勃勃、精神奕奕的一个人,死亡要是想接近她,她必定会回以狠狠的训斥,让它滚回老家。

可就像萨蒂小姐说的,"事情并不总是眼睛看到的那样。"死亡笼罩了曼尼菲斯特,没那么容易就被赶开。

我感到谢迪推了我一下。"走吧,阿比琳小姐,你也看够了。我们回家。"

这个词让我感到有些怪异。家。我从没弄明白过这个词的意思。"我想喝点咖啡，浓咖啡。"

谢迪明白了。他带着我，沿着铁轨拐进树林，回到了丛林里。我见到了那些熟悉的面孔，那些流离失所的人，就像吉登，就像我。

我坐在火边，那些在这里扎营过夜的人向我点头致意。谢迪递给我一只锡杯，我轻啜了一口，被滚热的咖啡烫到了。

难怪吉登封闭起了自己。回头想想，那不是从我割伤了膝盖开始的，而是从我满十二岁时开始的。我长大了，他大约开始担心流浪在外的生活并不适合一个年轻淑女的养成。然后，又发生了那个意外，我病了，他的世界坍塌了。他觉得自己还是一个糟透了的扫把星，我跟他在一起生活左右都没什么好处。我割破了腿的那一天，我说了和内德的信里一样的话：只不过是个擦伤罢了。吉登害怕了，他送走了我。

我又喝了浓浓的一口，让咖啡烫过我的喉咙。"他不会回来了，是吗？"我问谢迪，"他要独自一人在死亡的幽谷里徘徊。"

谢迪不安地盯着自己的咖啡杯，仿佛在琢磨着怎么回答我才合适。

"我们收到你爸爸的电报，说你要来的时候，我们就知道他的状态一定不好。或许我该多跟你说说他在这里的事情，可那都过去太久了。然后萨蒂小姐开始讲起了故事，那似乎是让你知道一切的最好方式了。"他对我说。

我喝完最后一口咖啡,苦得直咂舌。这么多天以来,我一直觉得吉登抛弃我了,我想要找寻关于他到底是怎样一个人的蛛丝马迹,想要找到他在这镇上曾经生活过的点滴痕迹。而现在,我意识到,从萨蒂小姐的故事里,我已然见证了一切。我也明白了,吉登并不是不要我才把我送走。萨蒂小姐的话又回响在我耳边:"谁能保证尽情去爱而不被这爱的重量压倒?"热泪涌上我的眼睛。被爱也会是一种重担。

谢迪揉揉胡须。"关键在于,我们谁也没意识到,我们也跟你一样,需要倾听自己的故事。报纸上那些忆往昔的片段,提醒我们记起了自己曾经的模样,以及是什么让我们走到了一起。"他给自己倒上了咖啡,热气氤氲着他的脸庞,"有你在这里,给了我们第二次机会。"

这让我心里暖暖的。"就像是,重新来过?"

"嗯,重新来过。"

谢迪,萨蒂小姐,哈蒂·梅,他们全都滋养着我,关心着我,希望我能在这里生根发芽。

可我还是忍不住要去看看那些远远地坐着的人们,看看他们沧桑的面庞。丛林,死亡的幽谷,曼尼菲斯特,吉登。我属于哪里?哪里是我的家?我还要再去走一趟终结之路。

棚屋

1936 年 8 月 24 日

我朝萨蒂小姐家走去的时候,太阳才刚升起。我从屋后的栅栏外钻进去,径直朝棚屋走去。我知道那里仍紧锁着,可我有那把万能钥匙。萨蒂小姐的故事里一直没有提到它,可我觉得,它已经找到了自己的归宿。我曾经猜想过这钥匙后面藏着什么样的故事。呵,再没有比萨蒂小姐的棚屋里有更多故事的地方了。

钥匙轻轻松松插进了门锁里,我还没怎么推,门就转开了。棚屋就在我眼前了,等着我进去,等着我揭开一个尘封已久的秘密。

这就是一个普通的花园棚屋,里面有树枝剪、水桶、水罐,上面都缠着蛛丝、死去的小甲虫以及灰尘。不过还有十来只壶。这就是金克斯锁得好好的、收藏那些多余的万灵药水的地方吧。他也把钥匙收得好好的。

高高的架子上，放着一只盒子。我拿了下来，打开盖子，掏出了一些图画、年级卡片、报纸剪贴、小孩子的画，还有学校成绩单。所有这些都是一个男孩的纪念品，一个叫内德的男孩。

我慢慢地看着，体悟着这些萨蒂小姐不能亲口说出的事。接着我走进屋子里，在厨房取了一瓶按摩酒精和一些棉球，然后找到一把锋利的小刀放在炉子上烧红了。萨蒂小姐坐在前面的门廊上，摇着摇椅等着我。

"准备好了吗？"我说。

"好了。"

我弯腰蹲在她身旁，举着烧红的刀子朝她的伤口刺了进去，任由疼痛在上面肆虐。我不记得是在我清理伤口的时候萨蒂小姐跟我说完了剩下的故事，还是我跟她说了我自己拼凑出来的部分。这都不重要了。我只知道，我俩的故事交织在了一起，或者你可以说，下面的这些都是我推测出来的。

匈牙利女人

这是一个来自匈牙利的女人的故事。她有一个儿子。

她年轻的生命里经历了太多的痛苦和艰难,所以她想让儿子过得更好点。她要去美国。

她的故事和其他成千上万的人一样,又不一样——这是属于她自己的故事。这女人和儿子踏上了漫漫旅途,他们坐着大船穿过大西洋,在埃利斯岛登陆了。在那里,和其他的人一道,她和儿子挤在人群队伍里,等着医生检查有无任何疾病和缺陷。

嘈杂的房间里回荡着各种语言,她听见身后有一个声音用她熟悉的语言说着话。是她的同乡姬兹·瓦赫达。她们有好多年没有见面了,这会儿在这里又重逢了,在美国,或者说,在就要进入美国的时候。

一个医生检查着他们的证件,然后看看那男孩。"你叫本纳德克?"医生问。

男孩听见自己的名字,笑了。他举起四根手指头,告诉医生自己四岁了。医生拍拍他的脑袋说:"健康。"虽然男孩并不明白医生在说什么。然后医生检查那母亲。他看了看她的眼睛,有一只很混浊,红红的。他在她胳膊上写了个"T"字,代表沙眼,一种眼疾。这是传染病,于是她不能留下了,她必须回到船上,再坐回家去。

这不行。这样大老远的一路过来……她的眼睛只是因为感染了风寒,不是什么大不了的病。

可是没有人听得懂她的话。而她的儿子,她也没法带上船了。他被允许留下了,因此他没有遣送回国的船票,她也买不起另一张了。姬兹说:"我带着他。我在纽约有个落脚的地方,到时候我把地址给你。等你眼睛好了,你再回来。"

这年轻的女人抱住自己的儿子,亲了又亲,含着泪叫他听话,说自己会回来的。"可你怎么找得到我呢?"他问。她从脖子上摘下一个拴在链子上的小盒子,里面是一只罗盘。"看见没?"她对他说,"这根针永远指向北方。而在这里,"她说着,指指自己的心脏,"我也有一个罗盘,永远指向你。不管你在哪里,我都能找到你。"

她把盒子挂在他的脖子上,姬兹牵着他的手,他们挥别了。

那女人一路又回到了欧洲。她的眼睛好了,她拼命干活,又攒够了坐船的钱。这一次来美国后她被允许留下了,她找到了雇姬兹当裁缝的那户有钱人家。可是来开门的女仆摇摇头,说姬兹病得很重,她在医院住了三个星期,就死了。

"可是小本纳德克,那个和她在一起的男孩子呢?"那女仆耸耸肩膀,不知道他被带到哪里去了。

整整一年,这年轻女人穿梭在纽约的大街小巷。她一间间敲着教堂、孤儿院、医院的门,没人帮得了她。没人见过她的儿子。直到有一天,她敲开善牧者孤儿院的大门。"是的,这里是有过一个男孩子叫本纳德克。可他被送上孤儿列车,送到西部去了。"

这女人又持续寻找了好多个月。她朝着美国西部进发,一路上处处惹人注意。人们听见她浓重的口音便皱起了眉头,扬起眉毛看着她黑黝黝的肤色。她告诉别人自己来自一个占卜者家庭,能够识风断水。可是没人明白她的话。别人叫她吉卜赛算命的,看见她就关上大门。要是她问起关于一个男孩子的事,人家便把自己的孩子护在身后。最后她找到堪萨斯东南部一个叫曼尼菲斯特的镇子,在那里找到了自己的儿子。

可此刻,小本纳德克已经七岁了。他被开五金店的哈德利·吉伦收养了。那男人爱着这孩子,这孩子过得很快乐。他说着他们的语言,好像已经忘记了幼时耳边那熟悉的语言。

如果她站出来认他,将会给他带来耻辱。人们会像躲避她一样,也躲避他。她能怎么做呢?她做了自己所能做的事情,看着,等着,爱着。

人们来她这里,寻问命运的时候,她就做着表演,故弄玄虚一番。而实际上,她告诉他们的只是她观察和了解到的事情。对那个来她这里诉苦,说生不出来孩子的年轻妻子,萨蒂小姐给她草药,纾解她的恐惧,打开她的子宫;对那个来找她说害怕自己老糊涂了的、上了年纪丢三落四的祖母,萨蒂小姐宽慰她,她拍拍她的手掌,告诉她那些她记得的事情,很久之前的事情,却仿佛昨天才刚刚发生一样。

可是大多数时候,她就是看着,等着,爱着。

这镇上只有一个女人注意到了,看到了她的痛苦。即使是远远的,她也看出来了一个母亲注视儿子的眼神。那个女人是修女,也是助产士。她承诺保守这女人的秘密,不过给她带来孩子的年级卡片、涂鸦和学校成绩单。她尽着一个助产士最大的努力,帮助这个女人在某种方式上成为一个母亲。她帮着这母亲信守着曾在捉迷藏歌里唱给儿子的承诺:"小孩躲在哪里了?小孩跑去哪里了?妈妈总在看着你。不管你在哪里,妈妈都知道。"

可是这女人,这母亲,她看着,她等着,她爱着。她承受着这爱的分量,她承受着战争让她失去了儿子,她承受着曼尼菲斯特的故事。当人们都被这失去、这痛苦压倒的时候，当没有人有勇气再记起的时候，她保守着这故事。直到有人出现，想要听这故事，直到这故事重见天日的时候。对于曼尼菲斯特，这就是一个占卜者所要做的事情。

开头、中间和结尾

1936 年 8 月 30 日

接下来的几天,莱蒂、露丝安和我散着长长的步。她们听我讲述整个故事,关于金克斯和内德,关于萨蒂小姐,关于吉登,还有我。

我们也谈起其他的事情,关于这个镇子好似又恢复了生机的事。报纸上那些忆往昔的片段,让大家纷纷议论起曼尼菲斯特从前的模样,从前那些美好的回忆,以及从前人们是如何互相关心的。也有泪水,可那似乎是疗伤的泪水。

我们也说起邮政局长伊万·德沃尔最终是如何鼓起勇气邀请了威尔玛·T.,在十八年后的第二届年度返校节庆典上。她说她一直知道这些年来是他在写那些匿名纸条,可这事总不能由女人来主动开口。

女人们在拼另一条被子,这一次不是胜利之被,而是友谊之被，她们还请萨蒂小姐缝最中央的一块。毕竟，那个小子的第一份也是唯一一份焊工活，就把她家门上的姓"雷迪森（Redizon）"拼歪了，这可不是她的错。

药店的达金斯太太给了我和莱蒂、露丝安一人一块钱，因为我们给她出主意为高速路上过往的游客提供免费冰水。我们树了一块牌子，写着：来曼尼菲斯特，免费供应冰水——虽不治病，但能解渴。车子纷纷开了进来，很多人喝完了冰水之后，总要买点什么才上路。

最奇怪的事情是，我们发现昂德希尔先生根本不是响尾蛇。噢，那张纸条是他写的没错，也是他钉在我们的树上的，因为那天他看到我们盯着他在公墓里量墓地了。原来他骗了大家好多年了，在棺材上缩减材料，量墓地的时候也少个二三十厘米的，收的却都是全价。可当他听到我们在捉间谍，就担心起来了。某种程度上他也的确是个间谍。他以为我们发现了他就是在伪隔离期间给德夫林和伯顿报信的那个人。上个星期，哈蒂·梅走进好日子丧葬社，说："昂德希尔先生，有些事情恐怕你得解释清楚。"他肯定已经如坐针毡好久好久了，一直担惊受怕被人发现，因此一下子就崩溃了，把什么都招了出来。

结果哈蒂·梅说，她来只是想问他为什么要叫她枪手记者，还有是不是自从那次"解放黑人奴隶宣言·耐世"的名字事件之后，他刻墓碑就开始按字母数收钱了。

就是说，响尾蛇还没有找到。

忆往昔的投稿还在寄来，还有一件令人惊奇的事。

  还记得那条受了涝灾的胜利之被吗？很多人不知道，它晒干了之后又被人还给了尤朵拉·拉金太太，并附上了内德·吉伦和他的朋友金克斯亲笔写的道歉信。他俩把自己的名字都签在了被子中间，就在威尔逊总统那被水冲淡了的签名旁边。这事做得太可爱了。这么些年来，这条被子一直放在我家的沙发长椅上。但是现在我要把它送给谢迪·霍华德正在照料的一位年轻姑娘，是她帮我们回忆起我们曾经的模样，以及从何而来。

      ——珀尔·安·（拉金）·汉密尔顿

不过最后得奖的是海克·卡尔森。他是这样写的：

  还记得那时，曼尼菲斯特似乎是一个遥远得再也回不去的地方了吗？一个好得都不真实的地方，一个被骄傲地称为家乡的地方。还记得吗？那些把这里变成我们家乡的人们，让我们永远记住；那些再也回不来的人们，让我们莫失莫忘。

可还有一个问题：我的家在哪里？莱蒂最终问了那个我们一直在回避的问题。"阿比琳，你要怎么办？"

我自然一无所知，直到我凑巧翻开了那本无意中从高三教室里拿出来还没有还回去的书，仔细读了起来。它摆在我的床头柜上有好几个星期了，似乎在耐心地等待着我的注意。而我终于注意到它了。这是《白鲸》，就是我上次说起吉登说的，关于家的句子的时候，雷登普塔嬷嬷提到的那本书。它也是内德在他的最后一封信里写到的句子的出处，"那是地图上没有的地方，好地方从来不上地图"。

我翻了一阵子，寻找这句话。不过我还没找到，因为我还有六百页没看完。不过我找到了其他东西。书前面贴着借书卡，上面记着过往借书人的名字。有一个日期章戳是1917年9月12日，旁边是一个熟悉的字体写着的名字——内德·吉伦。他后来又借了两次，一定把这本书从头到尾读完了。

而下面的一个名字让我的眼里涌出了泪水：1918年3月6日——吉登·塔克。我找到他了，我找到我爸爸了。我还会再找到他的。

8月30日的早晨到了。9点22分那班火车开进站的时候，天阴沉沉的。莱蒂和露丝安一边一个夹着我，朝车站走去。我穿着一条漂亮的淡紫色罩裙，是伊万斯太太用她女儿玛格丽特的一条旧裙子给我做的。伊万斯太太说，这个刚好和我的赭色头发和淡褐色眼珠相衬。我都不知道我的头发算赭色。

莱蒂捏捏我的手。"阿比琳，你确定吗？"

"确定。"火车长啸着吐出烟来，我紧紧地抓着自己的背包，里面放着那个装着纪念品和信件的雪茄盒。

"你给他拍了一封电报，是吧？"露丝安说。

"是的，我没有直说。"

"那我们还是先回谢迪家吧？"莱蒂恳求道。

乘客一个接一个地下了火车。夏洛特·汉密尔顿，那个美容院名媛，趾高气扬地走下台阶，吃惊地看着我。"你还在这里啊？"

我只是笑了笑，听到她妈妈从月台那边喊她。我不是很担心夏洛特·汉密尔顿——珀尔·安·拉金·汉密尔顿的女儿，尤金·拉金太太的外孙女，可能还是将来的美国革命女儿会主席。她家世显赫，她会走上正途的。

这时，好像该下车的人都下完了。露丝安和莱蒂看着我，似乎不知道要说什么好。

"也许他没接到电报。"露丝安说。

"对的，搞不好他会坐明天的火车来。"莱蒂说。

"不，他不会坐明天的火车的。"我说着，低头盯着铁轨上火车驶进来的方向。然后，那些铁轨好像在召唤着我，我跑了起来。我感觉到了久违的坚实的土地，听到脚步踏在每一节枕木上的节奏声。我刚跑过那块被射穿的曼尼菲斯特镇的牌子，就看到了他。但凡有点头脑的人都晓得，落脚之前，先要看看周围是什么情况，免得被动。

他朝我走来，一步一节枕木，好像整个夏天就是在这样一步一步朝我走来。他看上去瘦瘦的，衣服松松垮垮。我知道他收到了我的电报，那个谎或许撒得不那么可信，可我把赌注都押在他想我上了。事实上，我不确定他会不会来。我知道他爱我，他离开我是因为他觉得这样对我最好。可现在他来了，他会怎么说？

他朝我走过来，好像一个在沙漠里的人，不敢相信眼前所看到的，害怕这一切只是幻景，走近了便会消失。我跳上前去，扑向他。终于，他弯下腰来，把我揽在怀里。他的额头紧贴着我的额头，含着泪水的眼睛直直地盯着我的眼睛，我和他都知道，我们回家了。

我牵着他的手，他手里皱巴巴地握着伊万·德沃尔免费帮我打的那封电报。

西联电报服务

亲爱的吉登·塔克：

很遗憾地通知你，你的女儿阿比琳·塔克得了重病。她与病魔进行了顽强的抵抗，可是腰痛恶化了，我们救不了她。她最后（目前为止）的一句话是:"赫尔曼·麦尔维尔应该坚持再写写大白鲸的故事,好地方到处都是,地图上也有。"我们认为理应通知你一声,好来曼尼菲斯特亲自凭吊。我们会用冰把她保存起来,希望你尽早赶到。

祝好运,一路平安。

响尾蛇

1936 年 8 月 31 日

有人跟我说，每个好故事都有一个开头、中间和结尾。我和吉登在那里坐了一会儿，就我们两个，坐在铁轨上。我把那些我该知道的故事都说给他听了。我知道他也需要听，从头到尾地听一遍。

我把属于他的装纪念品的盒子递给他，看着他抚摸过一样样东西：迷惑之王鱼钩、银元、木塞、小伊娃的套娃，还有万能钥匙。这些在萨蒂小姐的故事里闪亮的珍宝，带着我找回了我的爸爸。我把内德的信递给吉登，看着我用绳子捆扎得整整齐齐的信封，他的眼里噙满了泪水。他说他想要再读一遍，然后我们就把它给萨蒂小姐。这是我们共同的意思。

我们又一起拼凑出了故事中间的一些片段。事实上，那张间谍地图并非真的是什么间谍地图,而只是内德画的一张家乡地图,一个他想要记住的地方。

还有一件我不明白的事,就是为什么谢迪要把那瓶威士忌放在伸手可及的地方,却从来不去碰它。吉登说,那是因为有时候一个人的内心会被魔鬼占领,他想谢迪是情愿把自己的魔鬼放在看得见的地方,好时刻盯着吧。

还有响尾蛇呢?的确是有一个被称做响尾蛇的神秘身影,不过它从来不是间谍。它只是一个黑影,有人在夜间的树林里听到过轻轻的窸窸窣窣的响声,伴随着什么动静。

可有一个晚上与众不同,就是费恩见到金克斯的那个晚上——当我提起少年时的父亲时,我就会说"金克斯"。那天晚上树林里有好几个人:争执中的金克斯和费恩,出来下套子逮浣熊的卢浮舅舅,还有一个不知道从哪里冒出来的神秘鬼影,凑巧吓到了费恩,让他跌进卢浮舅舅的陷阱里。这一跤摔得费恩的脑袋狠狠地撞到石头上,要了他的命。

吉登他自己也解不开这个谜团。可我能想出来一个人,她走在夜晚的树林里,是被叫去给齐布尔斯基家接生的。这个人穿着宽大的黑袍子,在夜晚看上去令人瑟瑟发抖。她走起路来还有响声。噢,我相信在照料金克斯的伤口这事儿上,萨蒂小姐已经尽过力了。但是她身上的首饰是丁零当啷地响的,而修女的玫瑰念珠才会像响尾蛇一样吱吱嘎嘎地响。这是千篇一律的事实。

有了这些，我知道开学的第一天我就有故事可以交代了。吉登和我朝镇里走去，走过那块写有蓝色大字母的路牌时，我已经想好了这故事开头的第一句话：曼尼菲斯特……一个历史悠久的城镇。

哈蒂·梅每周轶闻

1936 年 9 月 6 日

　　就像我的马维斯婶婶从前总说的那样,叽叽喳喳的女孩和咯咯哒哒的母鸡最好都知道该什么时候收口。是时候让这女孩脱下她的记者帽了——是的,这是最后一期的"哈蒂·梅每周轶闻"了,感谢您多年以来的阅读。

　　而我还要满怀热切和欣喜地宣布,我将把这火炬传给一位未来的作家。据雷登普塔嬷嬷说,她有着充满好奇的双眼和敏锐的新闻嗅觉。

　　这位年轻的作家向我保证,她会每周忠实尽责地发掘最最真实的新闻报道。

　　因此,欲知所有人物、事件、时间、地点及缘由,敬请参阅每周日"猪和家畜"栏目背面的新每周轶闻,来自新作者——本镇记者阿比琳·塔克。

哈蒂·梅·麦基

故事背后的真实故事

作者的话

像很多历史小说的读者一样,我发觉分辨哪些是历史事实、哪些是虚构情节,是一件很有趣的事情。有时候,更有趣的是那些事实或者虚构的源头。

堪萨斯州曼尼菲斯特镇 《阿比琳的夏天》是一个根植于我的家族的故事。这个在我脑海里栩栩如生的曼尼菲斯特镇,是一半虚构一半真实的,取材于堪萨斯州的弗隆特纳克镇。起初,我选择该镇作为故事的背景地,是因为我的祖父母就来自堪萨斯州东南部。而在写作的过程中,我无意中营造出了这样一个历史悠久的社区。

我决定给这个镇子换了个名字,以便更加自由地注入我的构想。不过,除了面积稍微小一点和有一些虚构的教堂、学校之外,曼尼菲斯特差不多就是弗隆特纳克那样。弗隆特纳克在 1918 年是一个煤矿之镇,由来自 21 个国家的移民组成。事实上,那时候,弗隆特纳克只有 12% 的居民的父母出生在美国。煤矿是弗隆特纳克的主要产业,我的家族故事里流传着关于百货公司抵用券和煤矿对镇上的控制权的故事。

1917 年禁酒法案 这个法案使得堪萨斯成了一个"禁酒之州",即意味着在禁酒令普及全国之前,酒在堪萨斯州就已经被禁了。尽管如此,堪萨斯东南部通常被叫做小巴尔干的两个郡切诺基和克劳福斯，是中西部酒贩子的重镇。

孤儿列车 内德正是坐着那种叫做孤儿列车的火车，来到曼尼菲斯特的。很多孤儿坐着火车从美国东部沿海到了中西部，在那里被陌生的家庭收养。有些孩子像内德那样，受到收养人家的疼爱；有些却没有那么幸运，因为有些人家收养孩子，主要是为了给农场增添人手或者帮着干家务。

西班牙流感 它爆发起来传染性极高，可以在几小时内传染几百个人。专家认为它是在1918年3月，从堪萨斯州的曼哈顿附近一个叫做芬斯顿营的军事基地开始发病的。最初大家并没有认识到它的致命性，然而，随着一战的战船把这疾病带到了海峡对岸，这种病毒变异得更加致命。而后这些战船又把病毒带回了美国，于是造成了它的第一波世界范围内的流行。它肆虐之后，带走了上百万人的性命。

移民 我在研究经由埃利斯岛入境的那些移民的时候，还没有想出内德和萨蒂小姐的故事。然而，埃利斯岛的确曾被称为希望之岛和眼泪之岛。那些移民在来美国的旅途中，曾经经历了成千上万的令人心碎的艰难故事，和我在故事里构思出来的这个并无二致。

其他关于这个故事的……

当然，这个故事大部分都是虚构的，可每个虚构的故事都有真实的生活基础。这本书里很多细节的灵感,都是来自我的家族轶事,1918年及1936年地方报纸上的文章。

带着费恩脚的靴子 这件事源自我爸爸给我讲的他工作上的事,关于飞机失事现场调查的事。在一个事故现场,他找到了一只靴子,里面"还带着一只脚"。

终结之门 来自我在弗隆特纳克做调研时碰到的一扇真实的大门。那上面没写"终结"两个字,不过倒是有各种各样的金属焊接物件:马蹄铁、草耙、铁锹和铲子,还有两只马车轮子。我是秋天去那里的,所以那上面甚至还戳着两只万圣节南瓜灯。

真实的人 这本书里有四个人的名字来自于我认识的真实的人。在学校的最后一天,雷登普塔嬷嬷发成绩单时报的名字里,有两个学生是我的祖父母——玛丽·休斯和诺阿·卢梭。老家那边还有两个我认识的亲戚——我祖父的表亲威尔玛和伊万·德沃尔。他们是两兄妹,两个人都终身未婚。我记得他们都是纯朴善良的人。我在1934年的一份报纸上看到伊万的名字,报道宣告说他接任了弗隆特纳克邮政局局长的位子。于是在这本书里,伊万·德沃尔就成了邮局局长,而威尔玛则是化学老师威尔玛·T.哈克拉德。

格雷派饼 最后说一下,格雷派饼是我外婆和我妈妈做过的一种法式黄油曲奇。我外婆把一个沉沉的华夫饼铸铁模具放在明火上烤它。这是一项需要耗费巨大体力的活,一次只能烤一两块,可是谁要是尝过了它就会告诉你,这绝对值得。

图书在版编目（CIP）数据

阿比琳的夏天 /（美）范德普尔著；帽炎绘；陈静抒译.
—昆明：晨光出版社，2013.1（2025.7重印）
书名原文：Moon Over Manifest
ISBN 978-7-5414-5415-8

Ⅰ.①阿… Ⅱ.①范… ②帽… ③陈… Ⅲ.①儿童文学－长篇小说－美国－现代 Ⅳ.①I712.84

中国版本图书馆CIP数据核字（2012）第320587号

Copyright © 2010 by Clare Vanderpool
This translation published by arrangement with Random House Children's Books, a division of Random House, Inc.

本书中文简体版由兰登书屋童书出版公司〔美〕授权云南晨光出版社有限责任公司独家出版。未经出版者许可，任何单位或个人不得以任何方式复制、摘录或抄袭本书中的任何内容。

著作权合同登记号 图字：23-2012-135号

阿比琳的夏天
A BI LIN DE XIA TIAN

出 版 人	杨旭恒
作 者	〔美〕克莱尔·范德普尔
翻 译	陈静抒
译文审订	钱厚生
绘 画	帽 炎
项目策划	禹田文化
责任编辑	李 政
美术编辑	刘 璐
装帧设计	萝 卜
内文设计	张雅芬 常 跃
出 版	晨光出版社
地 址	昆明市环城西路609号新闻出版大楼
邮 编	650034
发行电话	（010）88356856 88356858
印 刷	北京润田金辉印刷有限公司
经 销	各地新华书店
版 次	2014年7月第2版
印 次	2025年7月第17次印刷
开 本	145mm×210mm 32开
印 张	11.5
ISBN	978-7-5414-5415-8
字 数	210千
定 价	32.00元

退换声明：若有印刷质量问题，请及时和销售部门（010-88356856）联系退换。